權力巔峰

SUPREME POWER

卷6 幕後操作

夢人洪荒 著

目錄

Contents

第一章

假戲真唱

看到劉小飛如此嫻熟、逼真的表演，陳龍斌心說：這個劉小飛真是個活寶啊，忽悠人都能忽悠到以假亂真、假戲真唱的地步，這樣的人混跡商場，一般人誰是他的對手啊，真不知道這個妖孽年輕人未來會成長到哪種地步。

與李德林相比，鄭曉成的心情立馬變得糟糕起來。

李德林這番話猶如一記重錘狠狠地砸在他的腦袋上，把他砸得七葷八素。

省委秘書長明天就要來了，而自己和劉小飛、陳龍斌約的是明天才正式展開談判呢，如果按照原定的流程去做的話，事情肯定是來不及了。

到了眼前這種狀況，他只能想辦法在今天之前把這兩個項目的資金和合約搞定。

然而，讓他鬱悶的恰恰是劉小飛和陳龍斌，本來昨天已經和這兩人約好今天要進行談判，偏偏劉小飛和陳龍斌今天早晨卻打電話說他們要獨自在新華區內到處考察考察，今天就暫時先不要談，等他們考察得差不多了再說。

怎麼辦？我該怎麼辦？

一時之間，鄭曉成急得猶如熱鍋上的螞蟻一般，在辦公室來來回回地踱著步。

思考良久後，鄭曉成終於確定，如果自己不能儘快把這兩個項目敲定，不僅在省委秘書長于金文那裡過不了關，恐怕市長李德林那邊也不會放過自己。就算背後有鄒海鵬支撐，恐怕也難以過關。

所以，他把牙一咬，心一橫，厚著臉皮給劉小飛打了個電話。

電話很快接通了，劉小飛笑著說道：「鄭區長，找我有什麼事嗎？」

聽到劉小飛的聲音，鄭曉成就感覺好像抓到了救命稻草一般，心中七萬八千個毛孔都好像吃了開心果，全都笑了起來：

「呵呵，劉總，我認為我們雙方應該帶著足夠的誠意來討論一下合作的問題，劉總，你和陳總在哪裡，我想跟您和陳總當面再好好談一談。」

劉小飛眼珠轉了轉，以他的智商，一下子就意識到鄭曉成那邊肯定是有事了，否則他上午答應得好好的，現在又非得急著和自己見面，這到底是為什麼呢？

劉小飛是個壞傢伙，明知道鄭曉成有事，依然笑著說道：

「好，沒問題，不過現在可不行，要不這樣吧，咱們下午四點在新源大酒店新苑茶館天機閣包間坐下來聊一聊吧，不見不散。」

「好的，好的。我保證準時到。」

鄭曉成雖然心急如焚，卻不敢再多說什麼，因為他擔心劉小飛萬一發怒了，不和他談，那樣的話，他可就徹底沒戲了。

等掛斷電話後，鄭曉成馬上給副區長楊傑打了個電話：

「楊傑，你立刻和姚占峰再好好商量一下，看看在合作條件上，我們還能再做出一些什麼樣的讓步，在昨天的那份合同樣本的基礎上，再提出一些讓劉小飛他們心動的優惠條件，我們今天下午還得和劉小飛他們見一面，務必在下午的談判中把他們擺平，拿下這次合作。」

「啊？鄭區長，還要給他們優惠條件啊，說實在的，我們給他們的優惠條件已經是十分多了，都快要達到我們的極限了。」

楊傑雖然善於拍馬屁，也忍不住提出質疑。

聽到楊傑的質疑，鄭曉成立刻怒聲道：

「楊傑，你聽清楚了，明天上午省委秘書長于金文就要到我們新華區來調研了，據說主要就是察看這次招商引資項目的落實情況，如果今天我們不能把這兩個項目給落實下來的話，李市長那邊我們恐怕交代不過去。」

「好的好的，鄭區長，您別生氣，我馬上和姚占峰一起操作此事，做完後，我們立刻拿過去給您審閱。」

楊傑是個聰明人，一聽連省委常委都要過來，立刻意識到鄭曉成那邊很有壓力，而他身為分管招商的副區長，壓力就更大了，不管是從哪個角度想，他都得全力以赴。

他立刻把姚占峰喊了過來，兩個臭皮匠開始研究起如何創造更多的優惠條件來。

對這種善於鑽研，善於撈取政績的人來說，或許讓他們去把一件事情做好很難，但是鑽研如何創造優惠條件卻又不讓別人抓住把柄，即便是抓住把柄也不會對他們的仕途產生實質影響，卻是他們的專長。

經過三個多小時的研究、討論，兩人最終敲定了第二版本的優惠條件合同樣本，這個合同的優惠幅度比之昨天提供的那個合同樣本上的條件更加令人咋舌。

一旦照這個版本的合約走的話，以後他們也能夠藉由合同中所隱藏的漏洞，操控劉小飛他們吃拿卡要，從而實現和投資商共同分食國家利益的行動。

他們所有的行動都打著「為了蒼山市和新華區長遠發展」的大旗，讓人抓不住任何把柄。甚至可以說，只要他們不動用那些故意留下的漏洞去針對投資商，就算是神仙也拿他們沒辦法。

兩人敲定後，拿著新的合同樣本找到了鄭曉成，鄭曉成看完後，對楊傑和姚占峰這兩個手下十分滿意，他看出這兩個人和自己是同道中人啊。

不過，作為領導，他還是習慣性地挑出了合同中存在的一些問題，讓他們去修改，以顯示出自己這個領導的水準。

等一切都搞定後，又休息了一個多小時，鄭曉成便帶著楊傑、姚占峰兩人一起前往新源大酒店的「新苑茶館」。

在路上，姚占峰有些擔憂地說道：「鄭區長，如果我們拿出了這次的合同，劉小飛還是不同意和我們合作，我們怎麼辦？」

鄭曉成的眼中閃過兩道寒光，聲音有些陰森地說道：「不同意？哼，到時候我會讓他們知道，人在屋簷下，不得不低頭的道理，我會讓他們知道，這裡是誰的地盤。」

聽到鄭曉成這樣說，楊傑和姚占峰對視一眼，兩人心中皆是一凜，剛才鄭曉成的目光是那樣兇狠，似乎大有劉小飛要是最後不能敲定合同，他會想辦法整死劉小飛的架勢。

兩人心中都在琢磨著，這鄭區長手中到底還有什麼底牌呢？

就在鄭曉成他們在路上的時候，劉小飛和柳擎宇分別透過自己的管道得到了一個消息，那就是明天省委常委、省委秘書長于金文要到蒼山市新華區調研。

柳擎宇聽到這個消息後，立刻咧嘴笑了起來，自言自語道：「鄭曉成啊，這次，我倒是要看看你小子怎麼收場。」

唐智勇有些憂慮地說道：「老大，你要不要給劉小飛打個電話，只要劉小飛他們那邊堅決不和鄭曉成簽訂合同，鄭曉成他們就危險了。」

柳擎宇胸有成竹地搖搖頭道：

「不用，完全沒有這個必要。智勇啊，你記住，和真正的聰明人打交道，你不需要去告訴對方應該怎麼做。因為他會做得比你想像的更好，尤其是在官場上和商場上，大家都非常聰明，誰也不願意成為別人的傀儡。

「就算對方真的有心與你合作，甚至是依附你，也也必須**給對方充分的尊重，不要試圖去控制對方**；那樣的話，只會讓對方認為你很淺薄，或者是不值得信任，從而導致雙方心生間隙。」

唐智勇聽了，不禁仔細思索著話中含意，慢慢地品味著其中玄機。

跟在柳擎宇的身邊越久，唐智勇越能感受到柳擎宇所散發出的那種超越同齡人的成熟。他慶幸自己早早就跟在他身邊，學習到他的過人智慧。

當柳擎宇和唐智勇在討論劉小飛的時候，劉小飛和陳龍斌也在討論著柳擎宇。

自得知白雲省省委常委于金文要下來視察的消息後，陳龍斌便找到劉小飛，神情興奮地說：「小飛，我之前還納悶呢，為啥這個鄭曉成突然給咱們打電話，說下午要和咱們談合作的事，原來是有大領導要過來調研了，看來，鄭曉成肯定會想辦法在今天把咱們給拿下的。」

劉小飛點點頭道：「沒錯，如果我猜得不錯的話，下午，他們很有可能會做出更大幅度的妥協和讓步，想盡一切辦法要咱們答應與他們合作。」

陳龍斌欣賞地看了劉小飛一眼，他用了二十多年的時間，一步一步打磨煎熬，才能對很多事情看得很透，而劉小飛這個年輕人據說進入職場才一兩年的時間，卻能夠輕鬆預測出對手下一步的行動，這個年輕人也太妖孽了！

「小飛，你說柳擎宇知不知道這個消息呢？我們要不要告訴他一聲？」

陳龍斌是在對劉小飛進行試探，他想看看劉小飛對人心和人性的把握。

對商人而言，僅僅精通一些商戰手段還遠遠不夠，要想做一名成功的商人，必須具備看透人性的本領，甚至要精通心理學。

劉小飛聽到陳龍斌的問話後微微一笑，若有深意地看了陳龍斌一眼，笑著搖搖頭道：「陳總，我看就不必通知柳擎宇了，我認為以他的人脈和智慧，不應該得不到這樣的敏感資訊。而且，我一直堅定地認為，他雖然表面上辭職了，但是絕對會回到官場的，因為他是一個真心想為老百姓做事的官員，正因為他有這種決心，所以，他絕不會輕易認輸和妥協。

「透過這些天我和柳擎宇的接觸，我發現那傢伙是個極有遠見之人，我記得當初在談判的時候，他就跟我說過，別的他不敢保證，但是只要他在官場上一天，就會確保他招商引資過來的企業平安無事，此外，作為對優惠條件較少的補償，他會幫助企業去抵制各種亂收費和亂攤派。」

說到這裡，劉小飛十分自信地說道：

「綜合我所掌握的各種資訊，我認為柳擎宇當初招商引資的時候，很有可能早就考慮到了會有今天這種情況發生，既然他考慮到了這種可能性，那他怎麼可能沒有準備應對的方案？

「要知道，柳擎宇絕對不是那種肯吃虧的人，而且我曾經和他掰過手腕，我自認手勁很少有人能夠匹敵，但是柳擎宇卻和我比了個平手，從這一點也可以看出，柳擎宇絕不是一般人。

「真正讓我感覺到意外的是，柳擎宇自從辭職後，從來沒有主動給我們打過任何電話，也沒有向我們尋求過任何幫助。這說明兩種可能，第一，他完全有信心、有能力獨自擺平此事；第二，他對我們十分信任，相信我們會在關鍵時刻出手幫助他的。陳總，你認為我分析的對嗎？」

陳龍斌聽完後，不由得讚嘆道：

「劉小飛，真不知道到底是什麼樣的人才能培養出你這樣妖孽的年輕人，你的表現讓我恨不得立刻不擇手段地把你從蕭氏集團給挖到我們集團來啊。你分析得很有道理，我當初也是被柳擎宇的真誠打動了，否則，就算是有我們家老爺子介紹，我也不會給他一點面子的。小飛，既然你都分析出來了，你說我們下午應該怎麼做？」

劉小飛嘿嘿一笑，說道：「陳總，你看這樣做怎麼樣？」說著，劉小飛把自己的想法跟陳龍斌說了。

陳龍斌聽完，笑著頻頻點頭道：「嗯，很好，不過呢，還是不夠全面，我再加上兩點……」

劉小飛和陳龍斌這一小一大兩隻狐狸商量完後，相視一笑，臉上的表情是那樣興奮和奸猾。

下午四點，鄭曉成帶著楊傑、姚占峰出現在「新源大酒店」新苑茶館的天機閣包間內。

坐了有五分鐘左右，就見劉小飛、陳龍斌滿臉微笑著走了進來，只不過這一次與以往不同，劉小飛的身邊多了一個人——張德勇。

之前的幾次談判中，張德勇並沒有出現，他一直在私下裡忙碌著。

看到張德勇出現，鄭曉成一愣，因為他從未見過張德勇；如果柳擎宇在場的話，柳擎宇自然是認識張德勇的。

看到鄭曉成盯著張德勇看，劉小飛便笑道：「鄭區長，給你介紹一下，這位是我們蕭氏集團投資部的副總監，是我的主要助手，更是我的好兄弟。」

介紹完，張德勇只對鄭曉成點點頭，鄭曉成伸出手來，想要跟張德勇握手，然而，張德勇目光卻已經瞟向了別處，並沒有和鄭曉成握手的意思。

鄭曉成也只能尷尬地順勢用手一指沙發，說道：「來，咱們坐下談吧。」

一邊往沙發走，鄭曉成心中一邊暗道：「這個張德勇到底是啥身分啊，怎麼一個小小的投資部副總監，比劉小飛這個投資總監還狂妄啊。」

劉小飛看到張德勇的表現，只是淡淡一笑，並沒有說什麼。因為他對這個好兄弟的個性非常瞭解。張德勇是一個愛憎十分分明的人，這些天來之所以沒有出現，是因為他提前一天就到了新華區，在默默地收集和投資有關的資料。

劉小飛做事一向謹慎，就算是柳擎宇有了承諾，而且他也已經打算到蒼山市進行投資，但是做為一名投資總監，他要對公司負責，所以，必須盡可能的掌握各種情況。

從張德勇查到的資料來看，柳擎宇在蒼山市知名度極高，而且成績斐然；更難得的是，柳擎宇的成績都是靠他自己一點一點地打拼出來的。

鄭曉成卻恰恰相反，這傢伙就是一個典型的無恥政客。對於政客，張德勇從來都是不假辭色，極度鄙視和厭惡的。

雙方落座之後，鄭曉成開門見山地說道：

「劉總，陳總，我相信這兩天你們應該也對我們新華區有所瞭解了，我代表新華區希望能夠儘快與你們達成合作共識，儘快啟動我們簽訂合同的項目。」

劉小飛聽了，直接搖搖頭道：「不好意思啊鄭區長，我們已經做出決定——不在你們蒼山市投資了。」

「啊？不投資了？」

鄭曉成傻眼了。他怎麼也沒有想到，他抱著千百倍的希望過來和劉小飛、陳龍斌談判，他們竟然宣布不投資了。這種打擊，無異於當頭一棒，打得他幾乎魂飛魄散。

不過鄭曉成畢竟也是個區長，他很快便讓自己鎮定下來，穩住心神，看向劉小飛，滿臉真誠地說道：「劉總，陳總，你們是知道的，我們新華區是非常有誠意和你們合作的，而且與你們兩位都簽訂了合同，為了這次的合作，我們還召開了區委常委會以及區政府專題會議，專門研究這件事情，甚至把土地、各種流程都已經準備得差不多了，如果你們這個時候決定不和我們合作的話，不僅會對你們企業的形象和信譽構成不利的影響，還會造成更多法律上的麻煩。」

說到這裡，鄭曉成微微頓了一下，以便給劉小飛和陳龍斌一個反應和思考的時間，隨後才接著說道：「當然了，我們新華區並不想在法律上與你們兩家公司較量，因為我相信，只要雙方都冷靜下來仔細地考慮考慮，就可以避免陷入麻煩之中。」

話說到這裡，鄭曉成已經開始軟硬兼施了。作為區長級的人物，在鬥爭的手段上，他是很豐富的。在他看來，劉小飛和陳龍斌都是成熟的商人，應該不會選擇那種針尖對麥芒式的較量，那樣對他們這種商場人士來說沒有任何好處。

對商人而言，和氣生財。然而，劉小飛卻是淡淡一笑，說道：

「不好意思啊，鄭區長，我和陳總都是那種不怕麻煩的人，說實話，我們做出這樣的決定也是迫不得已。」

「迫不得已？為什麼？有什麼問題，我們都可以談啊。」鄭曉成追問道。

劉小飛沉聲道：「鄭區長，本來我們對你們新華區是抱著十分熱忱和真誠的態度來的，然而，經過這些日子的考察，卻發現你們新華區的問題很嚴重啊，土地沒有平整好，規劃也沒有做好，這種情況下，讓我們怎麼能放心在你們新華區投資呢。要知道，當初柳擎宇可是親自向我們承諾項目用地他都規劃好了，保證可以做到讓我們滿意，但是現在竟然是這種情況，我們認為我們根本是被耍了，就算打官司，我們也不怕！」

「什麼？柳擎宇竟然向你們承諾這些？」

聽到劉小飛的話後，鄭曉成的臉色一下子陰沉下來。

劉小飛點點頭說道：「沒錯，這是他向我們承諾的。鄭區長，我認為，不管你們新華區誰負責，總體的投資政策和規劃總不應該發生太大的變化吧，現在可好，柳擎宇辭職了，他承諾的東西也沒有了，我們怎麼還能放心投資呢？」

聽到劉小飛再三強調柳擎宇所說的規劃，鄭曉成眼珠一轉，計上心頭，立刻說道：

「劉總，陳總，你們先稍等片刻，我立刻去和柳擎宇溝通一下，看看他所承諾的規劃到底是怎麼回事，你們放心，我保證一定會給你們一個滿意的答覆。」

劉小飛點點頭，沒有說話，但是臉色卻十分難看，似乎並不看好鄭曉成。

鄭曉成走出包間，來到一個無人的房間，關上房門後，趕緊撥打柳擎宇的電話。

電話嘟嘟嘟地響了十來聲，一直無人接聽。

這下鄭曉成可氣壞了，再次按下重撥鍵，一邊罵道：「柳擎宇，你這個王八蛋，就算走了也不安生，總是給我找麻煩！土地規劃？沒有我批准，你談什麼土地規劃?!」

鄭曉成一連撥了七八次，就在他的耐心幾乎快要達到極限，已經忍無可忍的時候，電話那頭突然傳來懶洋洋的聲音：

「喂，誰啊，這大好的天氣吵什麼吵，還讓不讓人睡覺了！」

聽到電話裡柳擎宇慵懶的聲音，鄭曉成氣得鼻子都快歪了：大好的天氣？你還知道大好的天氣啊，大好的天氣你睡什麼覺啊！

他突然想起柳擎宇已經辭職了，這個時候，他除了睡覺還真沒有什麼好做的，他又立刻暗爽起來：你活該，誰讓你跟我鬥，不向我靠攏，逼你辭職還是輕的，看我以後怎麼收拾你，不玩死你，我就不叫鄭曉成。

雖然心中這樣想，但是鄭曉成嘴上卻假笑著說道：

「柳同志啊，我是鄭曉成，我現在代表新華區區政府向你詢問一件事，在經濟交流會上，你曾經向劉小飛承諾，說他們的用地我們已經有規劃了，不知道你所說的這個規劃，具體指的是什麼？」

柳擎宇聽了就是一愣，因為他根本就沒有向劉小飛承諾過什麼所謂的土地規劃啊，但是鄭曉成說話的語氣又是如此低聲下氣……柳擎宇眼珠轉了轉，臉上露出一絲玩味的笑容。

他很清楚自己並沒有向劉小飛承諾所謂的土地規劃，但是劉小飛偏偏向鄭曉成提到了此點，使鄭曉成把電話打到自己這裡，很顯然，這是劉小飛有意為之，是給自己介入這件事提供一個最佳的切入點啊。

想到此處，柳擎宇對劉小飛暗暗豎起了大拇指，這個劉小飛真是厲害，看這人情送的，水準那叫一個高啊！

既然劉小飛要給自己送人情，柳擎宇自然不能不收，他心中立刻有了計較，立刻油滑地對鄭曉成說：「哎呀，鄭區長，我現在已經不是新華區區政府的工作人員了，而且我這個人很健忘，你所說的那個什麼規劃，我還真是不太清楚呢。不好意思啊，我實在是太睏了，我先睡覺去了。」

說著，便直接掛斷了電話。

鄭曉成勃然大怒，立刻回撥柳擎宇的電話，接通後，立刻怒氣衝衝地罵道：「柳擎宇，你給我聽清楚了，我現在是代表新華區區政府和你通話，你必須把那個所謂的土地規劃的內容和詳細情況以書面的形式發給我，否則後果十分嚴重，不是你所能夠承擔的。」

柳擎宇毫不畏懼地說：「好啊，有什麼手段，你鄭區長儘管使，我柳擎宇接招就是了！要規劃，沒有！還有，我現在正式警告你，不要再打電話騷擾我了，我已經開啟電話自動錄音，你所說的每一句話都將會作為呈堂證供，小心我告你騷擾。」

說完，柳擎宇再次掛斷了電話。

這下子，鄭曉成更加憤怒了，不過這一次，他並沒有急著再給柳擎宇打電話。

因為他很清楚，現在自己需要柳擎宇配合，他必須把劉小飛所說的那個土地規劃方案弄到手，只要把那個方案弄到，到時候叫人按照柳擎宇所承諾的那個方案去操作，再加上這邊所提供的投資優惠條件，他相信劉小飛和陳龍斌肯定就不會再說別的了。

只要敲定了這兩個項目，等省委秘書長于金文下來調研的時候，自己一定會大出風頭的，到時候面子、裡子、政績全都有了。

所以，鄭曉成勉強使自己的心情平靜下來。

在努力平息情緒的同時，鄭曉成心中也在暗暗念著：「柳擎宇，等著吧，等我把你手中的那個土地規劃方案弄到手後，我會立刻派人把你抓起來，關進看守所裡，好好地收拾你！讓你知道知道什麼叫牢獄之災！」

過了好一會兒，等心情平靜下來了，鄭曉成才再次撥打柳擎宇的電話。

誰知電話過了好半天才接通，柳擎宇用不耐煩的語氣說道：「我說鄭區長，你是怎麼回事啊，我不是說了不要再來騷擾我嗎？我現在很睏啊。」

鄭曉成用很是真誠的聲音說道：

「柳同志，很抱歉打擾了你的睡眠，我鄭重地向你道歉，但是請你看在我們新華區幾十萬老百姓的份上，將那個土地規劃方案交給我吧，你放心，有了這個土地方案，我保證讓我們新華區增加很多就業機會。這不也是你一直所期待的嗎？」

忽悠！鄭曉成這一次玩起了忽悠的把戲！

聽到鄭曉成那充滿真誠的聲音，柳擎宇忍不住笑了。

如果不是對鄭曉成的個性和人品有所瞭解的話，一般人聽到鄭曉成這樣的堂堂區長大人說話如此真誠，早就被感動得熱淚盈眶了，如此一個為國為民的官員，是多麼讓人欽佩啊。

然而柳擎宇對鄭曉成實在是太瞭解了。在柳擎宇看來，狗永遠也改不了吃屎的毛病，雞永遠是記吃不記打，鄭曉成這樣的人，永遠不可能把老百姓的利益放在他自己利益的前面。更何況，柳擎宇已經知道了明天省委秘書長于金文要下來調研的消息。

不過，柳擎宇是個很有素質的人，他自然不會大罵鄭曉成，只是微微一笑說道：「鄭區長啊，聽到你這樣說，我還真是有些感動呢。」

聽到柳擎宇這樣說，鄭曉成頓時心花怒放，心中暗道：「柳擎宇啊柳擎宇，就你這樣的智商還跟老子鬥，做夢吧你，看老子忽悠不死你！」

然而，鄭曉成剛剛高興起來，柳擎宇那邊接著語氣一轉，說道：

「不過鄭區長，雖然我很感動，但是我突然想起來，我已經辭職了，已經不是新華區的幹部了啊，新華區的事和我有什麼關係？而且，我在新華區的時候，鄭區長您對我那麼照顧，恨不得把我趕出新華區，甚至把我雙規了，您都對我那樣了，如果我現在傻乎乎地把我的辛苦成果獻給你，我敢肯定你回頭會想辦法接著收拾我。我這不是犯賤嗎？」

柳擎宇頓了一下，語氣有些激動起來：

「鄭區長，你說我說得對不對啊，當初，你和李德林市長想盡辦法想要把我們新華區的成績分給其他縣，對於你這樣一個為了溜鬚拍馬，連自己區的利益都可以出賣的人，我怎麼可能再信任呢？沒準你眨眼間就把我給賣了。」

說到這裡，柳擎宇使勁一拍自己的腦門說道：

「哎呀，鄭區長，真是不好意思啊，我說了這麼一大串，卻忘了一件事，你剛才所說的那個什麼土地規劃方案的事，我好像根本就沒有聽說過啊。對不起啦，讓你白忙一場。你先忙，我掛了。」便掛斷了電話。

電話那頭，鄭曉成氣得吹鬍子瞪眼，跺腳咬牙放屁，鬱悶得無以復加。

這是誰忽悠誰啊！柳擎宇說了這麼一大圈，最後卻來一句不知道，這不是在耍他嗎？豈有此理！啥時候我居然被柳擎宇這樣的小魚小蝦給耍了！

怎麼辦？柳擎宇這小子根本不吃自己這一套啊！

鄭曉成的大腦飛快地轉起來，**孫子兵法？三十六計？到底該用哪一計呢？**

突然，鄭曉成眼睛一亮，得意地笑了起來，喃喃自語道：「嗯，好，不錯，就這樣辦，欲取之，必先予之。」

說完，鄭曉成邁步返回包間，笑著對劉小飛、陳龍斌說道：

「劉總、陳總，我剛才仔細地思考了一下，又和一些領導溝通過，最後想出一個比較穩妥的方案，只要你們在明天省委領導下來視察的時候配合我，告訴省委領導，你們確定要在我們新華區投資，而且資金很快就會到位，我會想辦法讓柳擎宇再回到我們官場。我雖然無法保證讓他回到副區長的位置，但是可以保證讓他副處級的位置依然保留著，甚至我會想辦法讓上級給他安排一個實權位置。我想劉總你們之所以一直為難我，為的應該是柳擎宇吧？」

剛才的那番思考，讓鄭曉成突然領悟了很多東西，他看出來柳擎宇和劉小飛之間似乎有所勾連，所以才想出這麼一個**一石二鳥之計**來，把雙方的利益串聯起來。

聽到鄭曉成這樣說，劉小飛立時露出一副十分震驚的表情，裝出一副不知所措的樣子說道：「鄭……鄭區長，你……你怎麼知道我是為了柳擎宇？」

說話時，劉小飛還故意顯得有些口吃，以此加強自己吃驚的效果。

看到劉小飛如此嫺熟、逼真的表演，一旁的陳龍斌心說：這個劉小飛真是個活寶啊，忽悠人都能忽悠到以假亂真、假戲真唱的地步，這樣的人混跡商場，一般人誰是他的對手啊，真不知道這個妖孽年輕人未來會成長到哪種地步。

鄭曉成看了心中則是暗爽不已，心想劉小飛表面上看起來精明，但是實戰中還是顯得有些嫩啊，對付這樣的人，只要出其不意就可以收到奇效。

鄭曉成笑著說道：「劉總，其實我早就看出來你們的真實目的了，我知道，你們和柳擎宇的關係應該不錯，以前我之所以沒有採取這種措施，只是想要瞭解一下你們之間的關係到底好到哪種程度而已，現在我已經看出來了，所以就乾脆一點，咱們雙方達成一個交易如何？

「你們幫我演一場戲，當然了，這場戲最終還是要落實的，等省委領導這一關過了以後，你們過來投資，我們依然會有大幅度的優惠，優惠的合同樣本我們也帶來了，你們可以先看一看，省委領導走了之後，我們會立刻讓柳擎宇回到官場，確保他的新職務絕對不會比之前的副區長差。」

鄭曉成繼續發揮他忽悠的本事。說話時，鄭曉成的目光一直緊緊盯著劉小飛的臉。他知道，一個人心裡的想法可以透過表情看出來。

果不其然，劉小飛聽到他的這番話後，立刻雙眼放光，充滿了興奮之色，不過這種興奮的表情很快就收斂起來，隨即又變成一副十分冷靜的表情，沉聲道：

「嗯，這樣啊，那麻煩鄭區長先把那個優惠合同樣本給我們看一下。」說這番話的時候，劉小飛還暗暗地握了一下右拳，顯出明明很興奮卻又極力控制著的樣子。

鄭曉成心中得意地笑了：「劉小飛啊劉小飛，你就算再聰明，就算再假裝鎮定，也難以掩飾你的真實目的就是獲得更加優惠的投資條件，恐怕柳擎宇的事對你來說都只是捎帶腳（**編按：順便之意**）的啊，既然是這樣的話，那就好辦了，看我這次不把你們和柳擎宇全都玩弄於股掌之間。」

一邊笑著，鄭曉成一邊把早已準備好的最新的優惠合同樣本遞給劉小飛。

劉小飛接過合同樣本後，仔細地看了起來。

等看完之後，他故意對陳龍斌使了一個眼色，微微點點頭。

雖然使眼色的時候他十分小心，似乎做得十分隱蔽，但是他的小動作卻恰恰能讓鄭曉成等人注意到。

「嗯，這個合同倒是還可以，這樣吧，我們先考慮一下，晚上給你肯定的答覆如何？」劉小飛說道。

鄭曉成微微皺眉道：「劉總，陳總，這樣不好吧，我也不怕告訴你們，明天省委領導就要下來視察了，我們必須把這件事情敲定才行。而且柳擎宇要想重回官場，還有很多流程要走，這些都得去找上級領導運作。為了雙方的合作能夠順利啟動，你們最好現在就拿定主意，我們好去運作其他的事情。」

劉小飛眼珠轉了轉，裝模作樣地對鄭曉成說道：「那鄭區長，你稍等片刻，我和陳總出去商量一下。」

鄭曉成點點頭。

過了一會兒，劉小飛和陳龍斌走了回來。

劉小飛回覆道：「鄭區長，我們商量後，認為現在敲定也不是不可以，不過這投資條件嘛，還需要再優惠一些才行……」

劉小飛的舉動早在鄭曉成的意料之中，他認定劉小飛他們是重利的商人，一定會借此機會提出更加優惠的條件。只要他們這樣做，那麼這些商人對他們來說就不構成任何威脅。

而且，雖然現在妥協，但是他有辦法等項目和資金真正落實後，把劉小飛他們整得死去活來，乖乖地給他送錢。

所以，不等劉小飛說完，鄭曉成原本懸著的一顆心徹底放了下來，立即說道：「沒問題，我們可以再提供一些優惠，不過咱們說好了，這是最後的優惠條件，再多我們也無能為力了。」

說著，鄭曉成又拿出一份最終版本的合同樣本遞給劉小飛，說道：「劉總，你們看看這份合同怎麼樣？」

劉小飛草草地看了一遍，點點頭道：「行，那就這樣吧，這份合同我先留下了，我們立刻派人把公司章給帶來，估計明天省委領導走了之後就差不多到了，到時候我們簽訂正式合同。祝我們合作愉快！」

說著，劉小飛伸出手來。

「合作愉快！」鄭曉成也伸出了他的大手。

此刻，旁邊的陳龍斌看到鄭曉成那副得意洋洋、志得意滿，實則陰險狡詐、滿腹計謀的樣子，心中暗道：「鄭曉成啊鄭曉成，跟劉小飛玩陰謀，看你明天怎麼死！」

鄭曉成自然不曉得陳龍斌此刻的想法，他現在腦海中充滿了對明天的憧憬。滿心期待在明天于金文的調研視察行動中大放異彩，他便可以進入省委領導的視線，從而獲得青雲直上的機會。

當天晚上，鄭曉成得到了劉小飛的通知，劉小飛在電話裡告訴鄭曉成，說他和陳龍斌認為最後版本的優惠合同方案很不錯，決定配合鄭曉成參加明天的活動，與省委秘書長見面，到時候會提到投資落地之事。

聽劉小飛這樣說，鄭曉成心中大定，臉上的笑容那叫一個甜美，他立刻給市長李德林打了一個電話，報告進度：

「李市長，我已經擺平劉小飛和陳龍斌了，確定資金會在三天內到達，而且他們也表示，會在明天省委于秘書長下來調研的時候大力配合。」

聽到鄭曉成的報告，李德林長長地出了一口氣，他最擔心的就是鄭曉成這邊出問題，因為除了這兩個項目以外，其他項目到現在為止，竟然沒有一個投資商給出準確的項目和資金落地的後續消息。

尤其是李德林最為眼紅的河西省新能源產業集團那耗資達到十多億的項目，他都親自給該家集團的董事長李正東打電話了，但是李正東竟然推說太忙，抽不開身，一直不肯露面，這讓他十分憤怒。

新能源產業集團在新能源汽車領域正在形成越來越多的領先優勢，即使比起那些國外汽車巨頭來，這家集團不管是在技術上還是實力上都不遜色。

而且，像這類的項目，往往不會只投資一個分廠，以後肯定會繼續投資興建其他的配套設施，還會吸引更多同類的互補型的企業前來投資建廠，形成一個產業群，一旦這個項目能成為他的政績，那麼以後自己就不需要再為政績發愁了。

然而李德林沒有想到，李正東根本就不給他面子，連面都不和他見，甚至在通電話的時候，只聊了兩句，便顯出興趣缺缺的樣子，讓他不得不儘快結束通話，以免給對方留下不好的印象。

現在，李德林真是把柳擎宇恨得牙根癢癢，好在他接到了鄭曉成報告的這個喜訊，這讓他老懷甚慰，他相信這是一個好的開端，只要以後自己再多用點兒心，一定能夠把新能源產業集團的這個項目給拿下的。

李德林對鄭曉成大力鼓勵了幾句，這才掛斷電話。

這一夜，李德林和鄭曉成睡得那叫一個香，鄭曉成更是做了一個美夢，夢見自己由於政績出色，從區長破格提拔到蒼山市副市長的位置，直接跨越區委書記那個門檻。這讓他睡覺的時候嘿嘿直樂，樂得把他的小情人都給嚇醒了。

第二天上午，市委書記王中山、市長李德林等一干市委常委們，親自趕到蒼山市的高速公路路口迎接省委秘書長于金文。

十點十五分左右，三輛黑頭國產轎車緩緩駛出高速公路口，沒有警車開道，沒有車隊隨行。

看到這三輛轎車，王中山和李德林立刻邁步走了過去，來到中間那輛車旁，準備歡迎于金文。

車門一開，于金文的秘書走了下來，對王中山和李德林等人說道：

「王書記，李市長，剛才于秘書長說你們這種歡迎的陣勢實在是太隆重了，他承受不起，現在國家三令五申，不允許在迎來送往上搞大規模、大陣勢，他必須遵守國家的規定，輕車簡從，所以就不敢勞煩各位領導相迎了，我們馬上直接前往新華區調研，王書記和李市長你們派車跟上就行了，其他的車輛就地解散吧！」

王中山連忙點頭說道：「好的好的，我們這就安排。」

秘書很快回車上去了，王中山冷冷地看了李德林一眼，說道：「李市長，隆重接待是你大力提議的，解散之事還是由你來安排吧。」

說完，王中山回到自己的車上，跟上于秘書長的三輛車，直接駛離現場。

李德林沒有想到以前對其他省委領導屢試不爽的歡迎儀式竟然在于金文這裡受到了冷遇，而且竟然一點面子都不給自己留。這讓他心中十分不爽。

只是于金文是省委書記曾鴻濤的親信，自己絕不能得罪于金文，所以，他只能心中懷著怨氣跟在後面，希望新華區那邊的表現能夠給自己好好長一下臉。

第二章

摘桃子

「您想想看，柳擎宇率領著招商局的團隊經過辛苦打拼，最後拿下二十億的項目，但是一回到蒼山市，市裡便玩了摘桃子這麼十分無恥的一招，柳擎宇能受得了嗎？別說是柳擎宇了，就連我們這些投資商都看不下去了。」

五輛車一路疾行，半小時左右便到了新華區區委區政府大院。等候在這兒的新華區區委書記姜新宇、區長鄭曉成以及一干區委常委以及劉小飛、陳龍斌等人，看到車隊駛來，連忙都站直了身體，作出歡迎的姿態。

車隊在門口稍頓了一下，隨後駛入大院，省委秘書長于金文邁步走下汽車。于金文看起來只有四十多歲，戴著金邊眼鏡，斯斯文文的，但是往那裡一站，自有一股凜然的氣勢；尤其是他的眼神，深邃內斂，猶如一泓秋水，讓人看不出深淺，他的目光隨便掃上一眼，便會讓被掃的人產生一種自己似乎被他看穿的感覺。

王中山和李德林趕緊上前和于金文握手，表達歡迎之意。寒暄過後，李德林又給于金文介紹了姜新宇和鄭曉成等人。

介紹完畢，于金文笑著看向李德林說道：

「李同志，我下來調研前，曾書記特別囑咐我，要好好和新華區勞苦功高的同志們聊聊，不知道這一次做出如此巨大成績的是哪些同志？」

李德林立刻回道：「謝謝曾書記和于秘書長對我們的關心，這次我們能夠取得這樣的成績，是在省委的領導下，在市委和市政府的努力下，加上新華區的同志們努力得到的；要說在河西省表現不錯的，應該是新華區區委區政府和他們所率領的招商團隊了。」

于金文笑著說道：「哦？那就請李市長把整個團隊的成員點出來讓我好好見一見吧，我對他們非常欣賞啊。」

李德林立刻把姜新宇、鄭曉成、姚占峰等人給點了出來，幾乎都是他和鄒海鵬的人，沒有一個王中山的人。

然而，王中山對此卻並不在意，只是淡淡地看了眼眾人，什麼都沒有說。

看到姜新宇、鄭曉成等人走出來，于金文不由得問道：「李市長，據我得到的消息，這次新華區之所以能夠取得如此好的成績，好像和一個名叫柳擎宇的同志有關吧？」

聽到于金文這樣問，李德林的腦門一下子就冒汗了。旁邊的鄭曉成、姜新宇等人更是嚇得腿肚子都開始哆嗦起來。

誰也沒有想到于金文會突然冒出這樣一句話來。

李德林毫不猶豫地說道：「于秘書長，是這樣的，柳同志在前幾天遞交了辭職報告，所以很長時間沒有在我們蒼山市和新華區出現過了。」

李德林自然知道王中山一直沒有簽字批准柳擎宇辭職，所以他並沒有說柳擎宇已經辭職了，而是說柳擎宇遞交了辭職報告，後面再加上他很長時間沒有出現，就會給于金文一種柳擎宇已經離職了的感覺。這就是領導的講話技巧。

果然，于金文雖然感到有些意外，卻沒有深究，畢竟他身在省城，很少關心柳擎宇這個級別官員的事，只淡淡說道：「哦，這樣啊，李同志，那兩位投資商來了沒有，我想先瞭解一下這兩個項目的具體情況。」

「來了來了，于秘書長，您看，要不我們先去會議室安頓下來，然後我把兩位投資商介紹給您，有什麼事咱們去會議室談？」李德林堆著笑說道。

于金文一聽，便同意道：「好吧，那咱們就去會議室。」

隨後，一行人在姜新宇、鄭曉成的引領下，邁步向會議室方向走去。

鄭曉成邊走邊使勁地抹汗，心裡對李德林感激不盡。剛才于金文問起柳擎宇的時候，差點沒有把他嚇死，因為就在昨天晚上，他發布了抓捕令，安排好幾名員警連夜摸到關山水庫，指示抓住柳擎宇後，立刻將他帶往新華區公安分局嚴加審訊。

鄭曉成之所以這樣做，一來是想在省委領導視察期間，控制住柳擎宇這個未知因素，防止他突然出現，影響到他向領導邀功的大局；二是為了好好收拾一下柳擎宇，最好能夠在審訊時抓到他違法亂紀的把柄，直接將其擺平，以免柳擎宇死灰復燃。

畢竟柳擎宇的背後站著王中山，要想真正將柳擎宇擺平，必須掌握充分的證據才行。至於他向劉小飛和陳龍斌所承諾的等擺平省委領導這件事之後就讓柳擎宇回到官場，那純粹是他忽悠兩人的說辭，他恨柳擎宇恨得牙根癢癢，怎麼可能去幫助柳擎宇回到官場呢？那不是給他自己找麻煩嗎？至於事後劉小飛和陳龍斌那邊該如何應對，他也早就想好了。

如果當時于金文真讓他把柳擎宇給交出來，那他可真麻煩了，好在李德林幫他出面擺平了此事，這才長長地出了一口氣。

在于金文、李德林等人前往新華區會議室一個半小時之前。

關山水庫邊，柳擎宇正在一個人靜靜地釣魚，微微閉著眼睛享受著秋後的陽光。

突然，柳擎宇睜開眼，眼神中寒光閃爍，一股凜然殺氣從他身上猛的散發出來。

柳擎宇的警覺性是相當高的。

此刻，鄭曉成派出來的那些員警距離柳擎宇還有三四百米的距離，他們正借著湖邊各種樹木的掩飾不斷地向柳擎宇逼近。在他們看來，柳擎宇早已成了甕中之鱉。

只不過為了穩妥起見，他們決定小心抓捕，以免讓柳擎宇跑了，因為他們聽說柳擎宇好像很能打。他們哪裡知道，柳擎宇的警覺範圍之大，根本不是他們這些沒有上過戰場之人所能比擬的。

柳擎宇輕輕放下魚竿，從身邊拿出一個小鏡子，一把梳子，一邊假裝梳頭，一邊透過鏡子反射的圖像觀察身後的情況。

以柳擎宇銳利的目光，自然能夠發現那些不斷接近自己的人，當看到來的是一群警察的時候，柳擎宇放下了鏡子，接著閉目養神起來。

這些人的到來早就在他的意料之中。

過了十多分鐘之後，那些員警在距離柳擎宇還有不到一百米的時候，突然手中持槍，朝柳擎宇飛快地衝了過來，一邊喊道：

「柳擎宇，雙手抱頭，蹲在地上，不要亂動，否則我們就開槍了。」

然而，這些員警卻發現柳擎宇根本就沒有聽他們那一套，依然閉著眼睛，打著鼾。

其中一個員警拿起槍托朝柳擎宇的腦袋砸了過去，罵道：「奶奶的，我們哥幾個為了抓你在野外熬了一夜，你小子倒好，居然在這裡釣魚睡覺，真悠閒。」

這一下要是真給砸上了，柳擎宇的腦袋絕對瞬間就得破開一個血洞。

他的槍托距離柳擎宇的腦袋還不足十釐米，招式已經用老，無法收回的時候，正在酣睡中的柳擎宇突然猛的伸出右手，一把抓住這傢伙的手腕，微微一折，手槍便落在了柳擎宇的左手中，他的右手向前一帶，把那哥們的右手彎到背後，隨後右腳微微踢出，這哥們便跪在椅子前，柳擎宇左手上的槍口狠狠地頂在他的後腦勺上。

柳擎宇整個動作乾淨利索，有如行雲流水，在眾人還沒有反應過來的時候，那個傢伙已經被柳擎宇給控制住了。

這一下，眾人皆驚，紛紛用槍口指著柳擎宇的腦袋大聲吼道：「柳擎宇，你立刻放開徐州，否則我們可要開槍了。」

柳擎宇冷冷說道：「我說各位警官們，你們是幹什麼來的？難道不知道打擾人家睡覺非常不禮貌嗎？而且這小子竟然用槍托砸我，是誰給你們權力讓你們這樣幹的？你們這是無故毆打老百姓，這可是違法的，你們知道不知道？」

柳擎宇話音剛落，幾個人中帶隊的錢楓立刻厲聲道：

「柳擎宇，我告訴你，你現在是嫌疑犯，我們奉命抓捕你歸案，請你老實放下手中的槍，配合我們，老老實實地跟我們走，你要是暴力拒捕的話，發生什麼意外，我們可不敢保證。」

「哦？嫌疑犯？這是誰說的啊？你們有證據嗎？你們有逮捕證嗎？給我出示一下，如果手續齊全，我立刻跟你們走。我想你們應該清楚，我現在的身分是新華區的副區長。」柳擎宇冷冷地說道。

「柳擎宇，你忽悠誰啊，你那個副區長的位置早就換成別人了，你現在就是普通老百姓一個。至於逮捕證和證據，我們的確沒有，但是我相信，只要把你抓住，一切就都有了。」一名員警回嗆道。

柳擎宇笑了，從對方的回答他判斷出來，這些員警肯定是受到鄭曉成或者某些人的特殊關照私自行動的，根本就沒有按照正常流程來走。

想到這裡，柳擎宇直接把槍丟在地上，伸出雙手，笑著說道：「幾位，我現在可以跟你們走，但是你們最好記住一點，一路上最好不要為難我，否則的話後果自負，我這個人脾氣不好。」

那個被柳擎宇搶了槍的傢伙爬起來，立刻雙眼充滿怨毒地衝著柳擎宇一拳砸了過來，直接砸向柳擎宇的鼻子。

此刻，柳擎宇的手腕上已經被戴上了手銬。要是被砸到，鼻骨肯定會斷裂。

然而，柳擎宇腳已經飛了起來，正踹在那個叫徐州的肚子上，直接踹得他飛出去兩米多遠才噗通一聲落在地上。

帶隊的錢楓立刻陰沉著臉對徐州說道：「好了，徐州，不要再節外生枝了，先把柳擎宇帶回局裡再說！你去把車開過來。」說著，他看了看另外兩名員警，說道：「你們兩個架住柳擎宇，咱們慢慢往回走。」

很快，柳擎宇被帶上了警車，直接向新華區公安分局駛去。

就在于金文等人到達新華區區委區政府大院外面時，柳擎宇也幾乎在同時被帶進了新華區公安分局的審訊室內。

新華區大會議室內。

于金文坐在主席臺上，他的左右分別坐著王中山和李德林。

第一排則是蒼山市其他常委們。後面坐著的是新華區的常委們以及投資商劉小飛和陳龍斌。

落座後，于金文開口道：

「王書記，李市長，我這次下來，主要是視察蒼山市這次招商引資下來的項目落實的情況，之前的省委常委擴大會議上，我已經聽你們彙報過了，所以這一次就不問你們了，我現在想要聽一聽一線同志們的意見。新華區的同志們，你們誰來說一下新華區招商引資項目的落實情況，並把投資商給我介紹介紹。」

姜新宇看了一眼鄭曉成。他並沒有站起來，因為他曉得這一次鄭曉成走通了李德林的關係，而之前由於自己在河西省的時候惹得李德林不太高興，自己在李德林眼中的分量反而不如鄭曉成重，所以他也就不想出風頭了。

鄭曉成看到姜新宇的眼神，知道姜新宇向自己妥協了。臉上露出得意之色，立刻站起身來說道：「于秘書長，我是新華區區長鄭曉成，我來向您彙報一下我們新華區的情況吧，到目前為止，我們已經和河西省環保集團以及蕭氏集團正式達成了合作協議，資金將會在三天內到位，項目啟動也將會很快展開。」

說著，他用手一指坐在身邊的劉小飛和陳龍斌，說道：「于秘書長，坐在我身邊這兩位就是蕭氏集團的劉小飛，和河西省環保集團的董事長陳龍斌。」

然後他又向劉小飛和陳龍斌介紹道：「二位老總，主席臺上那位就是我們白雲省省委常委、省委秘書長于金文。」

這時，于金文聽到鄭曉成介紹到劉小飛和陳龍斌，直接從主席臺上走了下來，主動伸出手來，說道：「二位，非常感謝你們到我們白雲省投資，我代表我們省委向你們表示誠摯的歡迎。」

此時，跟隨于金文下來進行追蹤採訪的白雲省電視臺以及各大媒體的記者們，紛紛把攝影機、照相機對準了于金文和劉小飛他們。

一時間，閃光燈亮成一片，快門聲此起彼伏。

這是一個多麼溫馨、感人的場景啊，省委秘書長為了表示對投資商的看重，親自走下主席臺和他們握手，這充分表達了于金文和省委的態度。

這是一個標誌性的動作，這是一個十分有新聞價值的動作，每一個記者都不想錯過這個場面。

在所有人看來，接下來，應該是投資商們對省委秘書長的回饋了。正常情況下，劇情應該是這樣發展的。

然而，當劉小飛的手和于金文的手握住之後，劉小飛卻突然語出驚人地說：

「對不起啊，于秘書長，我和陳總商量過了，決定正式放棄與新華區的合作項目，另外尋找更為合適的投資地點。」

劉小飛的話猶如平靜的湖面落入一塊巨石，頓時濺起片片漣漪。

于金文當場愣住了，雙眼充滿驚愕地看著劉小飛。

李德林也呆住了，本來他認為鄭曉成已經搞定了劉小飛和陳龍斌，萬萬沒有想到劉小飛會當著于金文的面說出這番話。

這也太不給于金文面子了，更是直接打鄭曉成和自己這個蒼山市市長的臉啊！

這到底是怎麼回事？

想到這裡，李德林充滿憤怒地看向鄭曉成。

和李德林的心態不同，王中山雖然感覺到有些意外，卻並不震驚，因為他太瞭解柳擎宇這個人了。他非常清楚，以柳擎宇的個性，怎麼可能心甘情願地認輸呢！他肯定會有後手的。只不過讓王中山沒有想到的是，柳擎宇的後手竟然是劉小飛和陳龍斌。

此刻，最為震撼和焦慮的要屬鄭曉成、楊傑和姚占峰三人了。劉小飛的話簡直比拿著刀子捅他們還讓他們難受啊。

楊傑和姚占峰被嚇得臉色蒼白得沒有一絲血色，鄭曉成心中極度憤怒，但是勉強還保持著一絲鎮定，陪著笑臉說道：

「劉總，我們之前不是談好了嗎？你親口對我說這個項目我們正式達成合作了啊！你現在應該是和于秘書長開玩笑吧。」

聽鄭曉成這樣說，于金文的臉色稍微緩和了一些。

然而，劉小飛臉色十分嚴肅地說道：「我怎麼敢和于秘書長開玩笑呢，我說的是事實，我的確不想在蒼山市投資了，對蒼山的投資環境，我和陳總都感到非常失望。」

王中山和李德林聽了，臉色全都一變，尤其是李德林，神情明顯緊張起來。他意識到劉小飛此舉絕非是心血來潮，而是早有預謀的；否則，以鄭曉成的精明，絕對不會發現不了這個問題。

于金文面色嚴肅地看著劉小飛道：「我想知道理由，到底蒼山市哪裡做得不對，讓你們決定不在蒼山市投資？」

「于秘書長，我實話跟您以及在座的各位領導說吧，我和陳總之所以決定到蒼山市投資，不是因為蒼山市的投資環境有多麼好，也不是因為蒼山市給我們提供的投資優惠條件有多麼優厚，其實，我們和柳擎宇所簽訂的合同，上面的優惠條件可說是跟我們所接觸過的地市中給出的優惠條件最少的，但是，我們在經濟交流會上依然選擇在蒼山市新華區進行投資。」劉小飛沉聲道：

「我想，各位一定非常好奇，難道我和陳總都犯賤，非得選擇條件最差的新華區嗎？答案當然是否定的。我和陳總都是商人，十分非常清楚各種優惠條件對於一個企業來說，可以節省多少成本！」

說到這裡，劉小飛頓了一下，語氣顯得十分嚴肅，說道：

「但是我們卻依然堅定地選擇與新華區合作，因為我們看重的是當時負責和我們進行洽談的招商引資的副區長柳擎宇的為人和態度！

「當時，柳副區長雖然沒有承諾給我們多少優惠條件，但是卻語氣十分堅定地告訴我們，凡是他招商引資下來的項目，他會負責到底，會確保我們企業的利益不會因為某些貪官污吏們吃拿卡要的行為而遭受損失。

「說實在的，吃拿卡要行為在很多地區非常普遍，而且這對我們這種大型企業來說，僅僅是九牛一毛。但是，我們所看重的恰恰就是這個細節。因為一點點的吃拿卡要行為如果不能被制止，當那些官員胃口越來越大的時候，也許就是我們企業面臨嚴重危機的時候！歷史上，有多少大型企業就是倒在這種明槍暗箭之下？

「所以，基於這種考慮，我們思慮再三，最後決定選擇和柳擎宇所主導的新華區招商局合作。而且我們心中也早就確定了目標，那就是我們與蒼山市的合作，是建立在柳擎宇負責這些項目的基礎上。

「讓我們失望的是，我們來到這兒後卻發現，柳擎宇竟然辭職了。經過多方打探後得知，當時在交流會上與柳擎宇簽訂合同的很多企業都接到通知，說是他們的項目將會轉由其他縣區負責。」

劉小飛憤怒地說道：「于秘書長，您說說，像連一個做出這麼多成績的副區長都能被逼到辭職的地步，連合作項目的負責區域都可以隨意調整的地市，我們能放心和他們合作嗎？如果我們真的和他們合作了，以後遇到吃拿卡要現象，誰來保證我們的利益？」

于金文聽到劉小飛這番話後，臉色立時變得暗沉不已，他的目光在王中山、李德林兩人的臉上逡巡著。

王中山顯得十分淡定，因為在這件事情上他問心無愧，他可是在常委會上力挺柳擎宇的，因為李德林的極力活動，自己最終敗北。可以說，一切的始作俑者是李德林。

李德林則是目光怨懟地看向劉小飛。自己籌劃得幾近完美的政績瓜分方案，竟然因為這個小小的投資商的話而直接曝光在省委秘書長的眼前。

現場一片寂靜。氣氛顯得無比壓抑，所有人的目光都聚焦在于金文的臉上。

于金文目光落在王中山的臉上。

「王中山同志，這到底是怎麼回事？」

王中山苦笑道：「于秘書長，這事您還是問李德林同志吧，一切都是他操作的。」

輕飄飄的一句話，王中山直接把所有的責任都推到了李德林的身上。

這並不是他不想承擔責任，而是因為他對李德林已經不滿到了極點，此刻，是他進行全面反擊的時候了。

官場上的鬥爭進行到一定程度的時候，你死我活，有的人選擇圖一時之快，最終功敗垂成；**有人選擇臥薪嚐膽，勵精圖治，為的就是反戈一擊**。

王中山選擇的是後者。

李德林聽到王中山這樣說，頓時氣得火冒三丈，到這個時候了，王中山竟然根本不顧班子的團結，不顧整個蒼山市的面子，把自己推出來，這讓他十分不滿。

但是眼前他只能故作鎮定地說道：「于秘書長，是這樣的，柳擎宇同志之所以辭職，是因為對我們市委市政府的某些安排不太滿意，所以才使性子辭職的。我們正在積極協調此事，爭取讓柳同志早日回到崗位上。」

此刻，為了保住自己的面子，為了能夠不讓這件事情的影響擴大，他只能採取一種防守式的姿態，大事化小，小事化了，儘量減少暴露自己決策問題的機率。

然而，李德林的話音剛落，劉小飛就馬上補了一槍，道：

「李市長，你說得太模糊了，據我所知，他之所以辭職，是因為在你的提議下，蒼山市市委常委會把新華區招商引資來的項目，以統籌協調的名義集中到市政府手中，然後再由市政府劃分給其他的縣區，柳擎宇憤怒之下才提交了辭職報告。」

劉小飛又看向于金文，火力全開地說道：

「于秘書長，說實在的，原本蒼山市發生什麼事，和我們投資商沒有關係，我完全不在意，但是，由於我們要在蒼山市投資，這些事我們就不得不注意了。尤其是您想想看，柳擎宇率領著招商局的團隊經過辛苦打拼，最後拿下二十億的項目，但是一回到蒼山市，市裡便玩了摘桃子這麼十分無恥的一招，柳擎宇能受得了嗎？別說是柳擎宇了，就連我們這些投資商都看不下去了。

「據我所知，柳擎宇的辭職報告好像還沒有被批准吧，他的副區長位置就被這位楊傑同志給頂替了，而招商局局長秦睿婕也被發配到了老幹部局，于秘書長，您說說，面對這樣喜歡摘桃子的某些領導，我們這些投資商能夠放心嗎？

「我之前也說過了，我們之所以要來蒼山市投資，就是看重柳擎宇對我們的真誠和保證。我知道，我今天揭露此事，肯定會讓蒼山市很多領導對我們不滿，所以，為了我們自身的利益，為了以後在蒼山市不會受到不公平待遇，我們只能放棄在蒼山市投資了。不好意思，你們先忙，我們走了。」

說完，劉小飛和陳龍斌轉身就要走。

這個時候，于金文不能再沉默下去了，他久混官場，對很多事一看即透，從王中山的態度以及劉小飛的話，讓他當即猜到肯定是李德林想要玩摘桃子的把戲，或者是想收拾柳擎宇，才逼得柳擎宇憤而辭職。

想到這裡，于金文立即抓住劉小飛的胳膊，挽回道：

「劉總，不要急著走，你放心，這件事，我們白雲省省委一定會給柳擎宇，給你們這些投資商一個交代，請給我一點時間，我會用實際行動來證明，我們白雲省是最適合投資的地區。我這個省委秘書長親自向你們保證，在我們白雲省任何地市進行投資，都不會受到任何不公平待遇，如果真的出了問題，我于金文負責幫你們擺平。」

聽到于金文的保證，劉小飛和陳龍斌停住了腳步。

劉小飛想了想說道：「好，有于秘書長這句話，我劉小飛願意等最終的結果出爐。」

「我也願意。」陳龍斌附和。

于金文點點頭，目光犀利地看向李德林，道：

「李市長，我想向你求證幾個問題，請你如實回答我。第一，提議要對新華區招商引資項目進行統籌安排，是不是你發起的？」

李德林知道他無法否認，于金文有很多方法可以求證，所以承認道：「沒錯，不過我這樣做也是好意啊，我是為了……」

于金文手一揮說道：「你不用解釋，我接著問下一個問題，柳擎宇現在到底還算不算是新華區的副區長？」

李德林搖搖頭道：「現在的新華區副區長是楊傑同志，柳擎宇的辭職報告就只差王書記的最後簽字了。」

于金文不耐地說道：「簽字不簽字是你們的問題，對那些我不感興趣，我只想問你，柳擎宇現在還算不算是新華區的副區長？」

李德林直接肯定地道：「不是。」

李德林心中已經帶了幾分火氣，他現在算是看出來了，這個于金文似乎對自己不太理會啊，反而對劉小飛他們這些投資商十分重視。

對李德林的態度，于金文臉上沒有露出一絲不滿，繼續求證道：

「李德林同志，你當時在省委常委會上，當著所有省委常委的面說新華區已經把河西省環保集團和蕭氏集團這兩個項目拿下來了，但是現在結果卻恰恰相反；你當時還說其他項目也正在落實之中，我想問問你，其他項目現在到底落實了還是沒有落實？不要給我一個模稜兩可的答案，你只需要告訴我，有還是沒有？」

李德林臉色更加難看了，于金文的話幾乎將他逼到了死角。

李德林也是官場鬥爭的老手了，他可以從于金文看似平淡的話中，感受到火山爆發前的那種危險的氣息。

李德林剛才的確想要給于金文一個模稜兩可的答案，沒想到于金文提前封死了他的這條路，他只能咬著牙說道：「還沒有完全落實。」

于金文對李德林的不滿情緒更加濃了幾分。于金文心知李德林是算準了自己不好當著這麼多人的面讓他下不來臺，所以依然給出了一個模稜兩可的答案。

于金文也不是省油的燈，直接換了一種問法，說道：

「李市長，那麼我再問你一個問題，到現在為止，柳擎宇在河西省招商引資過來的項目中，有哪個項目投資商已經讓資金到位了？有沒有哪個項目已經完全啟動了？」

李德林臉色一沉，于金文這話實在太狠了，他無法再打馬虎眼含糊帶過，因為這只要到銀行去查證就一目瞭然了。

這時候，他只能硬著頭皮說道：「于秘書長，到目前為止，還沒有投資商的資金到位，不過我相信最多三天內，資金就會有到位的了。」

于金文臉拉了下來，面如寒霜地說道：

「李市長，當初在省委常委視頻擴大會議上，你不是也說河西省環保集團和蕭氏集團的項目和資金會在三天之內到位嗎？現在人家都已經親口決定不在蒼山市投資了，我想問問你，為什麼會出現這樣的情況？其他的項目會不會也出現類似的情況？如果繼續出現這樣的問題，我們白雲省的聲譽會不會受到影響？這個責任應該由誰來承擔？」

于金文接連問出這麼一連串的問題，李德林的臉色變得極其難看。于金文竟然突然向自己發難，根本不顧及自己堂堂一方大員的面子，這讓他十分不滿。

他沒有想到，此刻就連王中山也感覺到十分意外，因為他很清楚于金文在省委裡一向以溫和、脾氣好著稱，今天卻表現出了前所未有的強勢。

這是為什麼呢？

李德林臉色一陣陰一陣晴，眼神中露出兩道寒光，略微沉吟了一下，說道：「于秘書長，這個問題我會向省委解釋的，要說到責任，也未必那麼誇張，只要給我們蒼山市充足的時間，我有信心，也有能力保證這些項目都能落戶在我們蒼山市。」

他決定和于金文硬抗到底。如果現在就被于金文吃得死死的，那麼自己以後就被動了，他必須強勢應對，他要讓于金文知道，**自己並不是一塊肥肉，誰想要咬一口就咬一口**。就算于金文是省委常委，不能輕易動他，因為他的背後也是有省委常委做靠山的。

因而李德林說完後，腰桿挺得筆直，臉上露出傲然之色。

就在這時候，王中山的手機突然響了起來。

王中山看了一眼手機號碼，接通電話，低聲和對方聊了幾句之後，立刻掛斷了電話，對著李德林怒聲道：

「李市長，我剛剛得到消息，你們市政府正在聯繫的河西省新能源產業集團董事長李正東剛剛給我打電話，說由於柳擎宇同志『被辭職』，他對我們蒼山市的投資環境充滿了擔憂。所以李正東做出了最終的決定，除非這件事由柳擎宇來負責，否則他們本來準備投資十億，未來總投資將會達到三十多億的新能源產業項目將會拒絕在我們蒼山市落地，他們正在積極和鄰省進行聯繫中。」

說到這裡，王中山臉上的怒氣更濃了幾分，咬著牙說道：

「而且其他省分的投資商也已經組成了投資者聯盟，向我們市委發來正式通知，對我們蒼山市某些市委領導逼走柳擎宇的行為十分擔憂，決定暫停和我們蒼山市進行合作，如果我們蒼山市以合同為由打官司的話，他們將會奉陪到底。

「因為他們當時之所以選在新華區投資，看重的就是柳擎宇和整個招商團隊認真負責的態度，結果他們發現，當初負責招商的團隊骨幹成員幾乎都已經不負責這些事了，所以十分擔憂，他們擔心一旦他們投資的項目開始盈利，會不會被某些地方官員像對待柳擎宇他們那樣卡住脖子。」

王中山說完，氣得雙拳緊緊地握住。此刻，他真的恨不得上去狠狠地把李德林揍一頓，就是李德林太過於弄權，導致蒼山市目前陷入如此困境之中，而且，這件事情一旦發酵的話，將會對整個蒼山市的形象造成十分惡劣的影響。

李德林也不敢再發一言了，這個電話竟然會在這個關鍵時刻打過來，這簡直是要自己的命啊。

于金文心中的怒氣再也忍不住了，事情到了這個地步，已經不是他能夠做主的程度，他直接撥通省委書記曾鴻濤的電話，把王中山的那番話複述了一遍，又讓王中山在電話中向曾鴻濤進行了確認。

曾鴻濤聽完于金文的彙報後，勃然大怒。

要知道，曾鴻濤對柳擎宇是十分關注的，尤其是柳擎宇在河西省之行時的優秀表現，讓他對柳擎宇越發欣賞，他正在考慮在適當的時候提拔一下柳擎宇，把柳擎宇列為自己派系中的嫡系青年力量進行培養呢。

然而，他萬萬沒有想到，柳擎宇竟然「被辭職」了。

想到這裡，曾鴻濤立刻對于金文交代了如下幾點說道：

「于同志，關於投資商撤資一事我有幾點處理意見，第一，立刻讓柳擎宇官復原職，繼續由柳擎宇負責所有新華區在經濟交流會上拿下的項目，其他人不得以任何理由插手此事。

「第二，由於李德林同志在整個事件中的表現十分糟糕，省委常委會將會討論看看是否給李德林同志通報批評的處理。

「第三，李德林同志在省委常委會上當著所有常委的面，向省委常委們做出過承諾，現在看來，這根本就是精心策劃的一場欺騙行為，必須有人為此承擔責任。

「第四，如果蒼山市不能留住這次所有簽訂合同的投資商，那麼蒼山市市委班子必須為此承擔責任，甚至需要考慮調整蒼山市市委班子成員。

「你把這四點向蒼山市的同志們傳達一下。我希望明天上班的時候看到最終的結果。」說完，曾鴻濤便直接掛斷了電話。

掛斷電話後，曾鴻濤在憤怒之餘，臉上卻多了幾分笑意，喃喃自語道：

「柳擎宇啊柳擎宇，你這個臭小子還真是我的福將啊，自從我到任白雲省以後，和那個老傢伙鬥得旗鼓相當，李德林這個地頭蛇，我一直拿他沒辦法，沒有想到你小子這麼一鬧騰，竟然給了我插手蒼山市局勢的機會，而且還可以趁機敲打一下李德林。嗯，不錯，非常不錯。」

接到曾鴻濤的指示後，于金文立刻把曾鴻濤的指示向在場眾人進行了傳達。

李德林的身體一下子就有些發軟了。他怎麼也沒料到，這麼一件小事，只因涉及了柳擎宇，竟然引發省委書記雷霆震怒，甚至親自作出指示。

最讓他感覺到鬱卒的是，在曾鴻濤的指示中明確提出他要為自己錯誤的決策買單，更必須為欺騙省委的行為買單。

曾鴻濤的意思很明顯，統籌安排這個決定是李德林做出的，他也曾經在省委常委會上欺騙常委們，要他承擔這個責任。

李德林是十分狡猾老辣之輩，明知道自己做出的決策是錯誤的，怎麼可能去承擔責任呢，當初在省委上做出承諾的時候，他就已經埋下了伏筆，那就是他當時明確表示自己是接到新華區區長鄭曉成彙報才做出上述承諾的，也就是說，他所有的承諾都是基於鄭曉成的彙報，現在出了問題，要找出承擔責任的人，那麼毫無疑問就是鄭曉成。

雖然鄭曉成表露出投靠自己，放棄鄒海鵬的意思，但是在需要擔責任的時候，李德林毫不考慮地決定放棄鄭曉成。

因而李德林立刻說道：「于秘書長，請您和省委放心，省委曾書記的四點指示，我們蒼山市一定會堅決執行，堅決落實。」

于金文點點頭，命令道：「現在先不說別的了，我看首要之務是先讓柳擎宇官復原職，現在立刻聯繫柳擎宇，讓柳擎宇趕快過來，我要親自和柳同志談一談，看著他復職，這樣我好向曾書記交代。」

「好的，好的。」李德林可不敢再像之前那麼囂張了，立刻轉頭對鄭曉成道：「你立刻聯繫柳擎宇，讓他趕到會議室來。」

鄭曉成一聽，立時嚇得滿腦門是汗，柳擎宇現在恐怕正在新華區公安分局內接受審訊呢！

鄭曉成一邊拿出手機慢吞吞地撥打新華區公安分局副局長鄭立國的電話，一邊暗暗祈禱著：「老天啊，上帝啊，希望鄭立國還沒有對柳擎宇審訊，否則這事就麻煩了。」

就在十分鐘前，柳擎宇被連推帶搡地弄進了審訊室，直接被銬在新華區公安分局審訊室的長椅上。

新華區公安分局的副局長鄭立國親自主持這次審訊。

鄭立國是鄭曉成的親戚，他的爺爺和鄭曉成的爺爺是哥們。鄭立國就是利用這些關係，瘋狂地拍鄭曉成的馬屁，再加上拉關係送錢，不到五年的時間，就從一個小小的聯防員，混成了副科級的副局長，可謂平步青雲。因此在分局裡，他無時無刻不以鄭曉成的嫡系人馬自居。即便是局長也得讓他三分。

這一次，那幾個去抓捕柳擎宇的員警就是鄭立國親自點將派出去的，目的非常明確，就是想在鄭曉成面前好好表現一番，將屢屢和鄭曉成作對的柳擎宇狠狠地收拾一番。他相信，只要自己表現好，再加上及時送點錢，鄭曉成一定會把自己提到公安局常務副局長的位置上的。他盯著那個位置已經很久了。

審訊室內。

鄭立國大馬金刀地坐在椅子上，腳搭在前面的審訊桌上，他的身邊，站著六名身穿警服的彪形大漢。這幾個人全都是他的親信人馬。

鄭立國看著對面靠在長椅上的柳擎宇，說道：「柳擎宇，你認識我嗎？」

柳擎宇不屑地瞥了鄭立國一眼，說道：「你誰啊？我不認識。」

鄭立國嘿嘿一笑，說道：「沒關係，現在你不認識我沒有關係，馬上你就認識我了。」

「小三子，先給柳擎宇來點見面禮。」

鄭立國話音落下，一個身強體壯的員警手中拿著三大瓶兩千毫升的可樂來到柳擎宇的身邊，冷漠地說道：「來，柳擎宇，張嘴，把這三瓶可樂一口氣灌下去！這是我們鄭局長送給你的見面禮，相信你一定會喜歡的。」

對普通人來說，一次喝一小瓶五百毫升的可樂輕輕鬆鬆，喝兩千毫升的啤酒，也是小菜一碟，但是可樂這東西不同，這玩意裡面充滿了二氧化碳，如果一下子喝兩千毫升，身體好的人可能沒什麼，但是身體差的就不一定承受得住了。

僅僅是裡面含的那些二氧化碳就足以讓人體內氣壓失衡，腸胃系統將會遭受嚴重考驗，尤其是小三子手中拎著的都是冰鎮可樂，那叫一個涼！

柳擎宇可是當過狼牙的人，什麼手段沒見過，看到對方居然要對自己實施這種手段，他便猜到對方想要整殘自己。

柳擎宇冷冷地說道：「我奉勸你一句，最好按照公安局的正常流程來對我進行審訊，否則，後果不是你們承受得了的。」

小三子嘿嘿一陣陰笑，說道：「後果？能有什麼後果？你口渴了，我們買了點可樂給你喝，結果你太沒有出息了，一口氣把這三瓶可樂都給喝光了，就算出點事，也和我們沒有任何關係啊。」

說著，小三子伸出手想要按住柳擎宇的下巴，另外一隻手則提前打開可樂的蓋子，就要往柳擎宇的嘴裡倒。

然而，他忽略了一個問題，那就是柳擎宇雖然雙手被銬在長椅上，但是雙腿卻是可以行動的，小三子的手還沒有碰到柳擎宇的下巴呢，突然感覺到小腹處一陣劇痛，隨即整個人便飛了起來，一直飛出去三米多遠，才噗通一聲掉落在地上，抱著小腹慘叫連連。

柳擎宇這一下乾脆俐落，震驚全場。

「我說過，後果不是你們能夠承受的，你這個局長姓鄭是吧，我現在給你最後一次警告，對我最好客氣一點！」柳擎宇冷冷地看向鄭立國說道。

鄭立國平時依仗著有鄭曉成，為人十分囂張，為了能幫鄭曉成出一口氣惡氣，他哪裡還聽得進去柳擎宇的警告，看到小三子居然被柳擎宇踢倒，立刻怒聲吼道：

「來人啊，柳擎宇居然敢襲警，大家一起上，先給我打一頓再說。」

之前他還不敢直接出動人手毆打柳擎宇，畢竟柳擎宇也當過副區長，他還有所忌憚，但是現在小三子被柳擎宇踹了一腳，在他眼中已經構成了襲警的罪名，他就不再掩飾自己的目的了。

以柳擎宇的狀態，要想雙手從手銬裡面脫出來，把這些人全都給收拾了，也就是幾分鐘的事，根本不費吹灰之力。然而，柳擎宇之所以束手就擒，是有著深遠打算的，所以他並沒有那樣做。

這時，其他幾名彪形大漢聽到鄭立國的指示後，立刻一擁而上，手中的警棍便向著柳擎宇狂砸而去。

這些人平時在新華區這塊地盤上橫行無忌，根本沒有啥忌憚的，如今看柳擎宇竟然踹了自己的兄弟，他們豈能善罷甘休，全都憋足了勁，想要給小三子報仇。

柳擎宇眼神變得陰冷起來，這幾個人身上都充滿了殺氣，很明顯，這一次他們出手將會不再留手。柳擎宇嘴角露出一絲不屑的微笑，即便是雙手被銬在長椅上，這幾個人他也沒有放在眼中。

哎呀！噗通！劈里啪啦！

雙方短兵相接，結果不到一分鐘結果便出來了，三個距離柳擎宇比較近的人被柳擎宇用腿撂倒，一時間爬不起來了。另外兩個因為衝得慢了些，發現危險，及時停住腳步，躲過這一劫。

兩人看著躺在地上的四名同伴，臉色都慘白不已。

鄭立國也有些坐不住了，立刻對剩下的兩個手下喊道：「這個柳擎宇還真夠厲害的啊，大家不要靠近他，找些長點的鐵桿、木棍，離他遠一點，從左右兩邊進攻，給我狠狠地打，直到給我打老實了為止。」

很快，兩人找到兩根一米半長的木棍，從左右兩邊朝著柳擎宇開始發動進攻。

看到對方拿著的是木棍，估計了一下時間，柳擎宇一邊假意抵擋著，一邊開始放水。

很快，柳擎宇的腦門上、臉上、肩上都冒出了血跡，整個人看起來就像是血葫蘆一般，十分嚇人。實際上，他只受了些皮外傷而已。

隨著兩人的攻擊不斷加強，柳擎宇演戲也漸漸進入角色，身體的反抗力度越來越小，那兩個人也越發囂張起來。

又過了幾分鐘後，柳擎宇直接把腦袋一歪，眼睛一翻，假裝暈了過去。

見柳擎宇暈過去，那兩個人又拿著棍子狠狠地砸了柳擎宇幾下，發現他沒有反抗後，才走進柳擎宇，摸了摸柳擎宇的鼻子，發現還有呼吸，立刻向鄭立國彙報，說柳擎宇暈過去了。

鄭立國立刻拿出早已經準備好的相機，對著柳擎宇喀嚓喀嚓，拍了幾張不同角度的照片，這是他用來向鄭曉成請功的證據。

等拍完照片之後，他立刻吩咐道：「好了，你們弄一桶涼水來，把柳擎宇給我弄醒了，接著好好收拾他。」

「好耶！」兩個人立刻出去行動了。

此刻，在新華區區委區政府會議室內。

鄭曉成假裝撥打柳擎宇的手機，撥打了半天之後，他苦笑著看向李德林，說道：「李市長，柳擎宇的電話打不通。」

就在這時候，王中山的手機突然嘟嘟嘟地響了起來，電話一接通，常務副市長唐建國充滿憤怒、焦慮的聲音立刻在電話裡響了起來：

「王書記，我剛剛得到唐智勇的通知，說是柳擎宇被新華區公安分局給帶走了，到現在還沒有出來。他擔心柳擎宇會出事，我準備立刻過去一趟。」

王中山一聽，頓時也著急了。

不過他著急的心態和唐建國不一樣。唐建國關心柳擎宇，是因為柳擎宇是自己兒子的老大，他把柳擎宇當成自己的晚輩。

王中山關心柳擎宇，主要還是因為對柳擎宇身分的忌憚，尤其是看重柳擎宇在整個蒼山市這盤棋局中的重要作用，所以他必須關心好柳擎宇，不能讓柳擎宇出問題。

一聽柳擎宇被抓進公安局，于金文也有些著急了。

他是站在省委領導角度來思考問題的。畢竟，一個像柳擎宇這樣，年紀輕輕便做出如此讓人震驚的業績，還能夠讓眾多投資商對他死心塌地的年輕人，不管從哪個角度考慮，省委都不能容忍柳擎宇出問題。

這是一個可以重點栽培的年輕人，這是一個可以為整個白雲省添光爭彩的年輕人；而且，這是唯一一個讓省委書記讓他幫忙關照一下的年輕人。

于金文對曾鴻濤的為人相當瞭解，知道曾鴻濤從來都是一個鐵面無私的人，做任何事情講究實事求是，雖然政治鬥爭的手段十分圓潤自如，但是在曾鴻濤的心中，做任何事情都是有原則，有底限的，那就是絕不能踐踏國家利益、人民利益，任何人超越了他的底限，他都會毫不留情地給予打擊，曾鴻濤從來不會有任何的妥協。

就是這樣一個外圓內方的省委書記，竟然讓自己重點關注柳擎宇這個年輕人，這背後會不會有什麼隱情？

「嗯，既然王中山同志要去看柳擎宇，那咱們就一起去看一看吧！我對柳擎宇同志也非常感興趣啊，我想要見識一下，一個能夠做出如此成績的年輕人，到底是什麼樣的人，他又為什麼會被抓進公安局。」

說著，于金文首先向外走去。王中山緊隨其後。

李德林預感到事情有些不妙，一看鄭曉成，發現鄭曉成的臉色都快跟豬肝差不多了，雙腿還在那裡顫抖著。

鄭曉成刻意走在最後面，想給自己的族弟鄭立國打電話，讓他趕快把柳擎宇放出來，同時瞭解一下柳擎宇的情況。

誰知他的手機剛拿出來，旁邊走過兩個人來，一左一右地包夾在鄭曉成的兩側，赫然是劉小飛和陳龍斌。

劉小飛伸出手來，一把摟住鄭曉成的肩膀，說道：「鄭區長，咱們也跟著領導們去看看吧，我和陳總正好有些事想要跟你溝通一下，我想你不會不給我們這個面子吧？」

本來鄭曉成的手已經伸進褲兜握住手機了，看到劉小飛和陳龍斌來到自己身旁，只能鬆開手機，臉上露出乾笑，道：「好的，好的，那咱們一起跟上吧。」

隨後，在劉小飛和陳龍斌的挾持之下，向車上走去。

此刻，李德林的心情十分複雜，他很想親自給新華區公安分局那邊打個電話詢問一下具體的情況，但是他非常清楚，現在是非常時期，而且區政府大院距離新華區公安分局的距離並不遠，五六分鐘就到了，如果自己打了這個電話，中間出現了一些意想不到的變故，一旦柳擎宇真的出了事，這個黑鍋弄不好就會扣在自己的頭上，相反，自己假裝不知道這件事，頂多就是一個監督不力的責任，沒什麼大不了的。

想到此處，李德林把牙一咬，心中暗道：「不管了，反正一切有鄭曉成在那裡撐著，出了事，把他給推出去就可以了。」

想通了其中關節，李德林也就不急了，默默地跟在王中山的身後上了車，向新華區公安分局的方向行去。

第三章

最佳火候

此時，柳擎宇將李德林的心態、表情全都看得清清楚楚，知道李德林心中的憤怒應該已經差不多要到極點了，不能再挑釁下去，否則就真要壞事了。要想達到自己的目標，必須對火候掌握得當，現在正是最佳火候。

當于金文等一行人來到新華區公安分局門口的時候，恰好唐建國也剛剛趕到，眾人合兵一處，唐建國招來一位辦公室副主任，由他帶領著眾人往審訊室去。

那位得到命令拎水的員警正準備拿起水桶潑向柳擎宇，把柳擎宇澆醒時，審訊室的房門被唐建國一腳給踹開來，于金文帶著眾人闖了進來。

那個員警看到這麼大的陣仗，嚇得手一哆嗦，整桶水噹啷一聲掉在地上，水灑得到處都是。

然而真正感到震驚的不是他，更不是瞪大了眼睛的鄭立國，而是于金文、王中山、唐建國等人。

最先反應過來的是唐建國。

唐建國看到雙手被銬在椅子上，滿臉血跡斑斑，昏倒在長椅上的柳擎宇，急得說不出話來，大步衝到柳擎宇身邊，急急喚道：

「柳擎宇，你怎麼樣了？來人，快點叫救護車。」

這時候，于金文、王中山也醒悟過來。

于金文本來是不認識柳擎宇的，當唐建國喊出柳擎宇名字的時候，他便知道了。看到滿臉血跡的柳擎宇，他內心的憤怒無以復加。

王中山看到柳擎宇慘不忍睹的樣子也急眼了，立刻衝著坐在審訊桌前滿臉驚恐的鄭立國吼道：

「你是誰？你們到底在做什麼？立刻回答我！為什麼柳擎宇會變成這個樣子？」

此刻，鄭立國已經看清楚王中山、李德林等人的面貌，更看到自己的大靠山鄭曉成也站在人群後面，由此可見走在最前面的那個人身分有多高了，要知道，那個人可是站在王中山和李德林前面的啊。

鄭立國的心中已經炸開鍋了。現在到底是什麼狀況？為什麼市委書記和市長竟然帶著這麼多人突然闖了進來？

他知道這時候不管說什麼，自己絕對是百口莫辯，為了能夠給自己留下迴旋的餘地，他思索著絕對不能把鄭曉成供出來，只要鄭曉成不倒，自己便有機會從這次危機中脫身出來。

想明白後，鄭立國乾脆直接站起身來，低著頭，一句話都不說。

看到鄭立國的動作，鄭曉成長出了一口氣，只要鄭立國不出賣自己，自己暫時便是安全的。

此刻，柳擎宇在唐建國的頻頻呼喚聲中「悠悠轉醒」，立時又激動地吼道：

「鄭立國，你不用再枉費心機了，你就算打死我，我也不會向你和鄭曉成屈服的，不要以為你有鄭曉成作為靠山就可以為所欲為，你就算打死我，我也不會按照你的要求，說什麼我柳擎宇給王書記送禮，因為我從來沒有做過那樣的事！你們冤枉我可以，但是絕對不能抹黑王書記！」

王中山聽到柳擎宇用迷迷糊糊的聲音吼出來的話後，臉色刷的沉了下來。雖然柳擎宇沒有說出那個王書記到底是誰，但是明眼人一聽就知道啊，柳擎宇在蒼山市沒有什麼人脈，認識的人中只有自己一個王書記啊。

看到柳擎宇都被打成這樣了，還堅持意念不抹黑自己，王中山心中感動到無以復加。這樣的同志是經得起考驗的，又如此忠於自己，絕對可以作為嫡系人馬來培養啊！

相對於柳擎宇的忠心不貳，再看看鄭曉成，王中山不覺眼中冒火。

從柳擎宇那「無意識」喊出來的話中基本上可以斷定，這個鄭立國肯定是收到鄭曉成的指示來逼迫柳擎宇交代行賄的，最近他恰恰聽到鄭曉成在向李德林靠攏，這樣看來，很有可能鄭曉成是打算把這個所謂的「行賄」，作為投名狀交給李德林啊。

王中山越想，心中的火氣越大。

鄭曉成一個小小的區長，怎麼敢和自己堂堂的市委書記作對呢，他的背後肯定有李德林撐腰啊。

怒了！王中山這一次是真的怒了！

李德林在常委會上做手腳，讓他在常委會上敗北，他可以忍受，因為這是堂堂正正的較量，比個人的人脈和交際能力。輸了他認了，現在，李德林竟然唆使鄭曉成動用公安機關的力量來收拾柳擎宇！

這徹底觸碰到了他的底限。

畢竟，在蒼山市官場上有幾個不知道柳擎宇是自己人的，鄭曉成敢這樣做，沒有李德林的支持，他會有這個膽量？王中山的眼睛漸漸眯縫起來。

這時，柳擎宇稍微恢復了些精神，四處看了一下，他自然注意到王中山等人的到來，然而他故意假裝沒有看到，目光落在鄭曉成的臉上，隨即用一種十分傲然的態度說道：

「哎喲，是鄭區長您來了啊，不過您來了也沒有用啊，雖然你的人各種手段都用盡了，極力想要逼迫我，讓我承認曾經給市委王書記行賄，但是恐怕我要讓你失望了，因為我柳擎宇根本就沒有做過此事，我是絕對不會承認的。

「還有，你的人逼我說服投資商立刻到蒼山市投資，還說我不同意就弄死我，這一點恐怕也要讓你失望了。說實在的，我也非常希望這些項目落在蒼山市，但是你們竟然使用這種卑鄙的手段來逼迫我去做，我是不會讓你們得逞的。

「今天你們可以用這種手段逼迫我去讓投資商前來投資，那麼明天你們會不會用同樣的手段來黑投資商的錢和項目呢？

「我柳擎宇雖然不是什麼偉大的人，但是我絕對不會因為自身的安危受到脅迫就讓那些開發商朋友受到損害，有本事你就弄死我！弄死我，我也不會讓你們得逞的！」

說完，柳擎宇衝著一臉擔憂的唐建國悄悄地使了個臉色，隨即一口鮮血噴出，再次暈倒在長椅上，那口鮮血恰恰吐了唐建國一臉。

此刻，在場所有人全都震驚了。

包括李德林在內，他怎麼也沒有想到，鄭曉成竟然把事情做得如此離譜，竟然逼著柳擎宇去想辦法把投資商給拉回來。雖然他很清楚鄭曉成的目的是想要討好自己，但問題在於，這件事被當眾揭穿了，他要是包庇鄭曉成的話，面對這麼多人，他真的沒有辦法交代啊。

尤其是柳擎宇還吐血，這說明柳擎宇肯定受了嚴重的內傷，加上滿臉的鮮血，外傷也不輕。這種情況下想包庇鄭曉成，弄不好自己都要搭進去啊。

此時，于金文再也忍不住了，厲聲指責道：「好啊，李德林，我真沒有想到，光天化日，乾坤朗朗，竟然有高級幹部被人在公安分局內刑訊逼供，還是要污蔑市委書記，你們蒼山市真是有一套啊。」

就在這時候，唐建國的手摸了摸柳擎宇的心臟，發現他的心跳速度越來越慢，就連脈搏都越來越微弱了，急得大喊：「救護車，救護車到底來了沒有？柳擎宇的心跳越來越慢了，生命十分危急。」

好在救護車終於急時趕來，醫生現場對柳擎宇診斷了一下，做出診斷：柳擎宇受了嚴重內傷，必須送醫院急救，外傷也需要立即處理，萬一失血過多，會有生命危險。

王中山的火氣已經到達了頂點。帶著滔天怒火對唐建國說道：「唐副市長，你親自陪柳擎宇去醫院，我和李市長處理現場問題。」

唐建國點點頭，立刻跟著醫生護士上了救護車，直奔醫院。

柳擎宇被救護車帶走了，其餘眾人則立在當場，氣氛凝滯。

王中山鐵青著臉看向鄭曉成道：「鄭區長，我想要知道今天的事到底是怎麼回事。」

鄭曉成早已急得如熱鍋上的螞蟻一般，接連發生的一切遠遠超出了他的掌控，他唯一慶幸的是柳擎宇雖然口口聲聲說都是自己安排的，但是並沒有證據。

鄭曉成立刻一臉無辜地說道：「王書記，我和你們一樣，也是剛剛趕過來的，我也不知道這到底是怎麼回事啊。」

「你不知道？柳擎宇在受重傷的情況下為什麼要說出那樣的話？你和鄭立國之間是什麼關係？」

王中山能夠做到市委書記這個位置上，又豈是一般人，在柳擎宇說出那番話後，他立刻對鄭立國和鄭曉成的關係產生了懷疑。

鄭曉成立刻辯駁說：「我們就是上下級的關係啊。」

一旁的王中山的秘書聞言道：「王書記，根據我所瞭解到的情況，鄭曉成和鄭立國有親戚關係，鄭立國一向以鄭曉成的堂弟自居，不時向別人炫耀這種身分，這隨便問個市公安局的基層幹部就知道了。」

王中山目光犀利地問道：「鄭立國，我的秘書說的可是真的？需不需要找個人來對質一下？」

鄭曉成的臉色一下子蒼白起來。

鄭立國則嚇得雙腿發抖，他可沒有鄭曉成那個膽量敢在市委書記面前撒謊，只能點點頭說道：「是真的。」

王中山只是問了幾個問題，一下子就戳穿了鄭曉成的謊言，局勢發展到這裡，他已經掌握了極大的主動權。

王中山再次把視線定格在鄭曉成的臉上，沉聲問道：「鄭曉成，我問你，逼迫柳擎宇把投資商給說服回蒼山市投資，逼迫他招供賄賂我，是不是你指使的？」

鄭曉成立即否認：「不是，我絕對不會這樣做的，這一點我可以對天發誓。」

王中山不由得一皺眉頭，他缺乏證據支持，無法硬是指控鄭曉成。

卻沒想到，這時候劉小飛突然站了出來，他滿臉憤怒地說道：

「鄭曉成，你身為一個區的區長，能不能說句實話，辦一件實事？我和陳總之所以決定不在你們新華區投資，就是因為看穿了你偽善的嘴臉。

「你口口聲聲說你沒有做過任何壞事，說你沒有指使人威脅過柳擎宇，就在昨天晚上，我接到柳擎宇發給我的一段錄音，說如果他被抓進公安局，要我幫忙營救他。

「現在，大家一起聽聽吧，看看鄭曉成到底是一個什麼樣的人！」

說著，劉小飛拿出手機，調出了一段錄音：

「柳擎宇，你給我聽清楚了，我現在是代表新華區區政府和你進行通話，你必須把那個所謂的土地規劃的內容和詳細情況以書面的形式發給我，否則，後果十分嚴重，不是你承擔得起的。」

「好啊，有什麼手段你鄭區長儘管使，我柳擎宇接招就是了，要規劃，沒有！還有，我現在正式警告你，不要再打電話騷擾我了，我已經啟動了電話錄音，你所說的每一句話都將會作為呈堂證供，小心我告你騷擾我。」

「柳擎宇，不給我土地規劃也行，只要你能夠讓那些投資商回到我們蒼山市投資，我保證你能夠回到官場，而且職務絕對不會比你之前的差，我相信你應該知道我和李市長、鄒副書記的關係，我有這個能力。」

「要是我不答應你呢？」

「如果你非得嘗試一下的話，我保證讓你追悔莫及，柳擎宇，你還年輕，不要因為一時的衝動，毀了自己的一生啊……」

現場所有人都怒了！

鄭曉成整個傻眼，柳擎宇竟然真的把兩人的通話內容給錄了下來，而且還轉發給劉小飛。

王中山看向鄭曉成道：「鄭曉成，現在你還有什麼話說？」

于金文的目光在李德林和鄭曉成之間遊弋著，他的內心頗不平靜。

在這個錄音放出來前，于金文心中一直在思考一個問題，那就是，這件事到底應該如何處理？畢竟，他心中考慮的依然是大局的平衡。

因為于金文心中非常清楚，雖然自己是代表省委下來的，但是自己的背後並不是只有省委書記一個人看著，後面還站著很多人，其中就包括李德林的靠山、鄒海鵬的靠山，那也是兩位巨頭，如果自己不能很好地處理這次事件，讓這兩位巨頭對自己產生不滿，那麼自己以後在省委的工作就會受到一些掣肘。

他們雖然不會玩明的，尤其是到了這個級別，不可能不顧及面子，可**問題就在於不來明的。明槍易躲，暗箭難防**，到了那種級別的對手放出來的暗箭，肯定防不勝防。

而且省裡需要穩定，更需要照顧整個蒼山市市委班子的感受，考慮到整體市委班子的團結和平衡，否則極有可能造成蒼山市政局不穩。那樣的話，自己此次之行就會受到詬病。

因而之前于金文的想法依然是息事寧人，讓柳擎宇官復原職就好，但是劉小飛突然拿出了這段錄音，他意識到，如果真的採取息事寧人的態度的話，不僅是自己，甚至省委都有可能陷入困境，因為他曾經聽曾書記說過，柳擎宇做事特別善於用後招，而且後招接二連三，讓人防不勝防。

現在，柳擎宇僅僅是甩出了一個後招，就足以將鄭曉成擺平，不管鄭曉成再做任何解釋，他威脅柳擎宇的話已經是鐵證如山了，就算再傻、再想包庇鄭曉成的人，此刻也不敢再為他說話了。

所以，于金文此刻也陷入了深思，接下來的事情應該如何去處理？

于金文在沉思，王中山卻不需要，王中山直指鄭曉成道：「鄭曉成，現在你還有什麼可說的？難道你還可以說今天這件事和你沒有任何關係嗎？」

鄭曉成此刻心情慌亂無比，但是他知道自己絕對不能承認，所以他咬著牙道：

「王書記，我和柳擎宇的對話不過是向他表明我的強硬態度罷了，頂多只能算話說得有些過頭了，我身為新華區區長，紀律還是懂的，我絕對不會公器私用做出這種事情來的，這件事情和我沒有任何關係。如果有證據可以證明這件事和我有關，我願意接受市委處理，我相信，恐怕就是神仙也拿不出證據來。」

王中山眉頭不由得一皺，他沒有想到都這個時候了，鄭曉成竟然還在嘴硬。

鄭曉成的話音剛落，劉小飛出人意料地說話了：「于秘書長，王書記，李市長，你們知道為什麼我和陳總決定堅決不在蒼山市投資了嗎？」

于金文、王中山、李德林三人全都是一愣。

這時，劉小飛拿出手機來，又播放了一段錄音。這是鄭曉成對劉小飛他們威逼利誘，要求他們必須在蒼山市投資的錄音，從錄音中可以清楚地聽到鄭曉成對劉小飛和陳龍斌他們的威脅、恐嚇，以及後面拿柳擎宇的官位、各種優惠條件來進行交易，甚至最後要求他們演戲，以應對省委的檢查。

于金文再也忍不住了，冷冷地看向李德林，說道：「李市長，你們蒼山市的幹部真的很有水準啊，威脅投資商不說，竟然還要聯合投資商來欺騙我們這些省裡下來的人，好手段啊！佩服，佩服。」

李德林的臉色一下子紅了，只覺得無地自容，此刻，他真的感覺到有些無力了，他決定徹底放棄鄭曉成。

他立刻看向鄭曉成，怒喝道：「鄭曉成，你到底是怎麼回事？你怎麼能弄虛作假，糊弄省委領導呢？是誰給你的膽子讓你這麼做？你這個區長是不是不想幹了？」

鄭曉成雙眼充滿怨毒地看了劉小飛一眼，把頭低了下去。

他雖然不想再抬頭，劉小飛卻逼得他不得不再次抬頭。

劉小飛從隨身手提包中拿出兩份合同，遞給鄭曉成說道：「鄭區長，您先過目，這兩份合同是不是您先後給我們的？」

鄭曉成接過兩份合同一看，的的確確是他交給劉小飛的合同樣本，上面還有他的簽字和公章呢，這是他為了能夠讓劉小飛他們儘快簽約，也是為了表達自己的誠意特別製作的。

鄭曉成疑惑地看著劉小飛，說道：「沒錯。」

劉小飛拿過合同，隨後又從隨身手包中拿出另外一份他和柳擎宇簽訂的合同，三份合同一同遞給于金文，道：「于秘書長，您可以先看看這三份合同，就可以理解我和陳總為什麼不敢在蒼山市投資了。」

于金文拿過合同，仔細看了起來。

王中山也拿了其中一份合同閱讀起來。

等兩人把所有合同看完，于金文的臉色已經黑得如焦炭一般。

「鄭曉成，我想問問你，這就是你和劉小飛他們合作的條件？你怎麼不把整個新華區都給人家啊！你難道除了出賣國家和人民的利益，就沒有別的方法去獲取政績了嗎？你難道沒有看過劉小飛和柳擎宇所簽的那份合同？不知道兩者之間的差別嗎？」

鄭曉成低頭不語。此刻的他，一句話都不敢說。他知道自己說啥都錯，要是把于金文觸怒了，那就更加麻煩了。

王中山也不滿地質問李德林道：

「李市長，難道你要求對這些項目進行統籌分配的結果，就是給投資商更多的利益來留住他們嗎？難道你就不能像柳擎宇一樣，用同樣的條件來留住投資商嗎？你所謂的統籌安排對我們蒼山市的利益和大局更有好處嗎？難道我們為了政績，就可以這樣肆意把國家和人民的利益送給投資商嗎？」

王中山一連串的問題說完，李德林也有些蔫了。

他沒有辦法回答王中山，因為在確鑿的證據面前，他的任何辯解都是蒼白無力的，現在最為關鍵的是，自從他說要對柳擎宇拿下的項目進行統籌分配以後，到現在為止他還沒有拿下一個項目。

這時，劉小飛見局勢已經發展到白熱化了，雙方卻僵持下來，心中冷笑，決定再次火上澆油。

「于秘書長，王書記，你們先忙吧，我和陳總就先回去了，我們已經和其他的投資商聯繫好了，包括河西省新能源產業集團，準備召開一個新聞發布會，宣布和新華區所簽訂的所有合同作廢。另外，據我所得到的消息，南平市市委書記胡海波同志對柳擎宇十分欣賞，已經決定把柳擎宇調到南平市擔任他的秘書，我們所有投資商達成一致決定，柳擎宇到哪裡，我們的投資就到哪裡！當然，由於和新華區有合同在先，我們也願意支付相應的違約金。」

說完，劉小飛和陳龍斌便瀟灑地向外走去。

劉小飛最後拋出的這段話，無異於一顆重磅炸彈。很明顯，河西省那些投資商們已經聯合起來了，決定跟著柳擎宇走，而河西省南平市市委書記竟然把新華區被逼辭職的柳擎宇調過去擔任秘書，這明顯是在打蒼山市，甚至白雲省省委領導的臉啊！

這時，不管是于金文也好，王中山也好，李德林也罷，所有人看向劉小飛的眼神中都多了幾分凝重之色。

胡海波竟然借劉小飛的口說出了對蒼山市的不滿。劉小飛和胡海波之間是什麼關係？為什麼劉小飛會知道這件事？為什麼到目前為止，蒼山市還沒有得到這個消息？這個消息是真的還是假的？

即使拋開這個消息不談，劉小飛所說的新聞發布會一事，也讓王中山和于金文很是鬧心，一旦這個新聞發布會召開，那麼蒼山市甚至白雲省將會顏面掃地。

因而劉小飛剛轉身，王中山便快步走到劉小飛面前，滿臉含笑地說道：

「劉總，陳總，稍等片刻，請給我們一些時間，我們蒼山市一定會還柳擎宇一個公道，同時也給所有投資商一個滿意的答覆，你們看怎麼樣？」

劉小飛沉吟了一下，狐疑地道：「王書記，您確定您所說的話能兌現？據我所知，李市長對柳擎宇十分不滿啊。」

就見李德林眉頭緊皺，一句話都不說。

王中山臉色陰沉地看了李德林一眼，說道：「劉總，請放心，在蒼山市，我才是真正的一把手。而且一切事宜必須以我們蒼山市的整體利益為重，任何人、任何勢力，都不能犧牲國家和人民的利益來換取他們自己的政績！」

這句話，明擺著是對李德林的狠狠一擊！

李德林聽了十分不爽，沉著臉道：

「王書記說得不錯，任何人、任何勢力都不能犧牲國家和人民的利益來換取自己的政績，對於柳擎宇這位同志，雖然他的能力我十分欣賞，但是他的為人處事我可不敢恭維，我認為他並不適合在我們蒼山市為官，而且他已經提交了辭職報告，我們不能迫於外界壓力就做出違背市委集體意志之事，那樣是對蒼山市全體人民不負責任的表現，我們蒼山市市委也是有尊嚴的。」

雖然李德林知道自己這番話說得很不合時宜，但是他無法容忍王中山剛才針對他的那些話語，因為在他看來，雖然王中山是名義上的一把手，但是實際上，蒼山市的大局是掌握在他李德林的手中的。

于金文聽了眉頭不禁一皺。從王中山和李德林的對話中，他可以明顯感受到兩人之間那濃烈的對抗味道。

就在這時候，于金文的手機響了。

聽到熟悉的電話鈴聲，于金文連忙接通電話，十分恭敬地道：「曾書記，您好。」

聽到于金文接電話的語氣，所有人都安靜了下來。

就聽曾鴻濤帶著憤怒的聲音從電話那頭傳了出來：

「于金文，你那邊的事情到底是怎麼處理的？為什麼河西省省委常委胡海波給我打電話，說要把柳擎宇調過去當秘書？還說什麼柳擎宇在我們蒼山市工作實在是太屈才了，根本無法發揮他的實力？這到底是怎麼一回事？」

于金文立時腦門冒汗，曾鴻濤是個極要面子的人，他對柳擎宇正準備大力提拔的時候，胡海波卻打電話來要人，甚至說柳擎宇在蒼山市太委屈了，那豈不是讓曾鴻濤十分難堪！

于金文連忙把發生的事向曾鴻濤詳細地講述了一遍。

曾鴻濤聽完，震怒道：「好一個蒼山市市委班子，好一個李德林，竟然把柳擎宇逼到辭職的地步，還把人抓到公安局裡嚴刑威逼！于金文，你聽好，給我徹底查清楚柳擎宇受傷的事，背後到底是誰在主使？

「蒼山市必須給柳擎宇有一個合理的交代，我不希望以後再聽到有人跟我說柳擎宇在我們白雲省、蒼山市工作是屈才，如果柳擎宇不能留在蒼山市，蒼山市市委班子必須有人為此承擔責任！」

于金文接電話的時候，並沒有避諱王中山和李德林，所以兩人對曾鴻濤的話聽得一清二楚。李德林的心劇烈地跳動起來，他知道，柳擎宇重回蒼山市官場他已經無力阻止了。

「王書記，李市長，我相信剛才曾書記的話，你們兩個也都聽到了，希望你們能夠在三十分鐘內給出一個讓人滿意的答覆，如果你們無法給我一個滿意的結果，那麼我將會代表省委直接介入此事。」于金文直接下令道。

說完，于金文看向劉小飛道：「劉總，陳總，咱們先去小會議室歇會，讓他們在這邊商量吧。」

于金文他們走了以後，王中山看了眼李德林和跟在後面的其他市委常委們，臉色凝重地道：「現在市委常委來了九個，還有四個人沒有到場，但是于秘書長給了時間限制，咱們就先商量一下吧，看看該如何處理。第一件事，怎麼處置鄭曉成？」

唐建國立即說道：「我認為應該立刻停止鄭同志的一切職務，並且由紀委介入，深入調查。」

「我同意唐副市長的意見，李市長，你呢？」王中山轉頭問向李德林。

「嗯，我同意。」李德林毫不考慮地說道。

就這樣，鄭曉成便被李德林當成替罪羊給推了出來，等待他的是紀委的調查和處理，被雙規已經是不可逆轉的命運了。

敲定了鄭曉成的處理辦法，王中山接下來把焦點聚集在柳擎宇的身上。

「李市長，你認為柳擎宇的事我們應該怎麼處理，才能確保他留在我們蒼山市？才能不讓省委插手此事？」

聽到王中山直接詢問自己，李德林心想：王中山這是故意在給自己挖坑嘛，他早就把自己恨透了。他眼珠轉了轉，想出了一個好主意，立刻說道：

「王書記，我看唐建國同志對柳擎宇很關心，也很瞭解，據說他的兒子竟然給柳擎宇當司機，我認為先聽聽唐建國同志的意見吧。」

王中山心中暗罵李德林滑頭，卻又覺得李德林的話很有道理，立刻看向唐建國說道：「唐副市長，有關如何留住柳擎宇，你有什麼好的想法沒有？」

唐建國也不是傻瓜啊，剛才曾鴻濤的話他也聽清了七八分，知道能否留住柳擎宇事關重大，李德林都不願意先發表意見，他這個常務副市長要是發言的話，豈不是犯了忌諱。所以，他搖搖頭道：「王書記，李市長，我認為要說對柳擎宇同志的瞭解，還得屬我們的組織部部長趙東林同志，他是主管人事的，對這方面研究比較深，我看我們還是先聽聽趙部長的意見吧。」

王中山和李德林頓時有些無語，這個唐建國平時雖然看起來傻呼呼的，但是重要時候卻從不含糊，他們也只能把目光看向趙東林。

趙東林的表現出乎所有人的意料，他看了眾人一眼，沉聲道：「既然大家都不願意先發表意見，那我就不客氣了。不過我有言在先，我的話只代表我個人觀點，而且是基於眼前形勢所作出的決策，就算是拋磚引玉吧。」

趙東林越是這樣說，眾人的興趣越濃，大家都知道，趙東林有一個外號叫「智多星」，在人事上的事，基本上沒有什麼難得住他。所以，王中山和李德林都看向了趙東林，想知道這位組織部部長會有什麼好的提議。

趙東林看到眾人關切的目光，也就不再猶豫，說出他的辦法：

「我認為，要想留住柳擎宇，最關鍵的地方有三點，第一，讓柳擎宇官復原職是最低的條件，既然柳擎宇辭職了，即便是官復原職，恐怕他也不會願意回來，因為他的心被傷透了，換成是我，我也不會回來的，不蒸饅頭爭口氣嘛！」

說到這裡，趙東林有些不滿地看向李德林，因為一切都是李德林非得搞那個統籌分配才鬧出來的，如果不是他一心一意想要摘柳擎宇的桃子，事情不會發展到如今這種不可收拾的地步。

頓了一下後，趙東林接著說道：

「第二點，我認為解鈴還須繫鈴人，要想讓柳擎宇回到官場，必須李市長親自出馬去說服柳擎宇，我相信，換成別人去都沒有用，因為必須讓柳擎宇心中的怨氣得以發洩。」

李德林連連揮手道：「我看完全沒有必要要我出馬吧，讓姜新宇出面就行了，或者讓唐建國同志出馬也可以，以唐建國同志和柳擎宇之間的關係，這個面子他應該會給的。」

李德林很不願意去面對柳擎宇，因為那樣就等於變相承認統籌分配的事是自己錯了，向柳擎宇登門道歉，這對他市長的尊嚴是一個極大的汙辱。

王中山使勁地搖搖頭道：「李同志，我看這件事還真得你出馬才行啊，解鈴還須繫鈴人，這句話一點都沒錯，如果你不出馬的話，恐怕柳擎宇真的有可能不給別人面子。」

李德林還是搖頭。

這時，趙東林再次語出驚人：

「李市長，我認為，如果你真的想要把柳擎宇留下來，不僅你必須親自去，而且去了之後，必須就統籌分配之事向柳擎宇賠禮道歉，否則，就算你去了，柳擎宇也絕不可能回心轉意的。這一點，我相信你只要換位思考一下就會明白了。如果連這一點你都無法做到，那麼後面最後一點我也就不說了。」

趙東林的話讓李德林氣得差點罵娘，顯然趙東林今天這番話絕對是衝著自己來的。自己要是不同意的話，趙東林就不會說第三點，那麼半小時內要想給省委一個明確的交代是不可能的，到時候省委就會插手此事。一旦查明整件事的始作俑者是他，自己的仕途可就危險了。

李德林心裡快速權衡了一下，只能無奈地說道：

「好，那我就親自走一趟，為了我們蒼山市的大局，我就豁出去我這張老臉不要，也要想辦法把柳擎宇給留下來。」

這就是李德林這隻老狐狸的老辣之處，當著這麼多人的面，點出自己是為了大局，連面子都不要了，以後大家也不能因為這件事情嘲笑自己。

王中山這個時候自然不會吝嗇，滿意地點點頭，表揚道：「嗯，李市長能夠顧全大局，這一點非常值得我們大家學習。趙部長，你接著說第三點到底是什麼。」

「這第三點，也是至關重要的一點，那就是柳擎宇回來之後到底如何安排。

「我在第一點裡就已經說過了，如果僅僅是讓他官復原職，即便是李市長道歉了，柳擎宇也不一定願意回來，畢竟大家不要忘了，人家河西省南平市可是直接給出了秘書這個職務。

「根據我的估計，柳擎宇一旦過去的話，很可能直接被提拔到正處級，而且能夠當一個省委常委的秘書，其前途自然是無可限量的，所以，如果我們還只是給他一個副區長的位置，恐怕很難留住柳擎宇，所以我提議，鑑於鄭曉成已經被就地免職，不如讓柳擎宇代理新華區區長這個位置……」

趙東林剛說到這裡，立刻被李德林打斷了：

「趙部長，你應該清楚，柳擎宇剛剛升到副處長的位置還不到半年，我們現在提拔他是不是有些操之過急啊？這樣很容易被外界，尤其是媒體輿論詬病的。」

趙東林淡淡一笑，說道：「李市長，**非常之時，非常之人**，我們蒼山市必須做出**非常之事**！首先，柳擎宇在景林縣的時候，工作成績便十分突出，而柳擎宇才上任不到半年的時間，便做出了過去新華區整個區委班子五年加在一起都不曾完成的二十億的引資額度，從這一點來看，對於提拔這樣一個有能力的年輕幹部，就算是外界有一些異議，那又如何呢？」

趙東林說完，王中山第一個表態：

「我同意趙東林同志的意見，當然了，雖然我們可以提拔柳擎宇為代理新華區區長，但是他的級別暫時還是副處級，至於轉正時間，就和柳擎宇從代理區長轉為正式區長同步，如果柳擎宇在剩下的時間內表現出色，那麼等到人代會的時候，柳擎宇轉正毋庸置疑；如果柳擎宇在接下來的時間內表現不好，那麼到時候如何調整，我們也可以多一些迴旋的空間。」

聽到王中山這樣說，李德林也就不再說什麼了，因為王中山的話還是留著一些餘地，並沒有拍板說立刻給柳擎宇轉正，這樣一來，也就給了他一些可以操作的空間，雙方的面子和裡子都有了，對胡海波那邊也有了交代。

所以李德林點點頭道：「好，那就按照王書記的意見辦吧。不過，我認為是否給柳擎宇轉正，我們應該有一個標準，那就是柳擎宇能否留住所有的投資商！如果他不能把那些投資商全部留下，那麼我們根本沒有必要給他轉正。」

李德林雖然後退一步，但是又給柳擎宇設了一個套，也給自己做了一個餡餅。那就是柳擎宇如果真的能夠把投資商留下，他還是有政績可拿的，雖然統籌分配的事受到一些詬病，但是自己把柳擎宇請了回來，而柳擎宇又留住了投資商，他的功勞是任何人都無法抹殺的。

但是如果柳擎宇不能把所有投資商都留下，即便是自己去給柳擎宇道歉丟了面子，柳擎宇最終也沒能轉正，這又是自己設置障礙的功勞，別人也不敢小瞧自己。

這是一步進退自如的棋。

對於李德林最後的這個條件，王中山心裡十分鄙視，卻又不能反對，畢竟要想讓柳擎宇破格提拔，如果不是有特殊原因，也是會受到質疑的，而李德林的這個條件恰好給了他更多的操作空間。

由於各方面對這次事件的高度關注，事情很快敲定下來。

隨後，王中山向省委秘書長于金文匯報了會議的結果，于金文立即詢問劉小飛道：

「劉總，你們對蒼山市的會議結果怎麼看？」

劉小飛笑道：「我們沒有什麼異議，我們還是那句話，柳擎宇在哪裡，我們的投資和項目就在哪裡。我們看重的是柳擎宇的個人魅力和人品，我們相信，在他的治下，我們的企業可以得到最公平的待遇和最充分的發展。當然，如果我們的項目真的在蒼山市落地，還希望李市長和各位不要對我們有意見，不要給我們設置障礙啊。」

其實李德林果真在打著壞主意呢，劉小飛這樣一說，他不禁暗罵劉小飛狡猾！臉上卻帶著笑道：「劉總，陳總，請你們放心，我們蒼山市對任何到這邊來投資的企業都是抱以十分歡迎的態度，一定會以最大的熱情來做好服務，讓大家賓至如歸。」

「嗯，希望李市長能夠記住您的承諾。」劉小飛意有所指地說。

事情基本敲定，但是于金文卻沒有離開蒼山市，因為他還要等李德林和柳擎宇的談判結果。在眾人的期待下，李德林只能無奈地前往柳擎宇治療的醫院。

李德林來到柳擎宇病房外面，心情十分複雜，不禁停下了腳步。

他知道柳擎宇對自己肯定不滿到了極點，以柳擎宇的脾氣，不曉得會給自己什麼臉色看，自己真的要進去嗎？

不過，李德林的猶豫只是短短的一瞬間，他最終還是決定敲響房門。

當時病房內，柳擎宇躺在床上，秦睿婕坐在柳擎宇身邊，正一邊剝著橘子，一邊用滑膩雪白的玉指將橘子掰成小瓣小瓣的送進柳擎宇的嘴裡，柳擎宇那叫一個享受啊。

李德林不知道，在李德林出發不久，柳擎宇便接到劉小飛的簡訊，得知了常委會上的處理結果，以及李德林要來的消息。

當房門敲響的時候，柳擎宇立刻躺在床上假裝睡覺，秦睿婕打開房門，看到外面站著的是李德林時，連理都不理，直接走回椅子上看起書來。

他有些不爽，有些憤怒，卻又不敢發作，因為他今天是帶著使命過來的。

他來到柳擎宇的床前，看到柳擎宇正在睡覺，不由得眉頭一皺。

柳擎宇在睡覺，這讓他可是有些犯難了。如果柳擎宇沒有睡，他就可以直接坐下來和柳擎宇談事情，柳擎宇在睡覺，自己直接叫醒他，似乎有些不妥，但如果不叫醒他，讓他一個堂堂的市長坐在這裡等著，他的面子上又掛不住。

最讓他感到尷尬的是，秦睿婕似乎把他當成透明人，連讓他坐下的意思都沒有。

一時間，病房內的氣氛顯得有些詭異。

李德林想了一下，自己走到另外一側的椅子上坐下，默默地等待起來。

時間一分一秒地過去，秦睿婕一邊看書，一邊用眼角的餘光偷看柳擎宇，發現柳擎宇正衝著自己嘿嘿賊笑，還悄悄地對她豎起大拇指，表示很滿意她冷對待李德林的行為。

過了足足有二十多分鐘，李德林等得都快要發瘋了，柳擎宇這才「悠悠醒轉」，睜開眼，看向秦睿婕問道：「睿婕，現在幾點了？」

秦睿婕看了看手機，「下午四點半。」

柳擎宇摸摸肚子：「我有些餓了。」

秦睿婕笑道：「你啊，才吃完飯沒多久怎麼又餓了？真是服了你。」

柳擎宇叫屈道：「我現在是病患好不好，身體需要恢復，所以消耗的能量也比較多啊。」

「好好好，你總是有理，你等著，我出去給你買點餃子，要什麼餡的？」

柳擎宇想了一下，回道：「那就白菜豬肉的吧，這個有健脾補腎的功效，最適合這個時節吃。」

秦睿婕起身向外走去。

李德林看兩人你一言我一語的，都當自己不存在，心中憤怒之極。等秦睿婕離開後，他立刻起身說道：「柳擎宇，你現在的傷勢好點了嗎？」

這時，柳擎宇才驚訝地說道：「咦，李市長，你怎麼來了？據我所知，你對我一向看不上眼的啊。」

如果不趁機揶揄一下李德林，那絕對不是柳擎宇的性格。

李德林雖然知道柳擎宇是故意的，也只能苦笑道：「柳同志，是這樣的，我是代表市委市政府的各位領導們過來看望你的，同時，也代表市委向你發出邀請，希望你能夠回到新華區工作，你放心，保證讓你官復原職。」

李德林沒有說出市委常委會上要提升柳擎宇的決定，一旦說出來，談判的時候就被動了。

柳擎宇聽了，立刻面露難色道：「不好意思啊李市長，南平市市委書記胡海波同志向我發出邀請，希望我能夠去南平市工作，我已經答應他了，所以恐怕我和蒼山市之間的緣分已經盡了。」

什麼！柳擎宇竟然已經答應胡海波了，這下他可著急了。

李德林連忙說道：「柳同志，你不要衝動嘛，蒼山市也算是你仕途的起點，而且咱們蒼山市上下領導對你都十分看重，不然我也不會親自過來。柳同志，你一定要慎重考慮啊。」

「李市長，說實在，我對蒼山市已經徹底失望了，對新華區也非常失望，我辛辛苦苦帶著團隊打拼，費了九牛二虎之力才招商引資回來二十億，誰想回來後，一句統籌分配就把我辛苦努力的成果分給別人了，這種半路截胡的行為也太過分了，我願意為老百姓做出貢獻，但是我無法容忍官場上這種卑鄙無恥的行徑，我只能找一個能夠讓我安心發揮的環境去奮鬥了。李市長，對不起，我不能答應你。我知道您一定很忙，就不留您了，您走吧。」

柳擎宇直接下達了逐客令。

這個柳擎宇竟然敢無視他如此屈尊地來求他，他幾乎想要當場翻臉，但是理智讓他必須忍耐下來。他勉強擠出一絲笑容說道：

「柳同志啊，我今天來主要有兩個目的，一是希望你能夠留在咱們蒼山市，另外一個目的，就是來向你賠禮道歉。統籌分配這件事，我是為了蒼山市，是為大局考慮，沒有想到讓你產生那麼大的誤解，我向你表示真誠的歉意。」

都這個時候了，李德林竟然還想遮掩他的醜陋行徑，柳擎宇真的有些怒了，立刻冷冷地說道：「李市長，既然您提出統籌分配是為了蒼山市，是為大局考慮，那您的道歉根本就沒有必要啊，因為您沒有錯啊，我也接受不起。李市長，您去忙吧，我身體不好，要睡了。」

柳擎宇直接閉上眼睛，不再理會李德林。

李德林見柳擎宇架子擺得這麼大，竟敢再次趕他走，氣得雙拳緊握，心口也因為怒氣攻心而一起一伏的。

李德林猜到，柳擎宇應該是得知自己過來的真正目的，所以才會有如此反應。

他深吸了口氣，按捺住心中怒火，壓住快爆發的脾氣道：

「我承認，我的統籌分配方案是針對你而來的，就這個問題我向你道歉。說實話，我這次來的任務就是把你留下，市委已經做出決策，為了表示對你的補償，決定提升你為新華區的代理區長，新華區區委常委！我想，這樣的補償，應該可以充分說明我們蒼山市市委對你的看重了吧？」心裡卻想著：柳擎宇，你等著，看我以後怎麼收拾你！

沒想到，柳擎宇絲毫不為所動地說道：

「不好意思啊李市長，我對蒼山市太過寒心了，所以已經下定決心要去南平市工作了，您的道歉我接受了，不過，留下就免了吧。」

李德林臉色一寒，拳頭再次握緊，差點沒上去狠狠地揍柳擎宇一頓，這個柳擎宇實在是太可惡了，自己都親自向他道歉了，他竟然還敢拿捏自己，真當自己沒脾氣嗎?!

李德林咬著牙，強忍著怒氣道：「我希望你能夠再好好考慮一下，有什麼要求可以跟我說，只要不是太過分，我可以接受。我的要求只有一個，那就是你必須留下來。」

此時，柳擎宇將李德林的心態、表情全都看得清清楚楚，知道李德林心中的憤怒應該已經差不多要到極點了，不能再挑釁下去，否則就真要壞事了。

要想達到自己的目標，必須對火候掌握得當，現在正是最佳火候。

柳擎宇臉色突然間變得嚴肅起來，沉聲問道：

「李市長，您是否真心希望我留下？」

李德林聽到這句話，原本失望、憤怒的心情一動，因為他從這句話中聽到柳擎宇的語氣有一絲鬆動，他生怕柳擎宇反悔，立刻放下了所有的怒氣，臉上露出笑容，道：

「當然，像你這樣有才華、有能力的年輕人，恰恰是我們蒼山市市委市政府最需要的人才。」

一向只拍領導馬屁的李德林為了留住柳擎宇，不得不違心地拍了柳擎宇一個馬屁。

柳擎宇卻是大大吐嘈道：

「李市長，咱們真人面前別說假話，你我心中都非常清楚，你看我柳擎宇不順眼，我柳擎宇也對你的官風、官品十分不屑，但是我們又必須在一個市裡工作，而且你還是我的領導，我留下來也不是不可以，但是我擔心我留下來後，你時刻想著給我穿小鞋，收拾我，耽誤正常工作。

「李市長，你也不要否認，我相信剛才在勸我留下來的時候，你肯定一邊向我承諾各種條件，一邊暗暗想著以後一定會找機會收拾我，我說的對不對？」

李德林沉默了一下，他沒有想到柳擎宇竟然把話說得如此直接，但是為了面子，他否認道：「柳同志，你多心了，我雖然對你有些意見，但是沒有你想的那麼誇張。」

柳擎宇見李德林仍是打著官腔，不肯老實承認，立刻臉色一沉，道：

「李市長，談判是要講究誠意的，既然你一點誠意都沒有，連最基本的事實都不願意承認，那麼我們之間就沒有什麼好談的了，你忙你的工作，你當你的市長，我去南平市當我的秘書。」

第四章

一計三式

「他表面上看的確是以退為進，這是一計，三式指的是這裡面又蘊含著三個小的計謀，分別是虛張聲勢、誘敵深入、反客為主，這是三式。而老大你當年所玩的僅僅是以退為進而已，擎宇絕對是青出於藍而勝於藍啊。」

「好，柳擎宇，算你狠，我承認你說的很有道理，有什麼條件，你說吧。」李德林終於被逼出了實話。

柳擎宇這才滿意地點點頭道：「好，既然李市長承認了我剛才說的那些話，那我也就開誠佈公地跟你說，我柳擎宇可以留下。事實上，我也不想狼狽地離開蒼山市，希望在蒼山市能夠做出一些成績，但是我又擔心你時刻對我掣肘。所以，我提出三個條件。如果你全部答應，我就留下來。」

「什麼條件？」李德林冷冷地問道。

柳擎宇觀察了一些李德林的表情，從他焦急期待的表情上，柳擎宇確定李德林的壓力應該非常大，這才說道：

「李市長，我的第一個條件就是，重新啟動蒼山市高新技術開發區，由我來兼任開發區管委會主任，這個開發區必須由唐建國副市長來主管，人事大權則由我親自掌握，市裡在兩年之內不能插手開發區的人事工作。」

柳擎宇的第一個條件說出來，李德林的心中便是一驚。

他萬萬沒有想到，柳擎宇的胃口竟然這麼大，不僅要擔任新華區的代理區長，而且還要兼任高新技術開發區的管委會主任。

雖然開發區管委會主任級別也是副處級，但是問題在於一旦柳擎宇在人代會上轉正成功了，柳擎宇將會以正處級的職務來兼任副處級單位的一把手，到那個時候，柳擎宇在開發區管委會的權威將會無人可以撼動。

而真正讓李德林對這個條件不爽的是，高新技術開發區現任的管委會主任以及大部分管委會的骨幹成員都是他的嫡系人馬，雖然現在的高新技術開發區早已名存實亡了，裡面沒有幾家像樣的企業，但是市裡每年的投入經費依然以千萬計，這筆錢掌控在自己派系人馬的手中他比較放心。

最重要的是，開發區的編制框架相當不錯，至少可以配備一名副處級和四名正科級的幹部，副科級的幹部則可以配備十名左右，這對於編制日益緊縮的官場來說，是相當可觀的數字了。

而且，他還可以把開發區管委會當成是培養自己嫡系人馬並且快速提升的通道，因為只要他們能夠隨便拉到一個千萬級的項目或者投資，他就可以直接以有政績為名，把自己的人馬給提拔起來，光是在開發區管委會這個位置上，他已經提升了兩個正處級幹部。

所以，雖然現在高新技術開發區日薄西山，甚至市裡要求撤銷高新區的呼聲越來越高，但是他一直堅決抵制。

現在，柳擎宇竟然要求兼任高新區的管委會主任，這讓他不得不懷疑柳擎宇的真正動機了。

李德林的目光在柳擎宇的臉上逡巡著，他想要從柳擎宇的表情中看出一絲端倪，然而柳擎宇卻只是靜靜地等在那裡，根本看不出任何端倪。

讓他鬱悶的是，柳擎宇說完第一個條件後，便一直沉默不語。顯然如果自己不答應他第一個條件，他便不會再和自己談下去。

李德林心中開始權衡起來。

如果柳擎宇兼任開發區管委會主任，那麼自己必須把原來的管委會主任調離，今後自己將會失去對開發區管委會的控制，這對他十分不利。不過，如果柳擎宇真的能夠在高新區做出一些成績，那對自己來說也是好事，畢竟這也是一個政績。

至於他提出的兩年內市裡不能干涉高新區人事的問題，就算答應他也無所謂，反正自己不出手，肯定也有別人會覬覦這裡前來插足，到時候再渾水摸魚，倒也不算違背承諾。而且，萬一柳擎宇無法把高新區搞好，自己也可以發動省裡的關係，將柳擎宇新華區區長的位置拿下，到那個時候再對柳擎宇出手，誰也拿自己沒辦法。

思考周詳後，李德林故意停頓了一會兒才說：

「好，我可以答應你由你來兼任開發區管委會主任，但是有幾點必須明確告訴你，第一，目前蒼山市財力緊張，除了正常的開支以外，市裡無法給予高新區太多的財政支持，而且市裡和省裡都有取締高新區的呼聲，所以市裡不能繼續往裡面投資，高新區發展所需要的資金必須你自己去想辦法。」

聽到李德林的話，柳擎宇眉頭不由得一皺。李德林這一招可是夠狠的！他這是想既要馬兒跑得快，又想要馬兒不吃草，這是針對自己所設計的條款啊。

李德林剛說完第一點，又接著說道：

「我再說第二點，那就是，你擔任高新區管委會主任我沒有異議，但是，高新區的人事工作，我可以保證我李德林不會插手高新區的人事安排，但是別人我無法左右；至於由唐建國來主管高新區，這個我可以做主，沒有問題。只是這一切都必須有一個前提，那就是你必須在半年內在高新區做出成績，否則市裡和省裡都有可能取締高新區。這一點我希望你能夠明白。」

由於柳擎宇本來就是漫天要價，早已做好李德林坐地還錢的心理準備，所以李德林所提的兩個條件也在他的預料之內。但是他故意做出不爽的表情和猶豫的態度。他必須給李德林一種感覺，他並不是很願意接受李德林的條件。

這是柳擎宇對於人性和人心的一種預感和判斷。

果不其然，李德林看到柳擎宇皺著眉頭，似乎十分不滿，心中就是一個翻個，心說要不要我再修改一下呢？雖然心中這樣想，但是他臉上卻沒有顯露出來，只是繃著臉，冷冷地看著柳擎宇，做出一副決不妥協的樣子。

柳擎宇透過李德林的表情和神態，感受了一下李德林此刻的心情，這才說道：

「李市長，說實在的，對於你剛才所提的兩個條件，我非常不悅，但是我也知道，你能夠把話說到這個份上，說明你並沒有忽悠我的意思，不過，李市長，話我必須說在前頭，你剛才所承諾的這些條件必須一絲不苟地執行，我知道秋後算帳在官場上是一種流行趨勢，我也不怕你秋後算帳，但是我希望你能夠看在蒼山市的大局上，不要把事情做得太過，否則我柳擎宇也不是泥捏的。」

李德林暗暗嘲笑柳擎宇有些稚嫩的同時，臉上卻擺出一副認真的表情，點點頭道：「這一點你不用擔心，我李德林好歹也是蒼山市市長，還不至於對你這樣一個年輕後輩失信，你接著說你另外兩個條件吧。」

柳擎宇點點頭：「好，那我接著說我的第二個條件。」

「李市長，我相信你應該清楚，我之所以能夠取得二十億招商引資的成績，並不是我一個人的功勞，而是整個招商引資團隊的功勞，其中招商局局長秦睿婕和副局長周坤華兩人的表現十分出色，沒有他們，我一個人根本無法完成這次任務。現在，他們竟然被某些人給調整到閒職的位置上，這是對人才的極大浪費，也是某些人針對我個人的一種側面打擊。

「對於這種行為，我嚴厲譴責。所以，我的第二個條件就是，秦睿婕同志從老幹部局調任高新區管委會擔任常務副主任！新華區招商局局長必須重新調整，姚占峰那樣幾年都做不成一點成績，就知道上班打麻將的人即刻下臺，由周坤華來替任。

「唯有如此，才能保證招商局的引資系統能夠正常運轉，也只有如此，才能讓所有的投資商滿意，保住經濟交流會上的成果。

「李市長，我必須再次強調，這一點必須現在就確定，不能有一絲的折扣，要全部得到落實。」

柳擎宇說完，緊緊盯著李德林。

李德林心裡嗤了聲，秦睿婕和周坤華全都是柳擎宇的人，柳擎宇這明顯是拉幫結夥的意思啊，如果真的照柳擎宇的意思做了，不僅自己和鄒海鵬等人的面子要丟掉，柳擎宇的威望在新華區也將會達到一個新的高度。

這是他最忌憚的。

他眼珠一轉，計上心來，道：「柳同志，關於秦睿婕和周坤華的位置調整，等你擔任新華區代理區長和高新區管委會主任之後就可以完全確定了，你和我談不上吧？」

柳擎宇嘿嘿冷笑道：「李市長，咱們明人面前別說瞎話，我不是傻瓜，我很清楚，如果沒有您點頭，這兩個位置的人就憑我自己的能力根本確定不下來。我是真心實意想要幹事的人，如果全都是鄭曉成和姚占峰那樣的人，就算我當了新華區代理區長，也幹不出什麼成績，那樣的話，我根本沒有必要留在蒼山市。」

李德林不得不承認，拋棄門戶之見，柳擎宇比之鄭曉成之流的確要強得多，而他也的確需要有人將高新技術開發區發展起來。因為高新區是他當常務副市長時主導建立的，如果被撤銷，這和打他的臉沒有什麼兩樣。

李德林略微沉吟了一下，同意道：「好，第二個條件我答應你，說吧，你最後一個條件是什麼?」

看到李德林竟然同意了自己的第二個條件，柳擎宇看向李德林的目光中多了一絲欣賞，李德林雖然善於玩弄權術，但是在某些大事上還是有一定的胸襟的，否則的話，他這個市長也不可能當到現在。

只不過柳擎宇知道，縱然李德林現在同意了，以後他也許還會通過其他手段來打擊自己的。不過這些就不是他眼前所顧慮的問題了。他接著說道：

「我的第三個條件很簡單，就是還債！

「據我所知，當初高新技術開發區在籌建之初，佔用了很多城郊的農田，當初市政府答應給農民補償，但是到現在為止，補償款連十分之一都沒有到位；我做過調查，市政府曾經劃撥過幾筆補償款，但是只有寥寥數人拿到，百分之九十以上的人根本連補償款的毛都沒有見過！

「我不想再去追究或者挖掘什麼內幕，但是我要求，對那些農民的補償款，市委市政府必須想辦法解決，以防止當企業入駐開發區後，農民卻上門鬧事，那樣恐怕投資商就得被嚇跑了。李市長，您說呢?」

柳擎宇所說的，是李德林一段不堪回首的記憶。

當初他雄心勃勃地想要在高新技術開發區大展拳腳，投入了鉅資拆遷占地，還承諾給那些被佔用土地的老百姓們非常不錯的補償。

然而，由於他急於做出政績，疏於對現實狀況的考察，最後開發區土地平整了，水電等基礎設施搞好了，資金也耗得差不多了，卻在招商引資上敗下陣來，沒有引到多少高新技術項目。到後來，只能濫竽充數地招了幾家雜七雜八的企業進駐，對老百姓的補償也沒有實現，被譏諷為「空談市長」。

李德林沒想到，柳擎宇這個開發區管委會主任的任命書還沒有下來呢，竟然提出要市政府對老百姓進行補償。問題在於，要拿出兩億多補償款，根本不可能。

李德林的眉頭緊緊皺起，怎麼辦？

看到李德林滿臉的為難之色，柳擎宇沉默不語。

柳擎宇不是傻瓜，他早就知道李德林肯定不會同意由市財政來出這筆錢，就算是市財政有錢也不會出，更何況現在蒼山市的財政狀況根本不好，負債累累。

李德林終於說道：「你最後的條件恐怕我無法答應。你知道，蒼山市的財政狀況其實並不好，市財政根本就拿不出這麼多錢。」

柳擎宇沉聲道：「李市長，我知道蒼山市財政的真實狀況，所以，我也並沒有打算真正向市財政要錢。」

李德林一愣，不解地道：「那你還提這個條件做什麼？」

柳擎宇解釋道：「既然我要上任高新區管委會主任，就必須為高新區的老百姓負責，必須想辦法解決所有阻礙開發區發展的潛在危險因素，而土地補償正是其中最大的一個問題。市財政可以不給高新區補償款，但是市裡必須要給予我們政策上的支持，那拖欠的兩億多，我可以想辦法解決。」

聽到柳擎宇說能夠解決那兩億的賠償款，李德林震撼了。就算是他這個市長，到現在都束手無策，不禁問道：「你有什麼辦法解決？」心中暗道：只要知道解決辦法，我就可以自己來操作了。這樣的政績可是天上掉下來的啊！

柳擎宇不是三歲小孩子，就算抓不到李德林的心思，也不可能直接把自己的計畫傻傻講出來，只說：

「李市長，具體怎麼操作，我只是有一個初步的想法，還不成熟，需要系統的思考和論證之後才能實施，總之，我希望市財政能夠給予高新區政策上的支持就是了。」

「你想要什麼樣的政策支持？」

看柳擎宇不願意說，李德林也不能勉強，畢竟他是市長，不能吃相太難看。

柳擎宇面色嚴峻地說道：「第一點，就是希望市政府能夠免除高新區兩年內的所有賦稅，以便於儘快把拖欠農民的土地補償款發放下去。」

李德林暗暗思索著：這個簡單，當初開發區成立之初，市政府便直接免除了開發區五年內的所有賦稅，可惜之前的那些管委會主任太垃圾，沒有一個人能夠讓高新區發展起來。而且柳擎宇只要求免除兩年的賦稅，這一點問題都沒有。

想到這裡，李德林立刻說道：「沒問題，不過，你必須向我保證，必須把那兩億補償款發放到那些農民手中。」

柳擎宇鄭重地說道：「李市長，這一點你盡可放心，我柳擎宇做事從來說一不二，我承諾的事情，一定會做到。」

「好，那你說說你的第二個政策是什麼？」李德林倒也乾脆。

柳擎宇也不客氣，直言道：「我要的第二個政策是關於道路建設，開發區的道路，交通狀況非常差，我希望市裡能夠出錢整修那裡的道路，只有如此，我才敢放心大膽地引入投資商。」

李德林搖起頭來：「你應該知道，道路整修是非常耗錢的，現在市財政的狀況非常差，根本無法負擔大規模的道路整修。」

柳擎宇退而求其次地說：「如果市政府沒錢修的話，也沒有關係，我有辦法獨自搞定此事，但是市裡必須給予政策支持，尤其是在道路交通的規劃上，以及其他和修路有關的審批手續上，我希望有關部門不要搞吃拿卡要那一套，更不要擺出一副管理者的姿態來指手畫腳，這件事完全由開發區管委會來運作。」

李德林聽了，立刻笑道：「沒問題，只要你真的能夠把路修起來，這對我們蒼山市，對高新區的老百姓都是好事啊。你儘管放心，我保證，市裡絕對不會有人打這些道路的主意。」

「好，只要李市長你能夠保證，我就可以放開手腳大幹一場了。還希望李市長你能夠信守承諾啊。」柳擎宇不忘再打擊一下李德林。

李德林尷尬地道：「我李德林還不至於對你這樣一個下屬失信，你現在應該可以確定留在蒼山了吧？」

柳擎宇點點頭：「沒問題，只要你能夠信守承諾，我柳擎宇就會留下來的。」

得到柳擎宇肯定的答覆，李德林總算交了差，便道：「好，那你先養病吧，我走了。」

此時，李德林、于金文、王中山等，誰都不會想到，就在他們圍繞著柳擎宇展開一系列較量的時候，遠在千里之外的北京市勤政殿六號辦公室內。

柳擎宇的老爸劉飛以及他的頂級智囊諸葛豐面對面坐在辦公室內的沙發上，一邊抽著菸，諸葛豐一邊向劉飛彙報有關柳擎宇的事。

「老大，我剛剛得到消息，擎宇被新華區公安分局的人抓回分局嚴刑逼供，據說受了傷，還住院了。」諸葛豐一臉凝重地說。

劉飛眉毛微微向上挑了挑，眼神在剎那間射出兩道鋒銳的寒光，隨即靠在沙發上眯縫著眼道：「這件事你怎麼看？要不要派人問一下？」

「我認為這種小事還達不到讓你親自過問的級別，甚至連瞭解一下都沒有必要，以免驚動了下面。

「據我的分析，以擎宇的能力，如果他不想被那些人抓住的話，就算公安分局的人全部出動也未必抓得住這小子。就算被他們抓住，戴上了手銬，他只要運用縮骨功就能掙脫，失去束縛的擎宇豈是那些員警們能夠匹敵的！

「所以，我認為擎宇被抓絕對是他有意為之，不然以這小子從來不肯吃虧服軟的個性，誰欺負得了他？」諸葛豐一番分析道。

劉飛聽了說道：「嗯，你說的很有道理，能夠讓這個臭小子吃虧的人真的不多啊。也不知道這小子心中到底打的什麼主意？難道是想要跟我當年一樣，玩一招以退為進？」

諸葛豐嘿嘿笑道：「老大啊，你又在考我了！在一般人看來，擎宇這次玩的絕對是一招以退為進，但是在我看來，絕對沒有那麼簡單。」

「哦？不僅僅是以退為進？那你說說，這臭小子到底玩的是什麼把戲？」劉飛滿臉含笑地看向諸葛豐道。

和諸葛豐鬥智鬥勇，是劉飛平時的樂趣之一，畢竟到了他這種級別，能夠跟得上他思考問題的深度和廣度的人已經不太多了。

諸葛豐自然明白老大的意思，也不點破，笑著說道：

「我認為擎宇這一招雖然是以以退為進為核心，但是這一招比你當年玩得還要精彩，還要地道，可以說是**一箭三雕，一計三式**。」

「一計三式？怎麼講？」劉飛饒有趣味地問道。

「他這次玩的計謀，表面上看的確是以退為進，這是一計，三式指的是這個計謀裡面又蘊含著三個小的計謀，分別是**虛張聲勢**、**誘敵深入**、**反客為主**，這個是三式。而老大你當年所玩的僅僅是以退為進而已。由此可見，擎宇絕對是青出於藍而勝於藍啊。」

諸葛豐頓了一下，又道：

「這小子表面上看的確是辭職，而他辭職的確是因為他非常憤怒，所以許多人都認為他是以退為進，甚至有人想要阻止擎宇回到官場，讓擎宇作繭自縛。

「但是那些人永遠不會想到，擎宇玩以退為進不假，但是這一計首先就有一種虛張聲勢的味道在裡面，只不過大多數人都會先入為主地認為柳擎宇是在玩以退為進，所以反而失去了對他的防範。

「而這，恰恰是擎宇最想要看到的，因為他將這一計玩得非常明顯，別人認為他們看透了他，殊不知這樣恰恰方便擎宇在幕後進行遙控操作，以減少對方對他的防備。擎宇通過躲在幕後進行操作，吸引著對方，使之逐漸落入他的節奏之中。我認為擎宇之所以願意被他們抓進公安分局，恐怕目的正是誘敵深入。

「而且從目前柳擎宇和劉小飛的表現來看，這兩個人配合之默契，堪稱天衣無縫，讓人嘆為觀止，不知道他們到底有沒有經過事先的策劃和溝通啊？」

劉飛對老朋友的分析相當滿意，什麼才是知己？這就是真正的知己，能夠想自己之所想，急自己之所急。

諸葛豐又接著分析道：

「擎宇所有的計謀，恐怕都是為了實現其反客為主的目的。一直以來，蒼山市市委常委李德林、鄒海鵬、董浩、韓明輝四人看擎宇非常不順眼，處處給他穿小鞋，設計他，擎宇對此自然心知肚明，十分不爽。

「尤其是這一次李德林竟然十分無恥地玩了一招摘桃子，以擎宇的個性，沒有過去狠狠揍李德林兩個大巴掌，這說明擎宇的自制力已經相當厲害了。而擎宇借此機會玩一招反客為主，恐怕李德林想不到，鄒海鵬他們更想不到。

「不過有一點我卻想不明白，擎宇反客為主的真實目標是什麼？老大，你怎麼看？」

要知道，劉飛的官品堪稱官場楷模，對貪官污吏從不手軟，他的赫赫威名讓許多人心驚膽戰，一般的官員，即便是心理素質非常好的，面對劉飛的時候，也很難抵擋劉飛身上所散發出來的那股浩然正氣。

也因為這樣，不免感到孤獨。好在他年輕時結交的胖子劉臃、肖強、徐哲、諸葛豐、周劍雷等一幫好兄弟們，面對他的時候依然不改本色，並沒有因為他的級別高了就變得唯唯諾諾，不管何時相聚，兄弟依然是兄弟，該開玩笑開玩笑，該揍一頓的時候照樣揍一頓，這讓劉飛十分欣慰。

見諸葛豐把難題拋給自己，劉飛笑著說道：

「如果我猜想得不錯的話，這小子真正的目的應該是為了更好地把那些他拉來的投資商和他們的項目、資金安頓好。

「我研究過新華區的形勢，從研究結果看，目前新華區雖然不缺土地，卻缺少成熟的工業用地。尤其是在三通一平上面，由於新華區多年沒有大規模的投資商入駐，所以滿足施工道路通、施工用電通、施工用水通、施工場地已平整這四點的土地少之又少，擎宇肯定為此十分焦慮。

「如果我猜得不錯的話，他在前往河西省之前就開始思考這件事了，在他帶人回到蒼山市之後，這種佈局很有可能已經在他頭腦中成型。而且李德林摘桃子的行為早就在他的意料之中，否則他不會辭職報告交得那麼乾脆。」

諸葛豐反問道：「那你認為擎宇應該如何解決投資商項目落地的問題呢？」

劉飛笑道：「這個簡單，如果這個小子格局夠大的話，應該會把主意打到高新技術開發區那一塊，甚至會弄個開發區管委會主任來當當，不過，這就要看他的談判水準了。」

聽完劉飛的分析，諸葛豐衝著劉飛豎起了大拇指：

「老大就是老大，看來做官真的十分考驗思維啊，不能僅僅把眼光盯在自己的一畝三分地上。」

劉飛也笑了：「這個臭小子目前的表現還不錯，我們接著往下看吧。我倒要看看，這小子能夠在蒼山市玩出什麼花樣來。如果僅僅是目前的表現，還不能讓我有眼睛一亮的感覺！」

說這話的時候，劉飛可不是在說笑，而是他內心的真實感受，越是到了他這個級別，對子女的期望越高，要求也越嚴，尤其他本身就是妖孽般的人物，要求和眼光自然比一般人高得多。

諸葛豐只能在一旁苦笑。他知道，只有愛之深，才能責之切。

「劉小飛這個年輕人你看怎麼樣？」劉飛突然開口問道。

諸葛豐表情複雜地說道：

「老大，我對這個劉小飛十分感興趣啊，這個年輕人當年在非洲的時候救過你，沒想到幾年過去，他竟然成了蕭氏集團的投資總監。

「這一次他和擎宇的配合，堪稱默契無雙，我認為這個年輕人很了不起啊，以擎宇對待劉小飛的態度來看，兩人之間絕對是平等論交，兩人誰也不服誰，但是又惺惺相惜，這個年輕人我非常欣賞。

「我和孫廣耀研究過劉小飛的許多商戰案例，雖然這個人年紀輕輕，但是其商戰手段絕對一流，我認為假以時日，這個年輕人必將成為中國商場上一顆冉冉升起的新星。」

聽到諸葛豐的評價後，劉飛點點頭：「嗯，劉小飛曾經救過我的命，也曾經為我受過傷，對這個年輕人你多多關注一下，如果有人膽敢使用手段意圖威脅他的性命，你可以出手幫助他，也算是我報答他的救命之恩吧。」

等諸葛豐離開後，劉飛從抽屜中拿出一個十分精緻，設有指紋密碼的保險箱，輸入密碼和按下指紋後，打開箱子，從裡面拿出一本筆記本，筆記本裡面夾著一張紙，紙上寫著：「如果生的是個男孩，他的名字就叫劉小飛……」

後面的落款為「趙凌薇」。

劉飛緩緩閉起了眼睛，時隔多年，他早已忘記當初那個化妝成服務員的女殺手趙凌薇到底長什麼樣子了，但是他卻無法忘記那個女殺手留下的這個筆記本，無法忘記那個女殺手想要殺他卻數次救他的點點滴滴。

「趙凌薇，你現在到底在做什麼？劉小飛難道真的是我的兒子嗎？如果是，你為什麼沒有告訴他我的身分？為什麼劉小飛不認識我？如果不是，為什麼劉小飛和我長得那麼像呢？還取名叫劉小飛？」

劉飛腦海中思緒飄飛，似乎回到了二十多年前，回到了自己曾經年少輕狂的歲月。時間荏苒，歲月如梭，如今自己已經頭髮花白，身體早已不復當年的強健，就連後背也因為夜以繼日的忙碌而微微有些彎曲。

劉飛的臉上露出一絲苦澀。

劉小飛，**你到底是不是我的兒子呢**？對於你，我應該持何種態度呢？

一時之間，饒是劉飛這種智慧超群的頂級人物，也陷入了兩難之中。

清官難斷家務事，尤其面臨的是他自己的家務事。

此刻，遠在千里之外，劉小飛和蕭氏集團美女總裁蕭夢雪的雙胞胎妹妹蕭夢潔，正坐在沙發上一邊聊天，一邊看著電視。

蕭夢潔雖然和姐姐蕭夢雪長得一模一樣，但是和蕭夢雪那種冰雪女王一般的冷艷氣質相比，就像是一個古怪精靈的公主。

蕭夢潔對劉小飛嫣然一笑，道：「劉小飛，我發現你和柳擎宇長得真的很像啊，我十分懷疑你們是不是雙胞胎？」

劉小飛回道：「當然不是，我和柳擎宇是在河西省才第一次見面的。不過，說來也怪，我和柳擎宇面對面地站在一起的時候，總是和他有一種心意相通的感覺，尤其是柳擎宇身上的氣質和我十分相近，我總覺得我們是同一類人，只不過他是混官場的，而我是混商場的。」

這時，電視上正播放著一條新聞，新聞中，劉飛下基層視察的身影赫然出現在螢幕上。

看到劉飛，蕭夢潔用手一指電視螢幕，驚叫道：

「劉小飛，你看，你和柳擎宇和電視上這個叫劉飛的人長得好像啊，就像是從劉飛這個模子裡印出來的一般，就是劉飛看起來老了些。不信你自己看，你們的身高、體型，尤其是眼睛、眉毛、鼻子等特徵，出奇地相似啊！」

劉小飛盯著電視螢幕上的劉飛，自己也呆了。

雖然劉飛的頭髮已經花白，但是劉飛的面孔特徵是那樣明顯，對自己相貌十分熟悉的劉小飛一看就知道自己和劉飛長相極其相近，包括柳擎宇，他們三個真的很像。

這是怎麼回事？真的是巧合而已嗎？難道這個劉飛竟是自己的父親？

不過劉小飛仔細想想，卻覺得怎麼想怎麼不可能，畢竟劉飛的身分是那樣高高在上，而母親只是個普通老百姓，兩者間怎麼可能會發生關係呢？

想到這裡，劉小飛裝做不以為意地說道：「呵呵，確實長得挺像的，不過中國那麼大，長得像的人實在是太多了，就像那些模仿秀上，和大明星長得一樣的人非常多，一登臺就是好幾個。」

在潛意識中，他似乎想要說服自己和劉飛之間並沒有什麼關係。

然而，蕭夢潔卻是個頭腦靈活的女孩，咯咯笑道：「嗯，你說的也有道理，不過，你有沒有發現，你的名字和他的名字也很像啊，人家叫劉飛，你呢，叫劉小飛，這很明顯是一些家庭取名的習慣嘛，老子叫××，兒子就叫×小×。」

聽蕭夢潔這麼一說，劉小飛心裡開始不平靜了。

從小到大，每次他問老媽，自己的爸爸到底是誰的時候，老媽總是含糊其辭，不肯告訴自己實情，這讓劉小飛對自己的身世一直很是困惑，此刻聽蕭夢潔突然點出自己和劉飛名字之間的關聯，再加上相貌又這麼像，劉小飛心中的疑惑頓時無限放大。

隨後，劉小飛和蕭夢潔又聊了一會後，蕭夢潔便回房去了。

劉小飛靠在沙發上，心海久久無法平靜。在強烈的好奇心驅使下，他拿出手機，撥通了老媽的電話，先是詢問老媽的身體情況，這才說道：

「媽，我想問你一個問題。」

電話那頭，劉小飛的老媽趙凌薇聲音有些低沉地說道：「小飛啊，你想問什麼？」

從她的聲音中，可以聽到似乎有著一絲的緊張。

「媽，我想問你，我爸到底是誰？剛才我看電視，發現有一個叫劉飛的人，我的同事說我和劉飛長得很像，而且我的名字還叫劉小飛，該不會和他有些關係吧？」

「小飛，你瞎說什麼呢？你和他一點關係都沒有！」劉小飛話音剛落，趙凌薇便有些激動地大聲說道。

聽到老媽說話的語氣，劉小飛心中的疑雲更濃了，老媽平時說話從來都是十分冷靜，很少會如此大聲說話，剛才卻那麼激動，這讓劉小飛感覺到事情透著詭異。

「那我老爸到底是誰？」劉小飛追問道。

「小飛啊，關於你爸的事，現在還不是告訴你的時候，你不要再問了，我也不會告訴你的，你就好好努力吧，等到時機合適的時候，我自然會告訴你真相的。」

趙凌薇的聲音中流露出幾分悲淒，還有幾分憐惜。她知道兒子心中的苦楚，他從小就沒有見過他的親生父親，在自己的嚴厲管教下長大，後來自己生病，兒子更是一肩扛起家庭的重擔，辛苦賺錢去為自己治病。

現在，他已經猜到他的親生父親是誰，但是自己卻不能告訴他，這種心理上的煎熬是那樣痛苦，但是趙凌薇只能自己承受這一切，因為她很清楚，一旦劉小飛知道自己的真實身分，以他的個性，絕對會去找劉飛鬧的，那樣，不僅兒子會陷入危險之中，劉飛也會陷入困境，這對誰都沒有好處。

劉小飛沉默了。

他是個孝子，能夠感受到老媽心中的那種苦楚和為難，於是忍住心中的痛，反過來安慰母親道：「媽，你不要生氣了，也不要傷心，不管我的老爸是誰，其實對我來說都無所謂，不管什麼時候，我都會好好孝順您的，您一定要保重身體，等過段時間我忙完蒼山市這邊的事，立刻去國外看望您。至於我老爸到底是誰，以後我不會再問了，您想什麼時候告訴我都行。」

聽到兒子這麼說，趙凌薇心中其實更加不好受了。然而為了讓兒子能夠安心工作，她只能勉強笑道：「好，那你好好工作，不用擔心媽，媽這邊好著呢。」

掛斷電話後，劉小飛心中久久無法平靜。老媽的異樣表現讓他越發意識到，自己和劉飛之間恐怕有著千絲萬縷的聯繫。

……

劉飛在沉思，劉小飛在沉思，柳擎宇也在沉思。

這一刻，父子三人都在沉思著。

柳擎宇不知道，老爸和諸葛豐在背後一直關注著他，也在關注著劉小飛。

此時的柳擎宇躺在病床上，雖然閉著眼睛，但是卻已經開始飛快地轉動著大腦，思考著今後的工作情況。

雖然自己用勢逼迫李德林不得不做出種種退讓，成功實現了自己所預期的目標，但是他很清楚，以李德林的個性，是絕對不會善罷甘休的。

很多時候，官場上的承諾是非常不可靠的。如果此人不願意履行承諾，至少有一百種辦法側面迂迴，以自己和李德林來說，就算自己代理新華區區長，擔任了高新區管委會主任，這兩個位置自己能否坐穩也還是未知之數，未來李德林絕對會利用各種機會來敲打自己。

而真正讓柳擎宇陷入沉思的，並不僅僅是他和李德林的關係，還有如何處理今後自己與新華區區委書記姜新宇，甚至是蒼山市市委書記王中山之間的關係。

因為透過這次的辭職風波，柳擎宇看到了姜新宇這個人的性格。這個人雖然不像鄭曉成那樣卑鄙無恥，但是也沒有自己的老領導景林縣縣委書記夏正德那樣的魄力。如果姜新宇真的有擔當的話，這次李德林要想順利地實現摘桃子也沒有那麼容易。

自己當上新華區區長以後，應該如何與姜新宇相處呢？

柳擎宇在沉思著，謀劃著。

辭職事件從始至終，柳擎宇都沒有妥協的意思，只不過這一次，他沒有採取橫衝直撞的方式去應對，因為他非常清楚自己在蒼山市實力的薄弱，使他不得不重新慎重地謀劃未來的行事方向。

就在柳擎宇思考的同時，李德林回到新華區區委辦公室，立刻把自己和柳擎宇談判的結果向王中山、于金文匯報了。

于金文聽到柳擎宇的要求後，先是一愣，隨即雙眼放光。于金文能夠當上省委常委，水準自然非常之高，他立刻意識到，李德林絕對是被柳擎宇這小子給設計了，而且柳擎宇敢打高新技術開發區的主意，說明這小子早就盯著這裡了，他甚至想到了柳擎宇下一步很有可能採取的行動。

他當然不會告訴李德林他內心的想法，只是點點頭道：

「嗯，李同志做得不錯，既然柳擎宇已經答應留下來，而且還保證把所有投資商都留下，我就沒有什麼可擔心的了，也可以回去向曾書記交代了，剩下的事情，你們蒼山市市委班子自己商量著辦吧。」

當天晚上，吃過晚飯後，于金文連夜返回白雲省。

蒼山市市委班子立刻召開常委會，根據李德林和柳擎宇談判的情況，直接以會議的形式，確定了柳擎宇新華區代理區長的身分，並且宣布由柳擎宇擔任高新技術開發區管委會主任，秦睿婕擔任高新區管委會常務副主任，周坤華擔任新華區招商局局長一職。

會後，所有任命立刻在第一時間傳達給每一個相關的人。

整個蒼山市官場都震動了。

誰也不會想到，柳擎宇剛剛上任新華區副區長還不到半年的時間，竟然便升任代理區長，雖然級別到目前為止依然是副處級，但是可以預見的是，柳擎宇一旦從代理區長轉為正式區長，那麼必定會從副處級轉為正處級，不到一年時間就從正科級到正處級的跨越，絕對是讓人羨慕嫉妒恨的。

一時間，各種流言四起。有人說柳擎宇的老爸是高官，有人說柳擎宇是王中山的親戚，更有人說柳擎宇和李德林關係十分曖昧。當然了，也有正派的人認為柳擎宇之所以提升得這麼快，是因為在河西省的表現十分突出，是靠能力和成績被提拔起來的。

此刻新華區區委常委層的震動最大。尤其是區委書記姜新宇，他萬萬沒有想到眨眼間需要依附自己的柳擎宇，竟然成為僅次於他的二把手。這讓他頗為不爽。但是他也知道自己必須面對這種現實。

在心中，姜新宇主觀地認為自己依然具有極大的優勢，鄭曉成當區長的時候，自己這個區委書記和鄭曉成勢均力敵，各管一攤，他很難插手區政府的工作，現在柳擎宇當政了，他的心思開始活躍起來，腦中不斷盤算著以後自己應該如何插手區政府的事情，爭取徹底掌控新華區全域。

柳擎宇在醫院待了三天後便出院了。

這讓蒼山市甚至是白雲省的很多人都跌破了眼鏡。

李德林在得知消息後，狠狠地把茶杯摔到了地上，拍著桌子大罵道：「無恥！卑鄙！柳擎宇，你竟然敢演戲騙我！」

他哪裡知道，其實柳擎宇當天就可以出院，因為他的傷勢都是外傷，雖然看起來嚴重，實際上根本就沒有傷筋動骨。

李德林卻以為柳擎宇最少也得在醫院待上一兩個月，他想：等柳擎宇出院，即便是擔任區長，恐怕也取得不了太多人大代表的認可，再加上有些人的暗中策劃，柳擎宇沒準在選舉這一關就過不去，萬萬沒有想到，柳擎宇在醫院不到三天就出來了。

王中山在得知消息後，也是一陣錯愕，隨即苦笑著搖搖頭道：「柳擎宇啊柳擎宇，你小子夠賊的，差點把我都給耍了，算你狠！」

于金文聽到消息後亦是一愣，頓時一陣無語。他好歹也是見多識廣之人，卻沒想自己在柳擎宇這件事情上看走眼了。

考慮到省委書記曾鴻濤對柳擎宇十分關注，他第一時間便來到曾鴻濤的辦公室，把柳擎宇傷癒復出的消息告訴曾鴻濤。

曾鴻濤聽到這個消息，立刻聯想到整個事情的真相，不僅沒生氣，反而哈哈大笑起來：「好，好，好一個柳擎宇啊！真是膽大心細，有魄力，有能力，有城府，有心計，最重要的是，這小子心中想著的全都是老百姓，借勢入主蒼山市高新技術開發區，的確是一招妙棋啊！妙，非常妙！真是後生可畏啊！」

于金文站在旁邊，看著哈哈大笑的曾鴻濤，不禁瞪大了眼睛。

這位省委書記城府極深，平時對下屬要求十分嚴格，很少誇獎人，尤其是那些年輕人，能夠得到這位省委書記誇獎的更是少之又少，能夠讓曾鴻濤如此大笑著誇獎的人，柳擎宇絕對是唯一的一個。

這時候，于金文想起了一件事，立刻提醒道：

「曾書記，恐怕柳擎宇這個蒼山市高新區管委會主任當不了幾天，據我所知，前段時間廖副省長曾經提出高新技術區每年耗資巨大，卻沒有成績，建議關停，他的提案您已經簽字同意了，明天的常委會上就會討論此事。」

曾鴻濤當時雖然簽字同意了，但是印象並不深刻，這件事對他這個主管一省的官員來講，只是一件很小的事情，現在聽于金文這麼一說，立刻想了起來。

曾鴻濤微微皺了下眉頭，沉思了一會，隨即拿起桌上的保密電話撥通了廖副省長的電話，直接下令道：「老廖啊，高新技術開發區關停一事出現了一絲轉機，這件事明天的常委會上暫時就不要討論了。」

廖副省長一愣，不解地道：「曾書記，您所說的轉機是指？」

曾鴻濤笑道：「你還記得那個在河西省省際經濟交流會上拿下了二十億項目的柳擎宇嗎？這小子馬上就要到蒼山市高新技術開發區擔任管委會主任了，這個年輕人是一個很有想法和抱負的人，我看就給他半年的時間，如果他真的能夠把高新區搞好的話，這對當地老百姓來說也是一件好事啊。如若不行，咱們就直接關停那裡。」

從曾鴻濤話裡話外可以明顯聽出來，曾鴻濤對柳擎宇十分欣賞，再考慮到撤銷高新技術開發區如果沒有曾鴻濤的支持，自己的提案有可能通不過，畢竟裡面牽扯到各方面的利益，所以廖副省長立刻說道：「好的，那這個提案我就先壓下來。照您的意思辦。」

柳擎宇哪裡想到，他還沒上任，一根繩子便拴在了他的脖子上——半年內要搞好高新技術開發區。

柳擎宇復出當天，市委組織部部長趙東林親自送柳擎宇到新華區上任，隨後又趕往開發區管委會。

雖然在這兩個就職儀式上，趙東林的講話十分公式化，但是他的出面，讓所有的官員意識到，柳擎宇不再是以前那個沒有實權的副區長了，更不是那個任人宰割的綿羊了。

在就職儀式上，柳擎宇的講話十分簡短，簡短到讓趙東林和所有人都十分意外。

他在兩個地方說的都是同一句話：

「我柳擎宇絕對會認真履行好我的本職工作，為蒼山市的老百姓多做一些實事，我不會懼怕任何壓力。」

話很簡短，聽在不同人的耳中，卻能夠聽出不同的味道。

瞭解柳擎宇的人知道，柳擎宇話雖簡短，卻字字鏗鏘，他已經下定決心，要在這兩個位置上大幹一場。

持這種態度的包括趙東林以及王中山、唐建國等人。這些人一直默默地站在背後看著柳擎宇的一舉一動。

瞭解柳擎宇的還有另一撥人，那就是李德林、鄒海鵬、董浩、韓明輝這些人，他們聽到柳擎宇的發言後，臉色都十分陰沉。

在李德林的辦公室內，鄒海鵬便說道：

「李市長，柳擎宇這次上任，似乎大有來者不善之意啊，而且以前在您和王中山之間一直採取中立立場的組織部部長趙東林竟然親自送柳擎宇上任，我看這個趙東林和柳擎宇的關係也有些微妙，我記得柳擎宇在景林縣的時候，趙東林就一反常態支持了柳擎宇，這一次又親自送柳擎宇上任，這裡面會不會有什麼貓膩？咱們可不得不防啊。」

聽到鄒海鵬這番話，李德林的臉色顯得更加暗沉了。

他最近這段時間也一直在思考趙東林的立場問題，尤其是上次常委會上，趙東林提出了留住柳擎宇的幾點建議之後，他就意識到趙東林似乎對柳擎宇十分欣賞，這讓他感受到了一絲的危機。

要知道，以前他之所以能夠掌控蒼山市的大局，形成和王中山分庭抗禮的局面，主要原因就是趙東林這個組織部部長自從下來之後，就一直保持中立立場，不參與他和王中山之間的政治鬥爭中去。

不管是自己也好，王中山也好，由於對趙東林採取中立立場十分不滿，都曾經想辦法想要把趙東林調離蒼山市，但是誰也沒有得逞，這讓兩人感覺到趙東林這個人有些不簡單，背景很硬，從那之後，兩人也就絕了把趙東林弄走的想法。

如今，趙東林親自送柳擎宇上任，而柳擎宇又是王中山的嫡系人馬，這會不會造成以後王中山和趙東林聯手來對抗自己呢？

為了試探此事，李德林頗費了一番心思，接連拋出兩個有關人事調整的議案，趙東林表現得依然中規中矩，沒有和王中山聯手的意思，這種局面讓他十分頭疼。

此刻，鄒海鵬提出了質疑，身為市長和整個派系的老大，李德林必須說出一些東西來。他沉思了一會後說道：

「老鄒，我相信你應該也看到了，最近我接連試探了一下趙東林，但是他表現得和以前一樣，沒有任何和王中山聯手的意思，我看在趙東林的問題上，只能到此為止，不能再試探了，否則把他惹毛了，真的投靠到王中山的陣營中去那就麻煩了。不過呢，對這個人我們也不得不防，以後凡是涉及重大事情，咱們必須精心策劃，考慮到趙東林的變數，確保做到有備無患。」

鄒海鵬聽李德林這樣說，立刻使勁地點頭表示認同。

其實，他心中對李德林的話根本不以為然，他認為李德林什麼都沒有看出來，只是在胡謅而已。如果說以前鄒海鵬對李德林基本上都是言聽計從的話，自從鄭曉成有投靠李德林的意思之後，他心中對李德林便多了幾分不滿。

只是鄒海鵬是一個城府極深之人，雖然對李德林不滿，但是他十分清楚，他要想真正掌握實權，便離不開李德林的支持，兩個人只有合作，才能抗衡一把手王中山。所以，很多事情和態度他只會埋在心底，表面上還得順著李德林的意思。

附和李德林兩句之後，鄒海鵬又道：

「李市長，你說柳擎宇現在既要擔任新華區代理區長，又要擔任高新技術開發區管委會主任，他一個小屁孩能幹好嗎？他進入官場才多長時間啊，而且據說省裡已經在醞釀撤銷高新區了。」

李德林露出一副胸有成竹之色道：「你以為我真是因為各方面的壓力才同意趙東林的提議嗎？非也，非也，我之所以同意趙東林的提議，是因為我看到了趙東林提議中所含的漏洞。」

「漏洞？」鄒海鵬一愣。

李德林點點頭道：「沒錯，就是漏洞。這一次趙東林在宣布柳擎宇職務的時候，並沒有提到要提拔柳擎宇擔任區委副書記，只說讓柳擎宇擔任代理區長，這一點，大家都是有共識的，包括于金文秘書長在這個問題上都不會較真，所以目前柳擎宇只是以副處級的級別代理正處級的崗位，僅此一點，便讓柳擎宇後患無窮。

「你想想看，柳擎宇不過是副處級，他要領導手下那麼一大群副處級的常委們，誰肯聽他的話？再加上我們在後面推波助瀾，柳擎宇要想掌控新華區區政府，哼哼！比登天還難，連區政府都掌控不了，他又如何能夠做出成績呢？

「而且現在距離年底還有兩個多月的時間，如果柳擎宇連區政府都掌控不了，到時候人大會進行選舉的時候，柳擎宇這個代理區長的『代理』兩個字能否去掉都是一個未知數，如果去不掉的話，到時候我們隨便給他找個副處級的位置讓他瞇著去，誰也拿我們沒辦法。

「至於那個高新區管委會主任的位置，看似風光無限，卻也危機四伏啊！你想想看，省裡為什麼一直無法取消高新區，還不是因為咱們這些人在後面硬扛著嗎？再加上老領導他們在背後使勁。既然柳擎宇非得當這個管委會主任，那麼我們乾脆狠一狠心，讓老領導他們撤銷抵抗，順應上面的意思，不僅可以給他們減輕壓力，咱們這邊也算是無債一身輕了。」

李德林這番話說完，鄒海鵬臉上立刻露出驚喜之色，豎起大拇指讚道：「李市長，還是你厲害啊！真沒想到您還留著這麼厲害的後手。」

李德林得意地一笑，眼中露出一抹肅殺之色。

柳擎宇以為他逼著自己道歉，甚至妥協了，他哪裡知道，自己能夠做到市長，豈是易與之輩！一旦柳擎宇在自己的設計下栽了，那麼王中山在蒼山市的威信將會受到重創，那個時候，自己將會再次加強對蒼山市的掌控。即便自己無法升到副省級，反正上面有老領導罩著，在蒼山市當個土王爺也是相當不錯的。

第五章

政績之路

有李德林統籌分配的案例在前，自己要想明目張膽地搶奪柳擎宇的政績，那根本是找死，而且他也不敢那樣做，但是，這並不意味著他對這些政績沒有覬覦之心。張超的話，恰恰給他指明了一條安全穩妥的撈取政績之路。

對李德林和鄒海鵬等人的算計和陰謀，柳擎宇並不知道。因為他參加了就職儀式之後，當天就留在高新技術開發區，和剛上任的開發區常務副主任秦睿婕一起籌建屬於他們的人事班底。

兩個人決定先把關山鎮副鎮長洪三金調到高新區來，擔任辦公室主任一職。洪三金辦事能力強，為人也忠誠，用起來十分放心。這對洪三金來說，可謂是一個極大的跨越。

隨後，柳擎宇再次敲定一個重量級的人事調整，那就是把唐智勇正式調到高新區管委會來任職，擔任環保局的局長。

一直以來，柳擎宇對唐智勇都在默默進行考察。他發現唐智勇做起事來很沉穩，而且這小子善於動腦筋，懂得順勢而為，而且他也是正科級的級別，如果一直讓他擔任司機，這個人才可就真的埋沒了，所以，柳擎宇決定好好提拔他一下。

最重要的是，柳擎宇在高新區管委會沒有任何實力，他需要借勢。

這幾個關鍵位置配備之後，柳擎宇和秦睿婕並沒有把其他位置獨吞，而是找到了市委組織部部長趙東林，向趙東林請示了之後，把其他的位置交給了市委組織部，由市委組織部來進行調配。

趙東林對柳擎宇的表現十分滿意，柳擎宇雖然為人狂傲，但是做事還是很有分寸，知道利益不能獨享的道理。

然而，趙東林沒有想到，李德林、王中山他們更沒有想到，柳擎宇在上任開發區管委會的第二天，便拋出了一個**震動整個蒼山市，甚至震動了整個白雲省省委的舉措！**

自從擔任新華區區長和高新區管委會主任後，柳擎宇便已經做好分工，每天上午在區政府辦公，下午到高新區管委會辦公。

雖然這樣做麻煩一點，辛苦一點，但是柳擎宇並不在乎。因為他心中憋著一口氣，那就是一定要把新華區和高新區的工作全部抓上去。

正式上任的第二天上午，柳擎宇先是參加了區委書記姜新宇主持的常委會。在常委會上，柳擎宇和在座所有區委常委們見了面。

散會後，柳擎宇回到區長辦公室，立刻開始籌畫整個新華區未來的發展規劃。

雖然他剛剛上任代理區長，但實際上，他在副區長位置上的時候，就對新華區存在的種種問題有著深刻的認識。

新華區地理位置相比其他幾個區的確不占優勢，處於整個城市的邊緣地帶，但是這並不構成新華區無法發展起來的真正理由。在柳擎宇看來，新華區無法真正發展起來的關鍵在於幹部的思想觀念。

很多幹部精於鑽研，熟於跑動，卻疏於做事，尤其是這些年來，在姜新宇和鄭曉成的帶領下，這種觀念越發佔據了主流位置，很多時候，幹部的提拔任用並不是任人唯賢，而是任人唯親，任人唯禮，誰是領導的親信，誰給領導送的禮多，誰就會得到提拔，結果，在別的縣區飛速發展的時候，新華區卻在原地踏步。

他深知，要想真正改變新華區的這種現狀，絕對不是一朝一夕的事情，尤其是姜新宇依然在位，以他對姜新宇的瞭解，自己如果一上任就擺出一副和他打擂臺的架勢，這傢伙絕對會毫不猶豫地想盡各種辦法來阻礙自己的工作。

經過擔任副區長那段時間的歷練和接觸，柳擎宇對姜新宇的個性有了深入的瞭解，這位區委書記既想要撈取政績，又不想出力，不想得罪人；說白了，就是屬於那種沽名釣譽、唯利是圖之人，算是典型的政客。

尤其是現在，姜新宇開始有向王中山靠攏的苗頭，所以他還真不能和他明著幹，否則王中山那裡恐怕會很尷尬。

柳擎宇深知，自己要想在蒼山市能夠放手去幹，在有李德林、鄒海鵬、董浩等這些人的大力掣肘之下，絕對不能缺少王中山的支持，不然自己將會寸步難行。所以，經過慎重思考之後，柳擎宇放棄了新官上任三把火的想法，轉而決定採取全新的整頓策略。

讓柳擎宇不爽的是，一個上午，竟沒有人過來向自己彙報工作。這讓他想起當初自己到景林縣城管局擔任局長之時的場景。

難道新華區的常務副區長也和當年的韓明強一樣，想要架空自己？想到這種可能，柳擎宇的臉色刷的一下陰沉下來。

柳擎宇的猜測雖然不完全正確，卻也猜對了七八分。

此刻，區委常委、常務副區長包一峰，區委常委、副區長張超全都坐在區委書記姜新宇的辦公室內。

自從鄭曉成垮臺後，這兩個原本依附於鄭曉成的區委常委經過一番商量探討之後，決定暫時和姜新宇聯合起來抗衡柳擎宇。

他們兩個，一個是鄒海鵬的人，一個是董浩的人，在柳擎宇擔任副區長的時候，他們對待柳擎宇的態度就十分高傲，根本不理柳擎宇，甚至跟鄭曉成一起擠對柳擎宇，讓他經常在區政府會議上陷入困境。

如今，鄭曉成突然垮臺，柳擎宇鹹魚翻身，這讓兩人感覺到了一絲危機。

經過商量，他們認定姜新宇絕對不願意柳擎宇坐大，肯定不願意看到柳擎宇成為另一個可以和他分庭抗禮的鄭曉成，那麼對於兩人聯合壓制柳擎宇的意思，姜新宇絕對不會反對的。

兩人分析的沒錯，當他們找到姜新宇，隱晦地講了和姜新宇聯合起來壓制柳擎宇的意思後，姜新宇立刻表示了肯定。

確定成立聯盟後，三人立刻開始密謀起來。

包一峰說道：「姜書記，我認為現在我們的當務之急，是趕快催促柳擎宇把那二十億的投資儘快落實下來，如果那二十億的資金落實到我們新華區，這絕對是一個天大的政績，雖然柳擎宇是首功，但是我們其他人也是有政績可拿的。」

張超也在旁邊附和道：「是啊，姜書記，我認為等這些項目全部落地之後，柳擎宇一個人肯定忙不過來，而且他到時候肯定還要忙著高新區那邊的工作，我們區委應該把這些項目分開，多安排幾個人幫助柳擎宇聯繫這些企業，這樣，一來可以減輕柳同志身上的負擔，讓他可以輕裝上陣，二來可以更好地為這些企業服務。」

姜新宇一聽張超這番話，頓時眼前一亮。他現在正在發愁如何撈取政績呢。有李德林統籌分配的案例在前，自己要想明目張膽地搶奪柳擎宇的政績，那根本是找死，而且他也不敢那樣做，但是，這並不意味著他對這些政績沒有覬覦之心。張超的話，恰恰給他指明了一條安全穩妥的撈取政績之路。

等項目落地後，這些企業肯定是需要重量級的領導去聯繫的，說是聯繫，其實就是和企業溝通，為企業解決各種問題，這種工作做好了，企業肯定會肯定領導的工作，甚至還有好處可拿；一旦企業發展了，對負責聯繫的領導來說也是一種政績。

而且這種政績是非常實在的。最重要的是，這種政績的取得，不用像李德林那樣冒那麼大的風險。

姜新宇滿意地說道：「嗯，張超同志的話很有道理啊，我們身為區委常委，必須想盡一切辦法為柳擎宇同志創造出最好的工作環境，讓他可以安心、大膽地放手去做，他做得越好，我們新華區的發展也就越好，我看等下次常委會的時候，可以找個合適的人在常委會上提一下，爭取為柳擎宇同志分擔一些辛苦。」

姜新宇說完，張超和包一峰連連點頭。

然而，姜新宇和包一峰等人萬萬沒有想到，他們的計畫剛剛出爐就宣告流產。

…………

當天下午，柳擎宇來到高新區管委會辦公大樓的會議室內。

此刻，開發區管委的整套班子已經全部配齊。

管委會主任兼黨工委書記柳擎宇，常務副主任秦睿婕，黨工委副書記蔡洪福，管委會副主任馬義濤，管委會副主任金志偉，紀工委紀書記宋加強，管委會副主任顧向偉。

他們七個是整個開發區管委會的核心。

在配備這個管委會班子的時候，柳擎宇說得非常清楚，剛剛起步階段，不需要配備太多的領導，那樣不容易管理，容易造成人浮於事的情況，對於柳擎宇的這個要求，市委倒是很認可。

當柳擎宇走進來的時候，所有人員已經到場，眾人都打量著柳擎宇這個年輕的管委會主任。

柳擎宇坐在主持席上，掃了一眼眾人，開門見山地說道：

「各位，我先告訴大家一個好消息，從今天開始，大家都有得忙了，我已經決定，要把從河西省招商引資過來的那些企業放百分之八十在開發區。」

柳擎宇話音落下，頓時全場人員呆若木雞。

就在柳擎宇進入會場前，很多人還在悄悄討論高新區何時撤銷的問題，因為開發區被撤銷的消息早在省裡和蒼山市傳開了，被撤銷只是早晚的問題，只不過大家沒有想到，柳擎宇竟然在這個時刻接手高新區。

像管委會副主任馬義濤和副主任金志偉這兩人，一個是李德林的人，一個是鄒海鵬的人，他們心中非常不樂意來到這個即將被關閉的開發區，但是李德林和鄒海鵬親自給兩人打了電話，鼓勵他們在高新區要好好幹。

在這種情況下，這兩個人只好來了。因為他們清楚，李德林和鄒海鵬派他們過來是信任他們，只不過兩人心中的鬱悶無法排解，畢竟開發區從成立到現在好多年了，實際招商引資數額還沒有超過兩億，可謂慘澹度日。

大家都是在官場混的，誰不想到一個有前途的地方去啊。

包括秦睿婕都沒有想到，柳擎宇突然會宣布這樣一個讓人震驚的消息。

黨工委副書記蔡洪福立刻問道：

「柳主任，你說的可是真的？據我所知，那些投資商可是和新華區簽訂的合同啊？你直接拉到咱們高新區來，新華區那邊會不會不滿？」

柳擎宇淡淡一笑，說道：

「嗯，蔡書記的問題問到了重點，關於這一點，我這裡解釋一下，身為新華區的區長，我也希望能夠把所有項目都留在新華區，但是目前新華區的狀態並不適合這麼多企業同時入駐，因為新華區在基礎設施問題上缺口很大，而市委給我的任務，是把這些投資商全部留在蒼山市，我必須對投資商負責，讓他們到最合適的地區投資，這一點，我會向新華區的同志們解釋的。」

眾人這才恍然大悟，看向柳擎宇的目光卻是各不相同。

隨後，柳擎宇又談到了下一步投資商進入開發區的各種分工和流程簡化等問題，會議上談的內容沒有任何的誇誇其談，所以會議進行不到一個小時，所有的工作全部交代和分配完畢，柳擎宇立刻宣布散會。

散會後不久，唐智勇立刻趕到柳擎宇的辦公室。

新官上任，唐智勇很是興奮，不過當他看到柳擎宇後，卻是一臉悲催的表情，抱怨道：「老大，我這個環保局局長也太寒酸了吧，怎麼說我也是個正科級的局長，下面竟然只有兩個小兵，啥設備都沒有。」

柳擎宇聽了，鼓勵他道：

「智勇啊，不要著急，麵包會有的，牛奶也會有的，現在咱們高新區管委會的班子才剛剛成立，整個領導班子也一共才配備七個人，下面的科室也是能精簡的精簡，不僅你人少，其他的科室人也不多，甚至有的科室只有科長一個光桿司令。

「至於環保監測設備，你不用擔心，過兩天河西省環保集團會無償捐贈給你們兩套，一套可攜式水質檢測儀，一套可攜式空氣品質檢測儀，以便你們可以先期就空氣汙染和水質汙染這兩個十分重要的環保要素進行監測。

「你可得給我好好幹啊，平時不要坐在辦公室裡待著，要出去，到開發區到處轉悠轉悠，看看咱們高新區在環保方面做得怎麼樣。還有，你必須記住一點，這裡是高新技術開發區，不是普通的開發區，所以，對那些高耗能、高汙染的企業必須加強監測和檢查，發現有嚴重汙染的企業必須立刻採取措施，果斷關停。絕對不能因為環保問題影響到投資商落戶，否則出了問題，我拿你是問。」

說到後面，柳擎宇的語氣開始嚴肅起來。

唐智勇看到柳擎宇的表情，立刻神情一凜，他跟在柳擎宇身邊一年多，非常清楚柳擎宇的脾性，他嚴肅的語氣，說明他對高新區的環保問題十分關注，這大概也是自己被他提拔到環保部門的原因。

唐智勇當即表態道：「老大，你放心，只要我唐智勇在這個位置待一天，我就會帶著我那兩個小兵做好環保局的工作，維護好高新區的環境，絕對不給老大丟臉。」

柳擎宇這才笑著點點頭：「嗯，你現在是剛剛開始實際工作，不要太過心急，平時可以多和你們環保局裡的老陳學習和交流，老陳是我特地從新華區環保局那邊調過來協助你的，這個人雖然平時話不多，但是在環保業務方面十分精通，你不要擺什麼局長的架子……」

隨後，柳擎宇又對唐智勇叮囑了幾句，唐智勇這才離開。

唐智勇前腳離開，高新區管委會辦公室主任洪三金便敲門走了進來。

自己能夠被柳擎宇跨縣調到高新區來，洪三金心中對柳擎宇充滿了感激，如果沒有柳擎宇這位伯樂，恐怕自己還在關山鎮政府窩著呢。

所以他得到調令後，便連夜趕到蒼山市向柳擎宇報到，第二天便正式上班，一點時間都沒有耽擱，柳擎宇在管委會的辦公室就是在他的主導下重新佈置的。

進門坐下後，洪三金立刻向柳擎宇彙報道：

「主任，我剛才觀察了一下，有些主任散會後，立刻拿出手機把您要把百分之八十的投資項目遷到咱們高新區來的事向外界進行了散播，我估計新華區肯定會很快得到消息，甚至向您施壓的。」

柳擎宇老神在在地說道：「老洪，你有心了，放心吧，這件事我已經考慮妥當了，不會有什麼大的風浪的。現在管委會剛剛成立，我在這邊的工作主要是抓大局，平時你在工作上要多多配合秦主任，協助她把工作做好。」

「老領導，您就放心吧，我心中有數的。」

隨後洪三金又向柳擎宇報告了一些管委會的瑣事，這才離開。

洪三金剛離開，柳擎宇的電話便響了起來。電話是新華區區委書記姜新宇打過來的。

電話那頭，姜新宇的聲音中充滿了憤怒，質問道：

「柳區長，我聽說你要把新華區百分之八十的項目遷移到高新區去？」

柳擎宇淡定地說：「的確是這樣，我已經在高新區這邊開會的時候宣布了。」

姜新宇聽柳擎宇一點都沒有驚慌和向自己道歉的意思，心頭的怒火一下子便躥到了腦門，怒聲道：

「柳同志，我不得不提醒你一下，你不要忘了，你不僅是高新區管委會的主任，還是新華區的代理區長，你必須為新華區的整體利益考慮，不能光想著高新區那邊。

「另外，在河西省招商引資拿下的那些項目，投資商都是與我們新華區簽訂合同的，你不能兩句話就把這些項目遷移到高新區去，這是一種極其不負責任、極其自私的行為。柳擎宇，你知不知道你到底在做什麼啊？你知道新華區的幹部怎麼說你嗎？」

柳擎宇依然不慌不忙地說道：「姜書記，我不是三歲小孩子，當然非常清楚我到底在做什麼，至於別人怎麼評價我，我無所謂，我只要做到問心無愧就好。」

見柳擎宇固執己見，姜新宇徹底怒了：「柳擎宇，你現在立刻趕回來，我們新華區要召開緊急常委會，討論一下投資項目遷移一事。」

柳擎宇臉上笑容收斂，沉聲道：「不好意思啊姜書記，我還有工作要忙，估計回去的話得晚上六點左右了。」

姜新宇咬了咬牙：「好，那就晚上六點半召開緊急常委會，希望你不要遲到。」

掛斷電話後，姜新宇狠狠地一拍桌子，怒道：「柳擎宇，你小子也太陰險、太無恥了，那些項目可是我們新華區的，你竟然要把它們弄到高新區，今天晚上我就讓你知道什麼叫作繭自縛。」

說完，姜新宇立刻拿起電話開始聯絡起來。他要好好佈局一番，在晚上的緊急常委會上狠狠地收拾一下柳擎宇。

和姜新宇的氣急敗壞相比，柳擎宇就淡定太多了，他對姜新宇的怒火和叱責根本就沒有放在心上。

自從經歷李德林統籌分配的風波後，他對官場上各種卑鄙無恥的手段已經看透了，也徹底領悟到，身為**官場中人，你可以老老實實地做事**，但**是你永遠無法知道別人會做什麼！**尤其是有了成績的時候，永遠不會缺少前來搶食吃的人。這個時候，你**必須表現出你的強勢、你的手段，否則，自己就只能成為失敗者，成為犧牲者。**

柳擎宇站在高新區的地圖前，開始思考起來，接下來那些投資商的工廠應該如何安排，怎樣做才能讓這些企業組成一個有機的整體，形成優勢互補，減少資源的消耗，提高資源利用率，提高整個企業的運作效率，降低運作成本；哪些區域應該預留出來，下一步應該引入哪些企業，以便讓整個高新區形成一個個產業集群，方便吸收更多的投資商前來投資建廠，應該制定什麼樣的政策來方便企業的發展，確保老百姓的利益得到保障……

他需要思考的問題很多。和很多領導一拍腦門就決定一件事的做事風格不同，柳擎宇雖然年輕，但是做事極其嚴謹。他考慮的絕不只是簡簡單單的招商引資，投資建廠，撈取政績，而是思考整個高新區未來五年的整體佈局，還要考慮十年後國家甚至是世界的經濟形勢將會如何發展，高新區應該如何在未來的形勢下順應潮流，契合時代脈搏。

柳擎宇這一忙，就忙到了下午五點半，天色開始轉暗，洪三金敲門走了進來，向柳擎宇提醒道：「老領導，該下班了，您在新華區還有會議要參加。」

柳擎宇這才從深度思考中醒轉，放下手中的筆，朝洪三金點點頭：「好，那你安排一下，我馬上出發，去新華區。」

洪三金立刻出去安排了。

自從唐智勇被調到環保局擔任局長後，司機這個職位上便空缺了一個人，柳擎宇經過權衡之後，從景林縣城管局把李雲調了過來。

當時在城管局的時候，李雲便是唐智勇的替補司機。他之所以看上李雲，是因為李雲也是當兵出身，為人踏實，平時話不多，但是人品非常好，開車技術也很不賴。

李雲開車帶著柳擎宇直奔新華區。

到了區委大院附近的時候，柳擎宇看看時間，才六點五分，他忙了一天已經餓了，所以帶著李雲找了個路邊攤，一人要了一碗番茄雞蛋麵，吃完後，才進入區委大院，直奔常委會議室。

此刻，時針已經指向了六點廿八分。

會議室內，所有區委常委都到齊了，就連區委書記姜新宇也已經坐在主席位上，唯有柳擎宇的位置依然空著。

姜新宇臉色十分難看，這小子的膽子也太肥了吧，這簡直就是不把自己放在眼裡啊！難道柳擎宇忘了他之所以能夠把招商引資的工作堅持下去是因為自己的支持嗎？這小子也太忘本了。

一時間，姜新宇腹誹不已，對柳擎宇的印象越來越差。

六點三十分整，就在所有人的情緒不滿到了極點的時候，會議室的門一開，柳擎宇邁步走了進來，邊走邊向著眾人抱拳說道：「不好意思啊，讓大家久等了，好在我還沒有遲到。」接著走到自己的位置上。

柳擎宇才剛坐下，姜新宇便立刻把炮口對準了他，責備道：

「柳同志，希望你以後開會的時候能夠早點到，不要讓大家都坐在這裡等你，畢竟你還年輕，很多規矩還是要遵守，不然只會讓大家認為你為人狂傲，根本不把在座各位常委們放在眼中。」

簡單幾句話，帶著挑刺，帶著批評，更帶著挑撥離間，直接把柳擎宇推到了所有常委的對立面。姜新宇說完，在場很多常委的臉色都沉了下來，看向柳擎宇的目光中多了幾分不善。

姜新宇竟然給自己來了個下馬威，直接向自己開炮！柳擎宇的眼睛瞇縫起來。

如果姜新宇好好和自己溝通的話，考慮到以前和姜新宇的關係，柳擎宇還真沒打算讓他難堪，既然姜新宇主動挑釁，就別怪他不能退讓了。因為**官場上，你越是隱忍退讓，對方就越認為你好欺負，便會不斷地欺負你，壓榨你**。

柳擎宇冷冷地看了姜新宇一眼，淡淡地說道：

「姜書記，你真是冤枉我了。首先，我對在座的各位常委們沒有任何不敬之意，因為從年齡上來說，大家都是我的前輩，雖然我擔任區長之職，但是還非常欠缺工作經驗，有很多需要向大家學習的地方；其次，姜書記，我雖然來得稍微晚了一些，但是並沒有遲到，所以，你的批評我並不接受。」

說完，柳擎宇仰面靠在椅子上，淡淡地看著姜新宇。

此刻的姜新宇，臉色氣得發白，目光中的怒火在不斷飆升著。

以前鄭曉成在的時候，鄭曉成跟他叫板，他拿鄭曉成沒轍，因為鄭曉成身後站著市委副書記鄒海鵬，現在，一個新上任的代理區長竟然也敢跟自己叫板，這讓他無法容忍。

姜新宇立刻狠狠地一拍桌子，怒聲道：「柳擎宇，你竟然敢頂嘴，你的眼中還有沒有各位領導？」

如果是正常情況下，以姜新宇的資歷，面對年輕的同志，他的確可以用「頂嘴」這兩個字來教訓對方，哪怕是柳擎宇擔任副區長的時候，他也可以這樣教訓柳擎宇，但是他卻忽略了一點，那就是柳擎宇如今的身分。

因而聽到姜新宇的話後，柳擎宇即不屑地說道：

「姜書記，我想你搞錯了一件事，那就是：我是新華區的代理區長，我有權力和你頂嘴，因為大家都是區委常委，我有權表達自己的觀點；至於頂嘴不頂嘴的，這個詞你用得不合適吧？我又不是三歲小孩子，還輪不到別人來管教我。」

柳擎宇這番話一出口，差點沒有把姜新宇氣死。此刻他才意識到，自己還是輕視了柳擎宇，以前柳擎宇當副區長時，對自己表現得那麼低調，現在看來，柳擎宇當時的低調都是裝出來的啊。

不過姜新宇也是一個狠人，見柳擎宇連連駁斥自己，立刻轉移話題道：

「好了，現在我們言歸正傳，今天召集大家過來開會，主要是討論我們新華區在河西省省際交流會上拿下的那些項目的問題。據我所得到的消息，柳擎宇同志已經宣布要把八成的項目都遷移到高新區去，大家就此談談自己的想法吧！」

姜新宇再次把柳擎宇推到了所有常委的對立面。

姜新宇這次是下了狠心了，一定要在這次常委會上狠狠地教訓柳擎宇一番，他要用最酣暢淋漓的勝利來告訴柳擎宇，新華區是他姜新宇說了算，你雖然是代理區長，但是在新華區，依然會和以前一樣，沒有我姜新宇支持，你柳擎宇屁都不是！

姜新宇話音剛剛落下，區委副書記嚴立鵬立刻接口道：

「我堅決反對柳擎宇同志的做法。柳同志，請你不要忘了，你是我們新華區的代理區長，你所做的一切，必須站在維護我們新華區整體利益的高度來看，絕對不能為了你自己的個人利益犧牲我們新華區的全體利益！是，不管把那些投資商放在哪個縣區，只要不出蒼山市，你就可以向市委領導交代了，但是你應該清楚一點，當初你取得的那些成績，都是利用我們新華區的資源取得的，你不能自私自利地三兩句話就把這些投資商都遷移到高新區去。對此，我堅決反對。」

區委組織部部長周軍傑也立刻附和道：

「作為區委組織部部長，在非人事的問題上，我本來並不想表態的，但是柳同志啊，你的這種做法太傷人心了，對你來說，不管把這些項目放在哪裡，都有成績可拿，因為你同時主持這兩個地區的工作，但是你不應該拿我們新華區的東西去發展別的區域啊，這種做法太不上道了！大家都認為你的這種做法極其卑鄙無恥，還有更難聽的話我就不說了。柳同志，我希望你能夠慎重考慮一下這件事情，立刻停止損害我們新華區的利益，否則你這是要犯眾怒啊！」

會議室內陷入一片沉默。

周軍傑這番話比直接當面打柳擎宇的臉沒有什麼兩樣，雖然沒有罵半個髒字，卻句句直刺人心。

柳擎宇聽了，只是淡淡一笑，說道：「嗯，很好，看來大家對我遷移項目的異議非常大，還有沒有誰有意見？都站出來表達自己的觀點吧，等大家都說完，我再給大家統一答覆。」

柳擎宇目光在眾人的臉上一一掃過。

雖然柳擎宇說話的語氣表情沒有任何發怒的樣子，但是在場眾人卻能夠感受到柳擎宇那平淡表情下所蘊含的怒氣，所以一時間，誰也不說話，都想別人先站出來。

姜新宇一看，這樣下去可不行啊，今天他召開緊急常委會的目的，就是集中眾人的力量來炮轟柳擎宇，將柳擎宇徹底踩下去，好樹立他區委書記的威信，所以，看到眾人沉默後，姜新宇立刻把目光落在包一峰的臉上，點名道：

「包一峰同志，你是新華區的常務副區長，你也說一說你的意見吧。」

包一峰十分不願意在這個時候站出來得罪柳擎宇，但是姜新宇都點自己名了，如果再不說話，以後很難面對姜新宇，尤其是一旦有利益的時候，很可能就沒有自己的份了。

所以，包一峰只能無奈地站了出來，說道：

「我贊同嚴立鵬書記的意見，我們身為新華區的領導，必須處處為新華區的整體利益考慮，不能損公肥私，損人利己，這樣是極其不負責任的。柳區長，身為你的副手，照說我應該支持你的，但是我對你的這種做法實在無法苟同，希望你能夠三思而後行啊。」

包一峰的話相當猛烈，更加孤立了柳擎宇，這一招非常狠辣。

張超一看，包一峰都發言了，下一個肯定是自己了，也不等姜新宇點名，便立刻用他的粗嗓門大聲說道：

「柳區長，我的想法和包一峰同志差不多，說實在的，對這件事情我非常憤怒，因為這麼重大的事，你在宣布之前，根本就沒有在咱們新華區召開政府工作會議來討論，這根本就是一意孤行，乾綱獨斷，是對其他領導同志們極其不尊重的表現，你這樣做讓大家都非常寒心啊！」

張超這番話更是厲害，直指柳擎宇搞一言堂。

柳擎宇聽完張超的話後，終於哈哈大笑起來。

看到柳擎宇在那裡大笑，眾人都皺起了眉頭，不知道柳擎宇為什麼發笑。

柳擎宇笑過之後，目光冷冷地再次掃過眾人，冷冷地說道：「還有沒有人對我的做法表示異議？」

這時，新華區西涼鎮鎮委書記、區委常委郭旭狠狠一拍桌子，吼道：

「柳區長，雖然您是領導，我只是一個普通的常委，但是我認為你這種做法是對我們新華區區委班子，對新華區人民利益的一種褻瀆，這完全是一種無恥的行為，是一種十分自私的行為，是一種……」

郭旭號稱「郭大炮」，本來是村幹部出身，經過二十多年的艱苦打拼，這才混上了一個區委常委的位置，如今已經五十五歲，基本上已經沒有再上升的可能性了，所以對很多事都看得很開，平時為人粗魯，說話常不經大腦。

但是實際上，郭旭只是表現得很粗魯，他所做的每一件事都是經過深思熟慮、考慮到自己的利益得失的。

他是李德林的人，深知李德林對柳擎宇不滿，所以這一次常委會上，他再次充當了郭大炮的角色，用十分粗魯的語言炮轟柳擎宇。

柳擎宇依然一臉淡定，瞇縫著眼看著郭旭。

等郭旭酣暢淋漓地罵完後，柳擎宇這才說道：「郭書記，你說完了嗎？」

郭旭一愣，隨即點點頭道：「說完了。」

他有些無語，怎麼也沒有想到，自己幾乎罵了將近五分鐘，柳擎宇竟然一點反應都沒有，這年輕人的城府是不是太深了啊，還是他臉皮太厚了？這傢伙也太能忍了。

柳擎宇無視郭旭，再次環視眾人道：「還有沒有人有不同意見？大家可以接著說。」

這次，沒有人說話了，剩下的人，不是中立派，便是因為種種原因暫時不想發表意見的。

柳擎宇等了有一分多鐘，見沒有人再說話了，這才說道：「好，現在沒有人說話了，那麼輪到我來說話了。」

柳擎宇頓了一下，目光直接看向姜新宇，道：

「姜書記，我想問問你，當初在河西省的時候，我柳擎宇做的可有不到位的地方？我是不是把招商引資的主要功勞全都讓出去了？新聞發布會上我有沒有攬功？」

姜新宇聽到柳擎宇這樣問，眉頭就是一皺，他知道，現在柳擎宇當眾問出來，他還真不能說謊，否則對自己的形象是一種損害，而且那時柳擎宇做得真是不錯，他挑不出任何問題，於是他點點頭道：

「嗯，那個時候你做得非常不錯，值得肯定，但是和現在這件事有關係嗎？」

柳擎宇點點頭道：「當然有關係！姜書記，各位常委們，現在我再問大家一個問題，新華區的招商團從河西省回來後，當李德林市長提出統籌分配新華區招商引資來的那些項目的時候，咱們區委常委裡面，可有一位常委對李市長的做法提出過異議的？可有一位區委常委為新華區的利益搖旗吶喊的？如果有，請大家舉手。」

所有人都沉默了，沒有任何人舉手。

因為李德林提議對那些項目進行統籌分配，可是直接在市委常委會上通過了，就連王中山這個堂堂的市委書記都沒能夠壓住這件事，更何況下面區裡這些領導呢，就算他們心中再不滿，也不敢直接向李德林叫板啊！

至於姜新宇，就更不敢向李德林叫板了。他向王中山靠攏已經犯了官場忌諱了，如果再向李德林叫板，那純粹是找死。畢竟李德林在蒼山市經營這麼多年，其勢力之龐大，就算是王中山也難掠其鋒芒。所以，當李德林提出統籌分配的方案後，他除了當時在河西省的時候反駁了兩句之外，後來再也沒有說過一句話。他忍了。

此刻，眾人心中都升起一個疑問，柳擎宇突然問出這一連串的問題，到底有什麼目的呢？

眾人全都看向姜新宇，這時候，大家考慮到自己的利益，誰也不願意當這個出頭鳥。

姜新宇一看大家的表情，頓時十分不爽，只能站出來說道：「柳擎宇，你問了那麼多，到底是什麼意思？有什麼話你就開門見山地說吧，不要拐彎抹角了。」

「好，既然沒有人回答我，姜書記又讓我直接說，那我也就不藏著掖著了，我想說的話就是，新華區這些項目到底應該如何安排，在座的所有常委們都沒有資格跟我說三道四的。」柳擎宇十分強勢地說。

郭旭一聽，立即不滿地道：「柳擎宇，你瘋了吧，什麼叫我們沒有資格插手此事？我們都是新華區的常委，對新華區的項目，我們當然有資格！」

「對，有資格！」其他隸屬於姜新宇這一派的人紛紛表態支持。

姜新宇也冷冷地看著柳擎宇。

柳擎宇冷笑一聲道：「有資格？你們有屁的資格！這些項目在招商引資的過程中，你們有哪個真正出過一絲一毫的力？沒有吧！這些項目全都是我柳擎宇率領招商引資團隊拿下來的。

「當初李德林市長要對這些項目實施統籌分配的時候，你們哪一個站出來反對了？沒有吧？如果你們敢站出來說句公道話，李德林也不敢那麼明目張膽地玩摘桃子的把戲！但是我柳擎宇站出來了，並且為了拿回我們新華區的利益，我豁出一切，連辭職報告都交了！經過一連串的波折才拿回所有項目的分配權！

「結果現在你們又想要玩摘桃子的那套把戲，你們難道不覺得臉紅嗎？難道不覺得你們才是真正無恥嗎？我真的很鄙視你們中的某些人！不僅自己沒有能力，還欺軟怕硬，你們還有一點點的自尊心和恥辱心嗎？」

說到這裡，柳擎宇猛的一拍桌子道：

「姜書記，各位同志們，大家聽清楚了，這一次在項目拿回來的時候，市委領導說得非常明確，那就是，只要我把所有項目都留在蒼山市，具體如何分配由我柳擎宇一人來負責。雖然這些項目當初是和新華區簽訂的合同，但是現在，這些項目的分配權和你們沒有一絲一毫的關係，如果誰有不同意見，可以去找李德林市長反映去，這是他親口向我承諾過的，王書記對此也表示支持。」

現場再次一片沉默。誰也沒有想到，柳擎宇掌握分配權竟然是李德林親口承諾的。這最後一句話，彷彿是當頭一棒，打得姜新宇和他那些人昏昏沉沉的，不知如何應對。

這時，區委副書記嚴立鵬突然出聲道：

「柳同志，既然是這樣，那麼我就更得說說你了。你手中掌握著這些投資項目的分配權，那麼你身為新華區代理區長，更應該為我們新華區的利益考慮，怎麼能把八成的項目都遷移到高新區呢？這個比例實在是太高了，我認為最少也得給我們新華區留下一半啊！柳同志，你剛剛上任，代理區長的代理兩個字還沒有去掉呢，你應該慎重考慮一下啊。」

聽嚴立鵬這樣說，姜新宇也反應過來，他知道，既然柳擎宇敢如此強勢地跟自己叫板，那麼他說的那些話肯定不會是假的，在這種情況下，自己想要掌控這些項目的分配權是沒戲了，但是必須讓柳擎宇把盡可能多的項目留在新華區，只有這樣，自己才能獲得政績，只要這些項目留下來，自己才能想辦法插手這些項目。

姜新宇立刻說道：「是啊，柳擎宇同志，你必須多為我們新華區的利益考慮考慮啊，現在新華區各級人大代表們都在看著你呢，如果你把事情做得太過分的話，恐怕等到人代會的時候，你的代理兩個字很難去掉啊！」

在姜新宇看來，柳擎宇在項目分配上做出一些妥協，從而換取他在人代會上去掉「代理」兩個字，這筆交易對柳擎宇來說是非常划算的，任何官場中人都很難拒絕。

畢竟，代理區長和區長之間差距非常大。尤其是柳擎宇這個代理區長還是副處級，只有去掉代理兩個字，他才能真正升為處級幹部，也才有可能戴上一個區委副書記的帽子。

然而，柳擎宇卻是淡淡一笑，道：「說實在的，我的確非常希望能夠去掉『代理』這兩個字，但是，在項目如何分配這件事情上，我不會有任何的改變。」

郭大炮再次發言：「柳擎宇，你小子是不是敬酒不吃吃罰酒啊，你為什麼不能改變呢？」

柳擎宇再次用蔑視的眼光看了郭旭一眼，冷冷說道：

「我之所以不會做出改變，原因很簡單，新華區現在根本就沒有多少適合投資建廠的土地，沒有成熟的滿足三通一平條件的土地，在這種情況下，怎麼能讓那麼多的工廠都建在新華區呢？」

姜新宇立刻反駁道：「你這話說的就不對了，當初我們曾經帶著劉小飛和陳龍斌他們去視察過新華區的土地，雖然那裡沒有三通一平，但是那裡的土地很容易徵收，只需要稍微下點功夫，就可以完成三通一平，為什麼不能在那裡建廠呢？」

「是啊，為什麼不能在那裡建廠呢？」郭大炮立刻附和道。

柳擎宇臉上露出無奈之色，嘆道：

「姜書記，郭同志，我不知道你們到底是真無知還是故意無知，難道你們就沒有認真研究過新華區之前所制定的投資建廠的基本原則嗎？就算新華區沒有，蒼山市、白雲省也有啊，你們不知道上風頭地區是不適合投資建廠的嗎？

「你們就沒有派專家去考察一下那裡的土地適不適合投資建廠，只是一拍腦門就做出決定了嗎？你們知道為什麼劉小飛會拒絕在那裡投資建廠嗎？答案很簡單，因為那裡是上風頭，一旦在那裡投資建廠，萬一發生不可預料的汙染事件，汙染物將會隨風輕輕鬆鬆飄入市區，汙染整個城市。

「二位，我真的對你們十分無語，沒事多去學習學習吧，千萬不要隨便發言，那樣只會把你們的無知淋漓盡致地展現出來，讓別人更加鄙視你們！」

一直以來，柳擎宇雖然對姜新宇等人不滿，但是一直保持著克制的態度，但是現在姜新宇竟然再次提出那塊處於上風頭的土地，這讓柳擎宇再也無法容忍了！

就連劉小飛一個投資商都懂得為老百姓的利益考慮，堅決不在上風頭地區投資建廠，姜新宇倒好，為了政績竟不惜犧牲老百姓的權益，這種行為是柳擎宇絕對無法容忍的，因而毫不猶豫地對他進行了斥責！

這下子，姜新宇臉上再也掛不住了，氣得臉色刷白刷白的，雙手直發抖，卻又什麼都說不出來，因為他的的確確不知道那塊地是上風頭，因為他的的確確是看了地圖之後一拍腦門做出來的決定。

此時，現場再次一片沉默。所有人都驚呆了，柳擎宇竟然狂到直指區委書記無知和無恥！這小子也太囂張了吧。

不過，也並不是所有人都這樣認為，像區紀委書記顧磊和區人武部部長肖小鵬就認為柳擎宇說的很有道理。畢竟投資建廠必須要遵循一定的原則，不能亂建，不能為了政績就隨隨便便做出決定，所以兩個人看向柳擎宇的目光中反而多了幾分欣賞。

這時，嚴立鵬看這樣下去，姜新宇的威信真的要喪失殆盡，趕忙說道：

「柳區長，我想問問，你說把百分之二十的項目留在我們新華區，不知道你所說的這百分之二十的項目指的那些項目？你要把他們的工廠建在哪裡？」

嚴立鵬此話一出口，立刻成功地轉移了所有人的視線，同時再次把焦點集中到了柳擎宇身上。

柳擎宇聽到嚴立鵬的質問後，說道：

「嚴同志，各位常委，我現在就可以給大家解釋一下我所說的百分之二十的項目指的是哪些項目，一個是河西省環保集團的項目，另外一個是河西省天馬資訊技術有限公司的衛星通信項目，這兩個都屬於無汙染、高科技項目，他們將要落戶的地區是東昌鎮，項目總額差不多四億左右。」

聽到柳擎宇要把這兩個項目落戶在東昌鎮，西涼鎮鎮委書記郭旭一下子急眼了，因為東昌鎮和西涼鎮只有一河之隔，在地理區域上幾乎沒有太大的差別。他立刻拍著桌子站起來怒聲道：

「柳擎宇同志，為什麼要把這兩個項目都放在東昌鎮？我們西涼鎮和東昌鎮有什麼區別嗎？難道放在我們西涼鎮不行嗎？」

利益面前，郭旭毫不猶豫地再次扮演了大炮的角色。

柳擎宇堅定地說道：「不行！只能放在東昌鎮，不能放在你們西涼鎮。」

看到柳擎宇說話的語氣，郭大炮徹底被激怒了，再次狠狠一拍桌子道：「柳擎宇，今天你如果不給我一個解釋的話，我和你沒完。」

說到這裡，郭旭又看向眾人說道：「各位常委，大家給我評評理，柳擎宇憑什麼把這兩個投資項目都放在東昌鎮，而不是放在我們西涼鎮？我們西涼鎮和東昌鎮只有一河之隔啊，柳擎宇這絕對是蓄意報復！」

此刻，姜新宇的臉色也有些不太好看，因為東昌鎮鎮委書記不是他的人，而他和西涼鎮鎮委書記郭旭關係卻不錯，郭旭一直是他的鐵桿盟友，哪怕當時鄭曉成在的時候，他也是堅定地跟著自己，所以自己不能讓他吃虧。

沉思了一下，姜新宇滿臉陰沉著說道：

「柳同志，我認為這兩個項目的分配你應該多聽一聽大家的意見啊，東昌鎮和西涼鎮在地理位置上其實沒有什麼差別，從大局考慮，最好是每個鎮一個項目，這樣也便於讓兩個鎮老百姓的就業問題都得到解決。」

柳擎宇聽了，從自己的手提包裡面拿出一疊文件，扔到姜新宇面前，冷冷說道：

「姜書記，你看一下這份調研報告，這是河西省環保集團和河西省天馬資訊技術有限公司的聯合調研結果，從他們的調研結果來看，西涼鎮還是東昌鎮在地理位置上的確沒有多大差別，交通也都很便利，但是他們最終選定的卻全都是東昌鎮，為什麼呢？

「原因很簡單，因為西涼鎮的投資環境十分惡劣，他們做過深入的瞭解，曾經有好幾個投資商在西涼鎮投資建廠，但是一旦資金和項目落地後，西涼鎮便把企業當成唐僧肉，時不時過來咬上兩口，最終逼得那些企業不堪其擾，全都撤資離開了。

「東昌鎮的投資環境卻恰恰相反，雖然東昌鎮到目前為止只有兩家投資規模在一百萬以上的小型企業，但是這兩家小型企業每年都處於盈利狀態，而且正在蓬勃發展，究其原因，就在於東昌鎮對這兩家企業採取了大力服務和支持的態度，從來沒有以各種理由對這兩個小企業進行騷擾，企業管理者也因此可以專心發展他們的企業。」

說到這裡，柳擎宇沉著臉道：

「姜書記，郭同志，難道你們以為投資商是傻瓜嗎？如果你們真的那樣想的話，那你們就錯了。哪個投資商不希望平平安安地賺錢？像西涼鎮那樣把投資商當成唐僧肉的鄉鎮，誰敢到你們那裡投資啊？郭同志，你們西涼鎮現在最應該做的不是爭奪項目，而是該好好反思一下。

「尤其是你這個當鎮委書記的，西涼鎮投資環境那麼惡劣，你這個鎮委書記、區委常委難道就一點責任都沒有嗎？你的管理能力連不是常委的鎮委書記都比不過，你還有什麼資格在這裡跟我大呼小叫？想要項目，可以！自己去找投資商啊，你拉到多大的項目，我這個當區長的對你都只有支持和讚賞，絕對不會給你下絆子。」

說完，柳擎宇不屑地看了兩人一眼，拿起水杯來輕輕地喝起水來。這也代表柳擎宇的講話到此為止。

會議室內再次陷入了沉默。

第六章

龍之逆鱗

郭旭一邊打，嘴裡一邊罵著：「柳擎宇，你敢打我，死你全家！」

郭旭的作風本就粗俗，他的話恰恰觸碰到了柳擎宇的逆鱗！

龍有逆鱗！觸之必狂！柳擎宇聽郭旭竟然罵自己全家，本來還勉強壓抑的怒火徹底燃燒起來。

姜新宇拿起柳擎宇提供的那份調研報告簡單翻閱了幾眼，臉色立時黑了下來。他萬萬沒有想到，那些投資商才到新華區沒幾天，竟然連調研報告都整理好了，而且看上面的日期，明顯發生在陳龍斌和劉小飛他們乘飛機到達蒼山市當天。

姜新宇突然眼前一亮，他想通了一件事，那就是雖然劉小飛和陳龍斌是那天過來的，但是恐怕他們的市場調研人員早就過來了。直到此刻，姜新宇才知道這些投資商的心機是多麼深，他們可以一邊跟你虛以委蛇，一邊暗中調查實際的投資環境。

當姜新宇看到調查報告裡面提到對西涼鎮的頗多不滿之詞以後，臉色更加難看了，看向郭旭的目光中也多了幾分不滿。

姜新宇對郭旭的脾性十分了解，這傢伙極其貪婪，甚至可以說是貪得無厭，只要有利益，就會像蒼蠅一樣快速地飛過來。這也是他當了那麼多年的鎮委書記，一直沒有領導願意提拔他的真正原因。

畢竟**官場上，一個貪得無厭的官員是最容易出事的**，而且一旦出事，弄不好就會把領導牽連出來，誰也不想冒著風險去提拔郭旭那樣的人。

此刻，讓眾人感覺到震驚的並不是柳擎宇對郭旭的呵斥，而是柳擎宇為什麼會隨身攜帶這兩家企業的調研報告？難道柳擎宇在開會前就知道郭旭有可能向他發難？如果真是這樣的話，這個年輕人也太厲害了，**這樣厲害的政治對手，誰敢小覷呢**？

會議室內的氣氛越來越緊張。

姜新宇看局勢發展到這個階段，這次行動恐怕只能無果而終了。雖然不願意，但是他也只能宣布散會，否則再繼續下去的話，不知道柳擎宇還準備了什麼後手，那樣只會自取其辱。至於提高自己的威信，只能以後再想辦法了。

然而，就在姜新宇準備宣布散會的時候，柳擎宇卻放下水杯，臉色陰沉著說道：

「姜書記，既然今天咱們召開區委常委會，那麼身為新華區的代理區長，我就先提一個建議吧。」

姜新宇眉頭一皺：「什麼建議？」

柳擎宇說道：「姜書記，你可以把剛才我給你的那份調研報告傳給其他常委們看一看，先讓大家知道一下，我們新華區為什麼總是在招商引資上敗給其他縣區。」

姜新宇心中頓時暗叫不妙，但是柳擎宇說的話他又不能反駁，只能把那份調研報告傳遞下去。

等所有常委們都看完報告後，柳擎宇沉聲道：

「好了，現在大家都看完了，那我就談一談有關招商引資的問題。我相信，大家對於招商引資的問題都十分關注。新華區由於招商引資連年落後，大家的政績都不怎樣，以至於新華區這些年來很少走出副廳級的幹部，我不知道大家看完剛才的那份調研報告後，有沒有思考過為什麼會出現這種問題？有沒有解決的辦法呢？」

區紀委書記顧磊回道：「柳區長，據我所知，在座的人恐怕沒有任何解決辦法，否則的話，也不至於這麼多年了一直都是這樣，不如你談談你的高見吧。」

顧磊這番話相當於給柳擎宇搭了一個梯子，即便有些常委想要阻止這個議題繼續討論下去，也沒有辦法了。

柳擎宇點點頭道：「好，既然顧書記這樣說，那我柳擎宇也就不藏私了。我認為，新華區之所以會出現如今的困境，關鍵在於各級幹部思想觀念落後，甚至有些幹部只知道撈取私利，而不知道為投資商做好服務工作，讓投資商安心發展，所以，要想改變這種現狀，唯一的出路就是對幹部隊伍大力整頓！」

所有常委都被柳擎宇所說的話震懾住了。一旦大力整頓，必將涉及**人事的調整**，而**人事的調整，就是利益分配的調整**！如今，大部分的利益劃分基本上已經固化了，每個人都守著自己的利益圈子，絕對不會輕易把既得利益交出來的。

這時，區委副書記嚴立鵬再次站了出來，沉著臉道：「柳同志，你所說的大力整頓，是指對幹部進行人事上的調整嗎？」

柳擎宇毫不猶豫地道：「沒錯，我就是這個意思。」

嚴立鵬立刻皺眉道：「柳同志，你應該知道，人事調整在任何地方都是大事，必須要經過慎重討論，否則容易引起局面的混亂，現在維穩任務這麼重，怎麼能輕易地調整人事呢？」

柳擎宇淡淡一笑，道：

「嚴同志，如果我沒有猜錯的話，恐怕這十來年新華區的各位領導們也是秉承著你的這種想法，不願意對幹部隊伍進行大力整頓吧？結果如何呢？僅僅六七年的時間，新華區在蒼山市這些縣區中，就從排行前幾名掉到倒數，難道這樣的結果還不夠引起大家的重視嗎？

「難道你們還希望像以前那樣，有關係的想辦法調離新華區，沒有關係的在新華區混吃等死？如果大家真的這樣想的話，那我無話可說！但如果有人有上進心的話，可以慎重考慮一下我的提議。很多時候，很多問題都是不破不立。

「《天龍八部》中，珍瓏棋局那樣幾乎無可破解的精妙棋局，最終卻因為虛竹的破而後立得以起死回生。在我們的工作中又何嘗不是如此呢？」

說到這裡，柳擎宇頓了一下，隨後語出驚人：

「在這裡我可以給大家一個承諾，如果新華區整頓的效果很好，我有信心在半年內拉來最少十億的投資項目落戶新華區，到時候，我願意把這些項目拿到常委會上來，大家一起討論應該如何分配。當然啦，如果大家都反對整頓，那就當我剛才的那句話沒說。大家可以發表一下自己的看法。」

說完，柳擎宇便穩穩地坐在那裡，一句話都不說了。

但是他那句拉來十億投資的承諾，卻猶如在平靜湖面投下了一顆石子，在眾人心中濺起了陣陣漣漪。

對在座很多人來說，雖然不少人都有一些關係，但是就算再有關係，沒有做出什麼成績的情況下，也很難從新華區晉升，畢竟新華區整個局面就猶如一潭死水一般，每個人都把自己的地盤、利益牢牢地掌控著，誰也不願意讓出來。尤其是那些老人們，更是不願意大動。

姜新宇此刻眉頭已經緊緊地皺了起來，作為新華區的老人，他自然不願意按照柳擎宇的意思辦，畢竟他掌握了新華區大部分利益格局，重新調整的話，他必須讓出一些利益。但是身為區委書記，他又對仕途晉升充滿了渴望，要是做不出成績，他恐怕一輩子都得待在區委書記這個位置上了，只有晉升到更高級別，自己才能獲得更大的利益。

一時之間，姜新宇猶豫了。

不僅姜新宇猶豫，很多人也在猶豫。柳擎宇那番話就像有非凡的魔力一般，讓眾人陷入思考之中。

這時，區紀委書記顧磊抬起頭來，說道：

「我認為柳區長這番話說得很有道理，我們新華區的確已經到了不破不立的時候，這次投資商堅決不再西涼鎮投資就是一個明顯的例子！

「我相信投資商不可能不知道西涼鎮的鎮委書記是區委常委這個訊息，正常情況下，在有區委常委的鎮裡投資，比在沒有區委常委的鎮裡投資在政策上以及很多方面都要方便得多，為什麼人家投資商偏偏不願意在西涼鎮投資呢？

「這一點，投資商在調研報告上說得非常清楚了，並不是西涼鎮的硬體環境比東昌鎮差，而是因為西涼鎮的幹部作風讓投資商十分厭惡和畏懼，所以人家寧可選擇東昌鎮，也不願意選擇西涼鎮。這足以說明幹部作風對於經濟建設的影響有多麼大！說句實在的，新華區官場上有些幹部的腐化墮落已經到了十分嚴重的程度，我們紀委最近將會重拳出擊，鐵腕整頓。」

眾人從顧磊這番話中聽出顧磊在態度上是力挺柳擎宇的，這意味著紀委那邊將採取大力的整頓行動，恐怕到時候區委就算是不想調整也得調整了。

姜新宇面色顯得十分凝重，一向秉承中立的顧磊竟然在這個關鍵時候選擇支持柳擎宇，這讓他感覺到了危機。

雖然他對政績充滿渴望，但是身為政客，他更喜歡那種掌控大局的滋味。於是沉聲道：「我部分贊同柳同志的意見，但是我認為沒有必要大動作地整頓，只需要對局部一些有問題的單位和幹部稍微調整一下就行了，畢竟，我們新華區的幹部，問題並沒有柳同志說的那麼誇張。」

姜新宇說完，剛剛被顧磊點名的郭旭立刻聲援道：「是啊，我贊同姜書記的意見，有問題的幹部畢竟是少數嘛，我們必須分清主次，不能一竿子打落一船人！這樣武斷是不負責任的啊！」

然而，讓姜新宇跌破眼鏡的是，郭旭說完後，竟然再也沒有任何人跟進，眾人似乎還在考慮柳擎宇和顧磊所說的那番話，這讓姜新宇的臉色有些難看。

這種局面是他最討厭的，因為以前在鄭曉成擔任區長的時候，就經常出現這種局面，讓他這個區委書記的面子多次受挫。

這時，柳擎宇眼珠一轉，發現了眾人的心態，立刻說道：

「姜書記啊，我看這件事咱們還是舉手投票表決吧，我相信大家的眼睛是雪亮的。身為區委常委，我們必須對新華區的未來發展和自己的仕途前程負責啊。」

說完，柳擎宇便舉起手來，說道：「我認為應該對新華區的幹部隊伍進行大力整頓，有沒有贊同的？」

這一次，柳擎宇直接跟姜新宇玩起了心眼，雖然他剛才徵求姜新宇的意見，但是沒等姜新宇說話他就舉手，直接把姜新宇忽視了。

顧磊第二個舉手說：「我贊同柳區長的意見。」

接著，區人武部政委肖小鵬也舉起手來：「我也贊同。」

眨眼間就有兩個人附和柳擎宇了，這讓姜新宇意識到，局勢正在向他無法掌控的方向發展。

這次表決的結果會如何呢？

姜新宇的目光從在座常委們的臉上一一掃過，想起自己之前所做的努力，他忽然間又充滿了信心，他相信支持柳擎宇的肯定是少數。

姜新宇很有自信。在他想來，這次的表決他根本不可能輸，因為常委會之前，他跟大部分的常委們都溝通過了。

然而，他萬萬沒有想到，事情的發展完全超出了他的想像。

就在肖小鵬舉手表示同意後，區委組織部部長周軍傑突然舉手道：「我支持柳區長的意見。」

簡單的一句話，猶如一聲響雷在姜新宇的耳邊響起。

他震驚了。姜新宇用充滿不可思議的眼神看著周軍傑，想要弄明白到底是怎麼回事。

局勢接下來的發展卻更令他措手不及：就見區委常委、政法委書記陳亮跟著舉起手，接著區委宣傳部部長周連成、常務副區長包一峰、副區長張超全都舉起手來，瞬間支持柳擎宇的票數便超過了七票，占了絕對優勢。

姜新宇臉色慘白，身體微微發抖，他拿起菸來使勁吸了兩口，想要平復煩躁不安的心，只是他的所有動作都是徒勞的。

因為這個時候，柳擎宇再次發動了攻擊：

「姜書記，你看，支持進行整頓的同志們還是占大多數的，這充分說明在座各位常委的眼睛都是雪亮的，大家都看到新華區存在的嚴重問題，都希望能夠掃除有問題的官員，希望能夠打通晉升管道。姜書記，你如何看待這個問題？」

叫板！這是絕對的叫板！而且還是把所有常委都捆綁在一起的叫板！

此刻，姜新宇感覺到自己的心在劇烈地跳動著，他恨不得站起來狠狠地抽柳擎宇兩個大嘴巴，因為柳擎宇這一招實在是太氣人了！這一招本來是他想要拿來對付柳擎宇用的。卻沒有想到自己的目的沒達成，反而被柳擎宇以其人之道反制其人之身，狠狠地當頭一棒打在自己的頭上。

姜新宇內心在飛快地盤算著，柳擎宇這一招實在是太無恥了，他在所有常委面前編織了一個美麗的遠景，那就是半年內拉來十億的投資項目，這對一直以來缺乏政績亮點的新華區來說不亞於一場及時雨啊。

一旦柳擎宇的承諾兌現了，便有人能夠向上晉升，那麼肯定會有人填補上升之人所留下的空缺，從而引發一連串的連鎖反應。

在場的人沒有一個是傻瓜，雖然柳擎宇給出的這個承諾看起來是虛無縹緲的，但是大家對柳擎宇招商引資的能力毫不質疑，而且柳擎宇在多個地區的表現已經證明了他是一個言出必行之人。所以，在對長遠利益的預期和期待下，眾人毫不猶豫地選擇了支持柳擎宇。

想到此處，姜新宇只有無奈地宣布道：

「既然大部分人都選擇支持柳擎宇，那麼對柳同志的這個提議，現在就算是通過了。不過，身為主管人事的區委書記，我必須提到幾點。

「第一，區委和區政府分別對區委系統和區政府系統的幹部隊伍進行整頓和調整，而且調整的對象，僅限於對各個部門的二把手及以下；要對某些部門的一把手進行調整，必須提交到常委會上進行討論。即便是對二把手進行調整，也不能盲目調整，必須及時和組織部和主管人事的副書記進行有效的溝通。

「第二，絕對不能容忍某些人借調整的機會私相授受，排斥異己，每一個人事調整必須目標明確，證據確鑿；所有調整人員和被調整的事必須及時備案，以便追溯。」

柳擎宇聽了，只是淡淡一笑。

對姜新宇所說的這幾點的真正目的，他心中非常清楚，姜新宇不過是想要借這幾點來牽制他，讓他不敢大刀闊斧地進行調整。

在柳擎宇看來，姜新宇越是這樣做，越表明他心虛。姜新宇這種眼高手低，只善於玩弄權謀之術的人，他一點都不害怕，因為**他手中還握有殺手鐧**。

常委會經過長達兩個多小時的討論後，終於落下帷幕。

眾人都身心俱疲地站起身來，向外走去。柳擎宇不緊不慢跟在姜新宇的身後向外走去。

走出會議室不久，柳擎宇便在電梯口停住了腳步，看起來好像要坐電梯似的。

這時候，其他常委們紛紛從柳擎宇身邊走過。走在最後面的，便是西涼鎮鎮委書記郭旭「郭大炮」。

郭旭剛走到柳擎宇附近，柳擎宇便轉過身來擋在郭旭身前，冷冷地看著郭旭。

郭旭看到柳擎宇的動作一愣，皺著眉道：「柳擎宇，你這是什麼意思？」

柳擎宇突然伸出左手抓住郭旭的脖子，隨後伸出右手啪啪啪啪，連打了郭旭四個大嘴巴，直把郭旭打得眼前金星亂晃，槽牙掉了兩顆。

打完後，柳擎宇又猛的伸出一腳，狠狠地踹在郭旭的肚子上，把郭旭直接踹倒在地。

柳擎宇的動作震驚了走在前面的人，紛紛回過頭來看，發現郭旭被柳擎宇踹倒在地，紛紛過來勸架。

郭旭被張超從地上扶了起來，眼中充滿憤怒地瞪著柳擎宇吼道：「柳擎宇，你他媽的瘋了吧，你憑什麼打我？」

這時，聽到動靜返回來的區委副書記嚴立鵬也臉色鐵青地看向柳擎宇道：

「柳同志，你這是什麼意思？當眾毆打同事可是一種十分不對的行為，是要受到上級領導責問的。」

柳擎宇對郭旭道：「打你？憑什麼？就憑你剛才在會議上罵我！你剛才是不是罵得非常爽啊，口口聲聲說什麼我做事胡來，說什麼我沒有教養，甚至還說髒話，我剛才在會上之所以沒有搭理你，是因為顧全大局，不想私人矛盾影響到會議的進展。現在散會了，也到了和你算算帳的時候了。」

然後他轉頭看向嚴立鵬，冷冷說道：「嚴同志，你剛才提到上級責問，那麼我想問問你，你清楚我為什麼打他嗎？你難道沒有聽到郭旭在常委會上對我的言語攻擊嗎？他指桑罵槐的時候你幹什麼去了？你難道一點都聽不出來嗎？怎麼，我現在揍他了，你想要來拉偏架嗎？」

嚴立鵬看到柳擎宇那充滿殺氣的眼神，心中就是一顫。

他本來的確是想要過來拉偏架，但是被柳擎宇那麼一看，他想起當年柳擎宇還是鎮長的時候就敢把縣長暴揍一頓，現在柳擎宇可是以區長的身分揍鎮委書記，自己為他出頭，不是給自己找麻煩嗎？萬一柳擎宇也把自己揍一頓怎麼辦？

想到這裡，嚴立鵬連忙擺擺手道：「柳同志，你誤會我的意思了，我的意思是，大家都是同事，希望大家都能夠以和為貴啊！」

看到嚴立鵬立場軟化了，柳擎宇這才緩緩收回目光，冷眼看向郭旭。

此刻，郭旭一口吐出兩顆帶血的槽牙，劇烈的疼痛讓他心中怒火熊熊燃燒，他長得五大三粗的，看起來十分彪悍，一直以來，都是以大炮形象出現，做事從來不按常理出牌，可是今天竟然被一個年輕人打了！

他徹底怒了，這讓他面子上下不來。

他立刻揮舞著熊掌一般的大手向柳擎宇的臉拍去，他要把面子找回來。他相信，要論打架，自己絕對可以在整個新華區常委中排名第一。

郭旭一邊打，嘴裡一邊罵著：「柳擎宇，你敢打我，死你全家！」

郭旭的作風本就粗俗，說話自然沒有什麼遮攔，他的話恰恰觸碰到了柳擎宇的逆鱗！

龍有逆鱗！觸之必狂！

柳擎宇聽郭旭竟然罵自己全家，本來還勉強壓抑的怒火徹底燃燒起來。

柳擎宇猛的一把抓住郭旭的脖子，直接把他從地上給揪了起來，隨後揚起右手，劈里啪啦地連抽了十二個大嘴巴！直把郭旭的臉抽成了豬頭，鮮明的五指印一個挨一個。

此刻，區委副書記嚴立鵬和其他人站在旁邊，沒有一個人敢衝上去勸架。

大家都不是傻瓜，剛才郭旭僅僅是因為在常委會上指桑罵槐，還算文明地針對柳擎宇地一頓咒罵就遭到了柳擎宇一頓暴揍，如今這小子竟然直接口出髒言，言語之惡毒猶如潑婦一般，這個時候柳擎宇還能再容忍嗎？

「郭旭這小子真是該打！」嚴立鵬心中暗道。要是換成他是柳擎宇，他也無法容忍。

一頓大嘴巴後，柳擎宇再次抬起腳來，一腳把郭旭踹飛出去五六米遠。隨後，柳擎宇邁步跟上，用腳踩在郭旭的胸口上，俯下身，用手指著郭旭的鼻子尖，雙眼如刀，惡狠狠地盯著郭旭說道：

「姓郭的，這就是你罵我的代價！下次再敢罵，你滿嘴的牙，我一顆都不給你留，全都給你打下來！

「姓郭的，不要以為就你聰明，別人都是傻瓜！你是不是認為別人都必須要容忍你？我告訴你，別人容忍你，我柳擎宇可不！

「我研究過你的從政經歷，更聽投資商說過他們所調查到你在西涼鎮的所作所為，你這個傢伙表面上看起來粗魯莽撞，實際上心機深沉，唯利是圖，貪得無厭，只不過喜歡用郭大炮這個稱號來作為掩護而已！

「姓郭的，你給我聽清楚了，以後再敢招惹我柳擎宇，我必然痛下狠手，這次不過是給你一點教訓而已！」

說到這裡，柳擎宇掃視了一眼圍觀的眾人，冷冷說道：

「不要以為我柳擎宇年輕就好欺負，如果真是這樣認為的話，你們就大錯特錯了，正因為我年輕，所以我對什麼都無所畏懼，我現在只想為新華區的老百姓多做一些事，僅此而已！誰要是跟我玩陰的，我會比他更陰險！」

說完，柳擎宇站起身來，轉身向樓梯口走去。

等到柳擎宇的背影消失在樓梯口，眾人才走過去把郭旭扶起來，此刻郭大炮的臉已經被打得沒有人形了，一起身，便噗嗤一口，再次吐出兩顆帶血的槽牙。

他已經沒臉再留在這裡，直接上車，讓司機帶他去了醫院。

此刻，眾人的表情都顯得十分凝重。

尤其是嚴立鵬。他沒想到柳擎宇的脾氣竟然如此爆烈，幾乎點火就著。

郭大炮雖然為人奸詐，但是大部分時候，這傢伙做事還算規矩，雖然貪婪，但只貪他該得的那一份，所以眾人倒也沒有針對他。

而今，柳擎宇絲毫不顧官場上的規則，直接暴揍郭大炮一頓，這頓暴揍，不僅把郭大炮打醒，把他也打醒了。

他一邊往自己辦公室走，一邊心中暗道：看來以後面對柳擎宇的時候還真得小心一點，這個年輕人不簡單啊！不僅下手狠辣，看人看事也十分透澈，最重要的是，這個柳擎宇雖然脾氣火爆，但是做事卻極有分寸，他本來可以在常委會上暴揍郭大炮一頓的，但是他卻忍到散會後再打他。

雖然同樣是暴打，但是在不同的場合，結果卻是不一樣的。在常委會上暴打郭大炮一頓，柳擎宇的行為必將引起眾人齊聲聲討，即便是上報到王中山那裡，王中山也不能太過偏袒柳擎宇，柳擎宇必然遭到處理。

然而散會後再打，是以私人名義打，就大不一樣了，就算是告到李德林那裡去，李德林頂多也就是批評柳擎宇幾句，無法上升到政治的高度，誰讓郭大炮先罵人呢！

想明白這些東西，嚴立鵬回到辦公室後，立刻陷入了沉思，他不得不重新審視自己在姜新宇與柳擎宇之間到底應該如何站隊。

和嚴立鵬的想法一樣，張超、包一峰等人全都目睹了郭大炮被打的整個過程，柳擎宇果斷狠辣的手段給他們留下了深刻的印象，尤其是柳擎宇最後說的那番話，更是給眾人敲響了警鐘。

柳擎宇回到自己的區長辦公室。

此刻，已經是晚上八點五十分左右了。

他坐在椅子上，嘴角露出一絲冷笑。他相信經過今天這次事件，新華區的那些常委們應該可以冷靜一下了，自己也可以稍微喘口氣了。

從那時設計準備拿下鄭曉成開始，柳擎宇便預感到，一旦鄭曉成垮臺，新華區的勢力格局必將會發生巨大的變化，以姜新宇那種性格，必定趁機撈取更大的政治利益，甚至不惜代價拉攏鄭曉成留下來的那些常委。

這恰恰是柳擎宇所不能接受的。所以他早就想好了，一旦自己上任，必須想辦法阻礙姜新宇對鄭曉成的勢力進行整合。只是上任後，他一直沒有找到合適的機會。

而將新華區百分之八十的項目分配給高新區，便是柳擎宇**一箭三雕**之舉。這樣做不僅可以解決項目用地的問題，還可以帶動高新區的發展，更可以利用此舉達到分化姜新宇和鄭曉成遺留勢力的目標。

事實證明，柳擎宇的這次策劃是極其成功的，尤其是郭大炮無意間大力配合了柳擎宇的這次行動，讓他這次策劃取得了最佳的效果。

沉思片刻之後，柳擎宇拿起桌上的電話，撥通了區政府辦公室主任陳正偉的電話。

陳正偉是鄭曉成時期的辦公室主任。鄭曉成在任的時候，陳正偉便是其心腹之人，柳擎宇以前過來找鄭曉成辦事的時候沒少受這小子刁難。

電話鈴嘟嘟嘟地響了好幾聲，竟然沒有人接聽，柳擎宇不由得眉頭一皺。照正常規則來說，區長沒有下班，區政府辦主任是不應該下班的，除非區長特別同意。陳正偉竟然沒有在他的辦公室。

柳擎宇的臉色當即沉了下來。立刻撥通區政府辦公室的電話。

電話很快接通：「柳區長，您好，我是趙苒。」

聽到趙苒的聲音，柳擎宇暗暗點頭。

柳擎宇對趙苒的印象相當不錯。每次柳擎宇去區政府辦公室，大部分的工作人員要麼無聊地坐在那裡看報紙，要麼上網炒股或者聊ＱＱ、打遊戲，唯有趙苒，看他都在處理手頭的文件，或者閱讀，或是在電腦上敲打什麼。也只有趙苒出面接待他，對他極其尊重。

「趙苒，陳正偉呢？他沒在辦公室嗎？」柳擎宇問。

趙苒回道：「沒有，趙主任好像有個飯局，下班的時候就離開了。」

柳擎宇聽到這裡，臉色一沉，隨即笑著說道：「嗯，那正好，趙苒啊，你明天通知陳正偉，讓他直接去檔案局上班吧，從明天開始，你來擔任辦公室主任一職。」

趙苒瞪大了眼，不敢置信自己聽到的話。

他不過是想到柳擎宇還沒有下班，如果辦公室沒有人留守的話，一旦柳擎宇有什麼指示，無法及時傳達。只是多待了兩個多小時，竟然熬出一個辦公室主任的職位！

不要小看這個辦公室主任，這也是一個正科級的職務啊！副主任則只是副科級！很多人熬了一輩子也未必能夠從副科級熬成正科級！

趙苒怎麼也沒有想到香噴噴的餡餅竟然會落在自己的頭上，一時間，他竟然有暈了，甚至忘了回答柳擎宇。

柳擎宇聽電話那頭趙苒呼吸有些急促，一直沒有回話，並沒有生氣。在官場混了這麼久，他能夠理解此刻趙苒那有些激動的心情。

好在趙苒這種激動情緒持續的時間並不是很長，他立刻沉穩地說道：

「謝謝柳區長的提拔，我馬上就把您的指示傳達出去，您還有別的指示嗎？我馬上到您的辦公室報到。」

柳擎宇笑著說道：「也好，你過來吧，有些事我還真想跟你瞭解一下。」

趙苒一聽柳擎宇同意會面，心中更加興奮了。

趙苒立刻收拾了一下，拿著筆記本和筆來到柳擎宇辦公室外面，敲響了房門。

聽到屋內傳來回答聲音後，這才推門走了進去。

他站在柳擎宇辦公桌前，並沒有坐下，而是十分恭敬地說道：「柳區長，我來了。」

柳擎宇點點頭說道：「坐吧，我今天想和你好好聊聊。趙苒啊，你認為我們政府辦裡有多少人平時認真工作，有多少人有真才實學？」

趙苒聽柳擎宇這麼問，連忙根據自己的理解，把政府辦裡每一個人按照現有職務，從上到下都分析地一清二楚。

趙苒說的時候，柳擎宇一邊聽著，一邊不時拿起筆記上幾筆，這讓趙苒在講解的時候有不小的壓力。不過，趙苒對每個人的優缺點他只客觀地描述，並不加入任何主觀性的言語。

柳擎宇邊聽邊暗暗點頭，看來我沒有看錯人，這個趙苒是個實幹派，做事也懂得輕重，不像陳正偉那樣浮躁，狗眼看人低。最重要的是，趙苒並沒有以個人主觀的意識對別人做不當的評論，企圖影響柳擎宇的判斷。這才是柳擎宇最為看重的。

身為領導，最討厭的就是下屬在彙報的時候過分帶有個人主觀色彩，意圖用自己的判斷去左右領導的決策。

趙苒說完，柳擎宇點點頭道：「嗯，很好，這樣吧，你根據你的理解，擬定出一個政府辦初步的人事調整方案，凡是那些有能力、平時做事很踏實的人，盡可能放在適合他們的位置上，至於那些能力不強、做事又敷衍塞責的關係戶，把他們全都放在一些不重要的位置上。」

趙苒聽了一愣，柳擎宇竟然讓自己負責政府辦的人事調整名單，他連忙擺手道：「柳區長，這麼重要的人事調整可不是我做得好的啊，我的級別差得太遠了。」

柳擎宇看得出來，趙苒的確被嚇到了。不過，他要的就是這種效果。因為他剛剛任新華區代理區長一職，還缺少忠實可靠之人來幫助自己穩住陣腳，他要是一點點地滲透、分化瓦解的話，估計還沒有等他去掉代理兩個字，位置就岌岌可危了。

對於眼前自己所處的危局，柳擎宇看得非常清楚。

上有李德林、鄒海鵬、董浩等市委常委對自己虎視眈眈，隨時準備出手，中間有姜新宇、嚴立鵬等人時刻等待自己犯錯誤，下面盯著自己代理區長位置的人恐怕更不在少數，這個時候，自己要想在新華區做出成績，必須採取非常規的手段。

所以，面對趙苒的推辭，柳擎宇只是淡淡說道：

「趙苒，先不要著急推辭，我可以先跟你講一下我這個人的用人原則——用人不疑，疑人不用，通過先前和你幾次接觸，我認為你這個人非常不錯，所以我相信你能夠在區政府辦主任這個位置上做好。

「以後凡是我交給你的任務，你不用擔心我是在試探你，因為我對你的試探剛剛已經完全結束了，你的表現讓我很滿意。你以後只需要按照我的吩咐，做好我交代給你的任務就可以了。

「當然，如果你認為我的指示某些地方存在漏洞和不足，你可以當面指出，如果我的確錯了，我會立刻更改指令的。我希望你能夠幫助我穩住政府辦這一塊，讓我可以放開手腳為我們新華區的老百姓做一些事。」

說到這裡，柳擎宇微笑著說道：「怎麼樣，趙苒同志，給你一個月的時間，有沒有信心徹底掌控整個政府辦？」

聽到這句問話，趙苒並沒有立刻回答，而是在心裡盤算了一下，思考了差不多有兩分鐘左右，這才沉聲道：「謝謝柳區長的信任，您放心，我保證在一個月內將政府辦整頓一新，確保大部分工作人員能夠奮力向上，做好自己的本職工作。如果我做不好，我願意接受您的任何處理。」

柳擎宇滿意地讚道：「很好，你放手去做吧，我支持你。另外，明天你再找人給我放出風去，就說我近期準備對副區長們的分工進行調整。」

趙苒點點頭：「好的。」

隨後，柳擎宇又和趙苒聊了一下新華區各個副區長和區政府秘書長、副秘書長的情況，好做到心中有數。

第二天上午，柳擎宇來到區政府辦公室後，便看到辦公室早已打掃乾淨，一杯清茶已經泡好。柳擎宇知道，這肯定是趙苒做的。

半個小時後，趙苒敲響了柳擎宇辦公室的房門。

進來之後，趙苒拿出一份名單遞給柳擎宇，說道：「柳區長，這是我擬定的政府辦各個科室工作人員的名單。」

柳擎宇接過名單看了幾眼，便放在了旁邊。

趙苒接著說道：「柳區長，您平時工作很忙，得給您配個秘書，這是幾個我認為區政府系統裡比較可用的人員名單，您看有沒有您中意的，或者您也可以指定一個，我負責辦理所有的手續。」

柳擎宇接過名單看了一眼，目光直接落在第一個人的名字上。

夏鵬飛，男，廿四歲，清華大學建築學院城市規劃系高材生，通過公務員考試進入新華區政府秘書處，已經幹了兩年，一直從事文秘工作，資料上還配有夏鵬飛的照片。

柳擎宇又看了一眼其他人的簡歷，看完後，他心中便有譜了。

趙苒找的這幾個備選人員，都屬於那種進來時間不到五年，身上派系色彩還不明顯的年輕人，而且都是本科以上學歷畢業。而趙苒把夏鵬飛放在第一個位置上，很明顯也是花了很多心思的。

首先，夏鵬飛和柳擎宇一樣，都是清華畢業，很多官場人員都有這種**同校情結**，其次，夏鵬飛一直從事文秘工作，這說明他的文字水準不錯，又是城市規劃系畢業，他的專長對柳擎宇這位剛剛上任，準備在新華區大展拳腳的區長來說應該有些幫助。

柳擎宇同意說道：「好，秘書就暫定夏鵬飛吧，讓他直接過來向我報到，外面的辦公室歸他使用。」

趙苒連忙點頭，這才告別柳擎宇，向外走去。

此時，秘書科裡，夏鵬飛正坐在電腦前埋頭寫公文。這是副區長張超在三天後的一次會議上要用的講話稿。

秘書科科長錢志陽手中拿著一份公文走了過來，直接把它丟在夏鵬飛的桌子上，命令道：「夏鵬飛，這份是下週一的安全生產會議上，包區長要參加會議的相關資料，你參考一下，明天下午把講話稿給我寫好，然後手寫謄抄一遍，記得在列印的那份文件上署上我的名字。」

夏鵬飛聽到錢志陽的吩咐，臉上不由得露出一絲苦笑，頭有些大，他最不愛給包一峰寫稿了，因為包一峰本身能力不怎麼樣，但是特別喜歡修改別人寫的稿子，此外，稿子不僅要有電子檔的，還得有手寫版的。沒有辦法，誰讓他只是秘書科的一個小兵呢。

至於錢志陽要署上他的名字，夏鵬飛早就習以為常了，他寫的稿子每次都能獲得其他領導的誇獎，看到這種情況，錢志陽乾脆讓夏鵬飛在寫稿的時候直接署上他的名字，這樣一來，領導誇獎的對象就換成錢志陽了。

對這一點，夏鵬飛很無奈，但是什麼都沒有說。因為他知道現在最重要的是鍛煉自己的能力，尋找和等待一飛沖天的機會。

就在這個時候，夏鵬飛還沒有回答錢志陽呢，辦公室的門一開，趙苒走了進來，看到錢志陽一副頤指氣使的樣子，頻頻搖頭。

以前趙苒就聽說過錢志陽在秘書科特別喜歡欺負新人，尤其是沒有什麼背景的人，現在看到他正在欺負夏鵬飛，趙苒嘴角不由得撇了起來，心中暗道：

「錢志陽，你這是找死的節奏啊，如果夏鵬飛以前屬於任人宰割的小科員，那麼從今以後，恐怕就是我也得小心應對，主動結交呢！人家可是區長的秘書，混得好的話，將是區長最信任的人，得罪了他，你不是找死嗎！」

趙苒輕咳了一聲。

錢志陽看了趙苒一眼，隨即又對夏鵬飛說道：「夏鵬飛，我交代給你的任務，你能夠完成嗎？」

錢志陽並不知道陳正偉已經換職位的消息，更不知道眼前這位是新任的辦公室主任，他是陳正偉的人，平時對趙苒根本就不在意。因為他們秘書科主要是為那些區裡領導服務的，這也造成錢志陽的眼界很高。

看到錢志陽這副做派，趙苒心中自然明白是怎麼回事，這小子明顯是不搭理自己啊。如果是以前，趙苒或許還會有些憤怒，但現在處於辦公室主任這個位置上再看錢志陽，他心中已經十分淡然了。

他邁步走到夏鵬飛的面前，對正要回答錢志陽話的夏鵬飛說道：

「好了，夏鵬飛，從現在開始，放下你手頭的一切工作，你已經被柳區長確定為他的秘書了，你跟我出來，我有些事情需要跟你交代一下。」

夏鵬飛聽到趙苒的話先是一愣，不過他的表情很快便恢復了平靜，點點頭，衝錢志陽歉意地一笑，然後對趙苒道：「趙主任，謝謝您。」

話很短，卻包含了很多意思。

錢志陽還在那裡傻乎乎地發呆呢，夏鵬飛已經跟著趙苒向外走去。

趙苒對夏鵬飛的表現非常滿意。從夏鵬飛這一連串的舉動來看，這個年輕人非常聰明，雖然自己還沒有召集所有人宣布自己上任的事，夏鵬飛卻從自己簡簡單單的一句話中猜到了自己升任主任的事；而剛才那句謝謝，是指他已經猜到自己是他推薦給柳擎宇的，而那種寵辱不驚的淡定之色，更是讓趙苒十分讚賞。

趙苒把夏鵬飛叫到自己的辦公室，便把自己推薦他擔任柳擎宇秘書一事簡單地說了一遍，隨後向夏鵬飛交代了柳擎宇的一些喜好，尤其是早晨喜歡喝杯淡茶的習慣。

等說得差不多了，這才道：「夏鵬飛，我所知道的只有這麼多，希望你以後能夠在實際工作中多多摸索，咱們一起努力為柳區長做好全面的服務工作，讓柳區長可以安心工作，不受瑣事掣肘。」

夏鵬飛雖然才二十出頭，但為人卻十分老成，聽到趙苒這番話後，他微微一笑，說道：「謝謝趙主任對我的推薦和指點，鵬飛銘記於心，以後我一定盡心盡力做好工作，不負柳區長和趙主任的賞識。」

趙苒笑了，隨即領著夏鵬飛來到柳擎宇的辦公室。

第七章

風雲人物

他突然想起來，在學校論壇裡有一個長期置頂的帖子，帖子裡講的都是在校期間的風雲人物。其中一個帖子講的就是一個名叫柳擎宇的學長，十四歲考入清華，利用三年時間拿下電腦及金融管理學學士、碩士學位的風雲故事。

柳擎宇抬起頭來看著夏鵬飛，夏鵬飛也在打量著柳擎宇。夏鵬飛身高有一米七八，身材瘦高，人長得十分清秀，帶著一副黑框眼鏡，看起來就是一個典型的大學生形象。雖然畢業兩年了，但是身上還散發著大學生身上那種特有的稚嫩和朝氣。

柳擎宇之所以選擇夏鵬飛擔任秘書，恰恰就是因為夏鵬飛身上的這種蓬勃朝氣。混跡官場一年多，柳擎宇看慣了各種老氣橫秋官員的那種油滑之氣，狡詐之心，柳擎宇非常厭惡這樣的人，因為這樣的人心中想著的往往是自己的利益，從來不肯為老百姓多考慮哪怕是一點點。

趙苒把夏鵬飛送進來之後便出去了。房間內只剩下柳擎宇和夏鵬飛。

夏鵬飛看到柳擎宇的時候大吃一驚。因為他發現坐在自己面前的這位領導非常眼熟，他的大腦在快速地回憶著。

他突然想起來，在學校ＢＢＳ論壇裡有一個長期置頂的帖子，帖子裡講的都是在校期間的風雲人物。他平時也喜歡逛逛論壇，所以對帖子裡面所羅列的風雲人物記得十分清楚。

其中一個帖子講的就是一個名叫柳擎宇的學長，十四歲考入清華，隨後利用三年時間拿下電腦專業學士、碩士學位，金融管理學學士、碩士學位的風雲故事。

如果僅僅是用三年時間拿下這些學位，那位學長並不足以進入那個置頂的帖子，畢竟在清華裡用三年時間拿下雙學位的牛人不少，甚至有人用時還要更短。

而那位學長之所以能夠被寫入這個帖子，是因為這位學長幾乎十項全能，不僅學業超強，門門考試，只要他在，別人就只能去爭第二，在體育方面也是屢破記錄，成為校史上學霸級的人物。

最狂的是，這位學長十五歲的稚齡接連兩年擔任學生會主席，成為清華歷史上最年輕的學生會主席！創造了神一般的奇蹟！

但是讓所有師生意外的是，這位學長畢業後便參軍了，隨後便沒有了他的消息。

夏鵬飛沒有想到自己竟然會在這裡見到那位傳奇的學長，更沒有想到，那位學長竟然成了新華區的代理區長。

想到此處，夏鵬飛熱血沸騰，眼神中露出一股親切、激動之色。

柳擎宇一直觀察著夏鵬飛的表情，看到夏鵬飛的表情變化，淡淡一笑說道：「鵬飛，坐吧！不要拘束。」

夏鵬飛坐在柳擎宇對面的椅子上，挺直了身體。

「鵬飛，看你的表情，似乎認識我？」柳擎宇笑著問道。

夏鵬飛連忙回道：「柳區長，我感覺您很像是我上大學時一位充滿傳奇色彩的學長，那位學長的名字也叫柳擎宇，他……」

說著，夏鵬飛簡單地說了柳擎宇當年輝煌的歷史。

柳擎宇聽完，不好意思地摸了摸下巴說道：

「哦？是嗎？我還進入置頂帖子了啊，這我還真沒有想到啊。你算是我的學弟了，我看過你的簡歷，你好像是城市規劃系畢業的，對我們新華區的城市規劃和發展，有沒有什麼樣的觀點？」

聽到柳擎宇承認他就是當年那位風雲人物，夏鵬飛心中非常激動。他猜想到柳擎宇提拔自己擔任秘書，肯定也是有同校之誼在裡面，立刻收斂心神，沉思了一下，說道：

「柳區長，我認為新華區要想發展，必須在城市規劃上重新佈局，現有的新華區城市發展規劃完全就是某些領導根據別的地方照搬照抄的，根本沒有根據新華區的地方特色去規劃，而且各種產業、城市功能佈局非常不合理，很難有所發展。這一點，我相信您在招商引資的時候就有感覺，否則您也不會把八成的項目轉移到高新區去了。」

聽到夏鵬飛能夠一針見血地指出新華區的弊端，柳擎宇滿意地點點頭：「嗯，你說得不錯，這樣吧，給你一個星期的時間，對我們新華區好好調研一下，給我擬定出一個新華區中長期的城市發展規劃，怎麼樣，能完成任務嗎？」

夏鵬飛拍拍胸脯說：「柳區長，用不了一個星期，最多只需要三天時間就夠了。不瞞您說，在秘書科上班這兩年，只要是空閒時間，我一直在對新華區進行考察和調研，如何規劃，心中已經有了一個大致的輪廓，現在我只需要把這些細化出來即可，所以三天時間足矣。」

柳擎宇對夏鵬飛的欣賞又多了幾分。夏鵬飛能夠身處逆境不等不靠，自強不息，只有這樣的人遇到了機會才能把握住，也只有這樣的人，才有可能在官場上走得更遠，做事更為主動和認真。

「好，就給你三天時間，從今天起，你就擔任我的秘書吧！外面的辦公室歸你使用。哦，對了，最近找我彙報工作的人會很多，這裡有一份名單，除了名單上的人，暫時一律擋駕！」說著，柳擎宇拿出一份名單遞給夏鵬飛。

這時，柳擎宇的手機響了起來，是唐智勇打來的。

「老大，今天我在視察的過程中，發現高新區的邊界處竟然藏著三家汙染十分嚴重的企業，黑漆漆的污水竟然直接排放到烏拉河裡，我現在距離河邊還有二十米遠，便可以聞到十分刺鼻的腐臭味，河道沿岸草木枯黃，在我前面不遠處，有一個村子的四周到處都是墳頭，偌大的一個村子裡看不到幾個人。老大，我懷疑這邊的環境汙染問題十分嚴重啊。」

唐智勇的聲音中透出了濃濃的焦慮。

柳擎宇驚呆了。

他一直以為開發區一直無法招商引資的主要原因是領導班子工作不力，現在聽到唐智勇的話之後，突然意識到，恐怕環境汙染也是一個十分嚴重的問題。

柳擎宇立刻指示說道：「好，智勇，你繼續視察，攝影機帶著吧？隨時做好取證工作，多觀察一些地方，我現在就趕過去。」

掛斷電話後，柳擎宇的眉頭皺緊起來。

這時，夏鵬飛看到柳擎宇那麼忙，立刻說道：「區長，我立刻給您安排汽車，送您過去。」

柳擎宇點點頭：「這樣吧，你剛上任，估計還沒有和司機班那些人把關係搞好，一會兒讓趙苒帶你去司機班露個臉，宣布一下你的職務，這段時間，你好好在司機班物色一下，看看有沒有合適的人，如果有的話，可以找一個做我的專職司機。」

夏鵬飛立刻出去執行任務了。

十分鐘後，柳擎宇乘車出了區政府大院，直接趕奔高新區與路北區毗鄰之地。

當柳擎宇趕到唐智勇所說的名叫「風龍村」的地方時，他發現在村口處，劉小飛和他的得力助手張德勇以及唐智勇等人正滿臉嚴峻地站在村口處，在他們身邊，站著一位六十多歲的村民，劉小飛他們正在傾聽這位村民的講述。

看到柳擎宇乘車過來，那個村民神色顯得有些慌張，就要轉身離開，劉小飛趕忙拉住他的胳膊，安撫道：「老鄉，不要害怕，來的這位是高新區的管委會主任，包括你們村子在內，都屬於高新區管理，他和別的官不一樣，他是來給你們做主的。」

那個村民聽到劉小飛的話，眼神中充滿了質疑。

柳擎宇見劉小飛也在現場，頗為意外，不過他並沒有表現出來，立刻對那位村民說道：「老鄉啊，你好，我是高新區管委會主任柳擎宇，你們村屬於管委會的管轄範圍，有什麼事，你都可以向我反映的。」

那位滿臉褶皺的村民用有些發黃、孤寂、又有些迷茫的眼神看著柳擎宇道：

「你……你真的能夠給我們村做主？以前來過一些官員甚至是記者，說是可以給我們做主，最後還是不了了之。」

他的眼底深處掠過一縷悲涼和一縷絕望。在他看來，天下的官員一般黑，沒有誰會出來為他們這個偏遠、貧困的小村和村民來做主的。

聽到這位老農帶著淒涼的聲音，柳擎宇心頭就是一顫，讓柳擎宇有一種深深的刺痛感。柳擎宇沉聲道：「老鄉，我不敢說我一定能夠把事情給解決了，但是只要我還有一口氣在，我會盡力為轄區內的所有百姓解決各種困難。」

對這位已經對官員絕望的老農，柳擎宇並沒有做出誇張的承諾，因為他知道老農這種承諾聽得太多了，最後都是失望收場，所以他幾乎不抱任何希望。

柳擎宇的話，讓老農有些意外地看了他一眼，眼中多了一縷希望，隨後噗通一聲跪倒在地上，痛哭流涕道：「青天大老爺啊，求求你為我們風龍村做做主吧，不然的話，不出二十年，恐怕我們整個村子的人要全部死絕了。」

柳擎宇趕緊扶起老農，讓他站起身來，焦急地道：「老鄉，到底是怎麼回事？為什麼你會這樣說呢？」

老農抹了把眼淚，滿是滄桑的老臉上一塊黑一塊花，聲音中帶著幾分悲哀，開始抽泣著講述他們這個小村莊十多年來的悲慘遭遇。

十多年前，他們這個小村是遠近聞名的富裕村子，土地肥沃，又倚靠著烏拉河，灌溉便利，魚蝦豐盛。然而，在十二年前，上游烏拉河東岸路北區的地面上建起了一座造紙廠，造紙廠建起來後不久，烏拉河的河水便再也不復當年的清澈，成天黑漆漆的，還散發著刺鼻的臭味。

剛開始幾年，村民也沒有感覺有什麼，只覺得味道有些難聞而已。

然而，在九年前，烏拉河的西岸，先是建起了一座化肥廠，隨後又建了一座農藥廠，這兩個工廠的建立，一下子讓整個風龍村發生了巨大的變化。

先是化肥廠和農藥廠生產時所散發出來的那股刺鼻味熏得村民們不敢開窗戶，到後來，即便是把窗戶關得嚴嚴實實的，也無法擋住那刺鼻的氣味，村民睡覺的時候只能用濕毛巾捂住鼻子。

而後的九年間，這個只有兩百多人的小村竟有半數以上的人死於不同的癌症，最年輕的不到三歲。即使是活著的村民，也有各種怪病纏身，年輕人全都逃離這個村子，前往他處求生去了。

由於長期用汙水澆地，土地鹼性增加，糧食產量下降；村民養的豬只能長到六十多公斤，多數還患口蹄疫。種的糧食自己也不敢吃，只能拿到遠一些的集市上賣掉，換取其他地方的糧食。

真正讓風龍村村民感到絕望的是，他們曾經多次找過高新區管委會的工作人員，那時候管委會人員答應得好好的，說會幫助他們解決問題，但是每一次都沒有下文，村民還曾聚眾到市政府上訪，當時的負責人聽取了他們的報告後，跟他們說了幾句保證解決的話後，便再也沒有任何後續了。

由於村民接二連三死去，年輕人又都逃離家園，以至於他們就算是想要集合起來上訪也做不到了，只能絕望地混吃等死。

聽到老農聲聲帶悲、字字泣血的講述，柳擎宇感覺自己心頭的怒火已經忍無可忍，他壓下滿腔憤慨說道：「老鄉，能不能帶我去你家，看看你們喝的井水？」

老農點點頭，帶著一行人走進不遠處的一座瓦房。

這座瓦房看外觀，裝修得還不錯，但是進入之後，卻沒有一個人出來。

劉小飛問道：「老人家，你的家人呢？」

老農聽劉小飛這一問，再次淚流滿面：「我已經沒有家人了，整個家只有我一個老頭子而已，我的兒子在化肥廠打工的時候，在一次事故中死了，兒媳婦改嫁，老婆子和我三歲的孫子全都得癌症死了。」

老農越想越傷心，蹲在地上悲淒地哭嚎起來。

柳擎宇和劉小飛、唐智勇眼角也都濕潤了。沒有想到在這個小村子裡，竟然有如此慘絕人寰的事發生。

劉小飛臉色變得異常難看，看向柳擎宇的目光中也多了幾分憤怒和不滿。

柳擎宇站起身來，走到旁邊的水泵處，拉開電閘抽了一桶水。

當這桶水抽上來後，便聞到一股濃濃的刺鼻氣味，而真正讓柳擎宇感到憤怒的是，這井水竟然是紅色的。

這時，老農哭罷，對柳擎宇說道：

「青天大老爺，您看看，這就是我們村的飲用水。我們家的井打得還算是深的，有三十多米，即便是這樣，水還是這樣子，至於其他村民的井，大部分打得都不如我家的深，他們的水比我們井水的味道更濃。到目前為止，整個村子六十戶人家，幾乎每家每戶都有死於各種癌症的。」

柳擎宇聽了，咬牙說道：「老鄉，您放心，這件事我柳擎宇管定了，我要讓這三個工廠一星期……不，兩天內全部停工！這是我給您的承諾，給全體村民的承諾！」

聽到柳擎宇那語氣鏗鏘的言辭，這位老農並沒有流露出任何感動，更沒有當場對柳擎宇表示感謝，唯一有些變化的是他那原本絕望、死氣的眼神中多了一絲希望，然而，這縷希望的光芒並不強，就像呼嘯北風中的一縷燭光，隨時都有可能熄滅。

看到老農的神情，柳擎宇不僅沒有感到憤怒不滿，相反，他只覺得深深的愧疚，他知道，老農已經對官員失去了信任，他的心對官員的承諾早已免疫了。因為希望越大，失望越大，到現在為止，他們還沒有遇到過一個不忽悠他們的官員。

柳擎宇感覺自己的心彷彿被什麼東西觸動了，他的拳頭緊緊地握住。

劉小飛不禁質問道：「柳區長，你打算怎麼處理這件事？」

劉小飛是個十分感性的人，老農所說的悲慘故事，讓他充滿了怒火，他恨不得直接衝到工廠把那些始作俑者都槍斃了。

柳擎宇沉聲道：「我現在立刻趕往這三家工廠，勒令他們全部停工。」

聽到柳擎宇堅定的語氣，劉小飛那原本沉著的臉稍微緩和了些，道：「好，我陪你一起去。說實在的，如果高新區的環境如此惡劣的話，恐怕我們集團的項目還真不能放在這裡，我必須對我們企業的員工負責。」

柳擎宇嚴肅地點點頭，沒有再說什麼。

隨後，柳擎宇告別那位老農，和劉小飛一起上了車，直奔距離風龍村八百米遠的化肥廠。

當他們走到距離化肥廠不到三百米處，便看到化肥廠那巨大的煙筒口濃煙滾滾地向外冒著，煙筒的壁上寫著幾個大字：高新化肥。

柳擎宇眉頭緊緊皺了起來，僅僅是空氣汙染便讓柳擎宇十分不滿，而之前，不管是蒼山市環保局還是高新區環保局，竟然都沒有對這家企業採取任何措施。

「老大，是直接去工廠裡面嗎？」唐智勇問道。

柳擎宇想了想，說：「排污口在哪裡你知道嗎？」

唐智勇點點頭：「知道，之前我曾經帶人去查看過，不過還沒有走遠呢，便出來兩個人對我們進行呵斥，讓我們快點離開。為了安全，我沒有再深入。我看對方似乎對排污口防範得挺嚴的，那邊還有一個新建的活動板房，似乎裡面還有人。」

柳擎宇聽了，眉頭皺得更緊了，按照常理，一個普通的化肥廠排污口為什麼非得派專人看守呢？而且從唐智勇剛才所說的情況來看，那個活動板房是新建的，這裡面是不是有什麼貓膩呢？

柳擎宇可沒有時間去想那麼多，他現在只希望直接去排污口進行現場採證，然後拿著樣本直接趕往化肥廠。所以，柳擎宇大手一揮說道：「帶路，直接趕往排污口。」

唐智勇帶路，汽車直接往排污口奔去。

排污口就位於烏拉河沿岸，烏拉河沿岸邊便是一條土道。柳擎宇他們開的是一輛越野車，所以雖然土道破敗，卻也可以行進，然而，當汽車行駛到距離排污口還有兩百多米的時候，便發現前面出現了一排青條石擋住了土路，任何車子都無法通過。

柳擎宇發現，地上的壓痕還很清晰，這些青條石明顯是剛搬過來沒多久。柳擎宇立刻招呼眾人下車，自己從車上取出一個由夏鵬飛事先準備好的乾淨塑膠桶。

劉小飛也順手從自己的車中拿出一瓶礦泉水，跟在柳擎宇的身後，一起繞過青條石，從旁邊的麥田裡走了過去。

他們剛剛繞過青條石路障，便看到前面嶄新的藍色活動板房內走出來兩個五大三粗的男人，身上穿著藍色的工作服，其中一個胖乎乎的男人用手一指柳擎宇，呵斥道：

「喂，你們幹什麼的，趕快走開！這裡是企業生產重地，閒人免進。」

柳擎宇和劉小飛並肩走在最前面，這哥兩個一個比一個猛，誰會理那些人啊，兩人繼續向前走。

這一下，柳擎宇和劉小飛的行為惹怒了對方，那個胖子立刻大聲喊道：「最後警告你們一次，立刻離開這裡，否則後果自負。」

然而，柳擎宇和劉小飛依然並肩向前，並不理會。

他們繼續向前，距離活動板房已經不到一百米了，活動板房旁邊，那粗大的排污口處橫出來一個巨大的管道，管道口處，散發著刺鼻氣味的黑色液體嘩嘩嘩地沖進烏拉河，管道四周一片熱氣蒸騰。

看到排污口處的情況，柳擎宇直接拿出隨身帶著的高清攝影機拍攝。

看到柳擎宇竟然拿出攝影機，胖子臉色立時沉了下來，二話不說，立刻從胸前拉出一支口哨，使勁地吹了起來。

伴隨著尖銳的口哨聲，活動板房處兩個房門同時打開，呼啦啦從裡面衝出十多個穿著「高新化肥」字樣的藍色工作服的工人。

這些人衝出來後，立刻聚集在一個身上有紋身的光頭男人附近。

這個光頭滿臉橫肉，一雙三角眼凶光閃爍，他問向那個吹哨的胖子：「李胖子，怎麼回事？」

李胖子用手一指柳擎宇兩人道：「強子哥，你看那邊，好像有記者來採訪，必須趕快制止他們。上面再三指示，說是管委會剛剛換了領導班子，讓咱們這段時間多注意一點，別鬧出什麼事來。」

名叫強子的大光頭看到走在前面的柳擎宇和劉小飛他們，頓時眼中閃出兩道興奮的光芒。他們其實並不是化肥廠的工人，而是鎮上的地痞流氓，是被化肥廠雇來負責看守排污口的。

上面的老闆跟他們說，趕走一撥普通人，給他們每人一百塊錢了。如果對方是記者的話，每個給兩百，如果是高新區的官員的話，每個人給三百元。

強子用手一指柳擎宇和劉小飛，對手下大聲道：「兄弟們，把這些人給我趕走，把攝影機給我搶過來！」

說完，強子氣勢洶洶地帶頭手下衝向柳擎宇。

柳擎宇看向劉小飛：「你來還是我來？」

劉小飛不屑地掃了那些人一眼，說道：「這邊我來搞定吧，你該錄影錄影，等到了工廠以後，就看你的了。」

柳擎宇點點頭，不再說話，直接拿著攝影機繼續對準排污口進行錄影，還不時地給衝過來的強子等人一個特寫鏡頭，捕捉眾人的面孔。

對於強子這些人來說，他們縱橫十里八村，還真沒有遇到過任何對手，整個高新區包括周邊幾個鄉鎮都屬於他們的勢力範圍，而且他們上面還有一個大哥，一般的老百姓看到他們，從來都只有躲著走，所以他們完全沒有把劉小飛、柳擎宇他們放在眼中。

眾人在強子的帶領下，首先向柳擎宇衝了過去。

然而，當他們距離柳擎宇不到五六米左右的時候，劉小飛直接向前跨出一大步，擋在柳擎宇面前，冷冷地掃了眾人一眼，說道：「你們的對手是我。」

強子看到劉小飛穿著一身西服，光亮的皮鞋，手中拿著的礦泉水都是高檔貨，一看就不是普通人，眼珠子轉了轉，揮手擋住手下，冷冷地看向劉小飛道：

「你們到底是什麼人？立刻交出攝影機，馬上走人，我可以保你們沒事，否則的話，打得你們生活不能自理！」

劉小飛淡然說道：「我們都走到這裡了，你認為我們會把攝影機交給你嗎？」

「你小子很囂張啊！兄弟們，給我先把這小子揍趴下！」

光頭強子被劉小飛徹底激怒了，心中暗道：「奶奶的，在這十里八村，只有老子橫著走的份，跟我光頭強子叫板，你們不是找死嗎？」

劉小飛聽到光頭強子竟然對著自己開罵，臉色當時便沉了下來，猛的一伸手，抓住了第一個打向自己的地痞的胳膊，往懷裡一帶，隨即一腳飛踹而出，這小子整個人猶如一隻大蝦米一般，佝僂著腰飛出去，向另外一個同伴砸了過去。

與此同時，劉小飛主動出擊，一記鞭腿，狠狠地踢在光頭強子的肩膀上，這小子當時便慘叫著倒在地上，口中吐血。

其他幾個人也好不到哪裡去，不到一分鐘，十幾個人被劉小飛輕鬆搞定，另外兩個想要繞過劉小飛偷襲柳擎宇的人，還沒有靠近柳擎宇呢，便被柳擎宇直接兩腳放倒在地。

此刻，站在柳擎宇和劉小飛身後的幾個人都傻眼了。

尤其是唐智勇帶來的環保局那幾個人，看到他們的管委會主任竟然可以手中拿著攝影機對著排污口進行拍攝，單腿著地，另外一條腿輕輕鬆鬆踢出兩腳，搞定兩個地痞，這柳主任也太強了吧。

看到一切搞定，柳擎宇和劉小飛立刻帶著人向排污口走去。

那個吹口哨的胖子一看情況不對勁，立刻嗖的一下鑽進活動板房，關上房門，不敢再出來了。柳擎宇和劉小飛沒空理他，直接來到排污口處。柳擎宇先是用大塑膠桶接了一部分作為樣本，隨即又給劉小飛帶的那個礦泉水瓶子裡面倒了一瓶樣本，搞定之後，回到青條石處，隨即乘車趕往化肥廠正門。

活動板房內，胖子拿出手機，立刻撥通他的頂頭上司、高新化肥廠環保部部長馮銀飛的電話，把這邊發生的事一五一十地進行了報告。

馮銀飛見事情大條了，馬上上報到化肥廠主管環保的副總經理顧佳偉那裡。

顧佳偉一聽，撥打了幾個電話，求證一番之後，立刻撥通總經理蔡亮的電話，把情況向蔡亮彙報後，建議道：「蔡總，我認為這次事情很不單純啊。」

蔡亮是化肥廠老闆的親信，平時都是他負責化肥廠的管理工作。

聽顧佳偉這樣說，蔡亮立刻高度重視起來，問道：「怎麼不單純？老顧，你給我好好分析一下。」

顧佳偉說道：「蔡總，您想想看，我們化肥廠投產這麼多年了，啥時環保部門敢親自去排污口取樣啊，從來沒有！就算是市環保局到我們這兒檢查，也是先悄悄給我們通了消息，然後下來吃吃喝喝，拿著我們替他們準備好的樣品後就離開；就算是風聲最緊的時候，頂多也就是讓我們停產，然後抽取清水向排污口輸送，以便於他們進行檢查和取證。

「這一次，對方似乎有備而來，來的人有五六個，還帶著攝影機、取樣桶等，最重要的是，他們並沒有向我們通報任何消息。我給管委會那邊的朋友打了個電話瞭解了一下，得知新上任的環保局局長唐智勇帶著手下一大早便出去了，現在根本就不在辦公室。我懷疑會不會是唐智勇帶著人過來了。」

聽了顧佳偉的話，蔡亮沉思了一會兒道：「嗯，還真有這種可能。我已經得到了準確的消息，唐智勇是新上任的管委會主任柳擎宇的鐵桿親信，他曾經給柳擎宇當過一年多的司機，如今被提拔到環保局局長的位置上，這說明柳擎宇對環保局非常重視。我們必須小心一點。」

就在這時候，顧佳偉桌上的電話再次響了起來。

顧佳偉接通電話說了兩句後立刻掛斷，隨即對蔡亮說道：「蔡總，我剛剛得到消息，說是柳擎宇以及唐智勇全都到了廠區的大門口，要求見老闆。」

「柳擎宇來了？」蔡亮臉色一沉。

「是啊，現在他們被門衛值班室攔住了，暫時還沒有進來。」

蔡亮一聽，不悅地說道：「他們想要見老闆？開什麼玩笑！你通知門衛值班室，就說老闆不在，讓他們明天再來。」

值班室的人員很快便接到顧佳偉的電話，隨即充滿歉意地看向柳擎宇，道：「柳區長，對不起啊，我們老闆不在，要不你們改天再來吧。」

柳擎宇鐵青著臉說：「你們老闆不在，總經理總該在吧？」

值班門衛只好再打給顧佳偉，顧佳偉此刻已經來到總經理蔡亮的辦公室。

蔡亮冷笑著說：「不用問，這柳擎宇肯定是過來找麻煩的，你告訴門衛，讓他說我不在，就連副總經理也不在，如果柳擎宇非要進來的話，讓辦公室主任林傑接待他。一會兒你告訴林傑，就讓他一句話也別說，就在那裡陪柳擎宇坐著。」

顧佳偉立刻向值班室門衛說，隨即又對林傑叮囑了一番。

柳擎宇很快得到回報，說是總經理和副總經理都不在，只有辦公室主任在家。

柳擎宇沉思了一下，立刻對門衛說道：「行，那我就見一見你們的辦公室主任。」

過了一會兒，一個中等身材、四十多歲，滿臉嚴肅的男人來到化肥廠門口，看到柳擎宇他們，主動伸出手來說道：「各位領導好，我是林傑，化肥廠辦公室主任。」

柳擎宇和他握了握手，諷刺道：「林主任，你好，你們化肥廠的門還真是難進啊。」

林傑客套地說道：「是我們化肥廠的管理比較嚴格而已。還請柳區長不要怪罪，不知道柳區長今天過來所為何事？」

柳擎宇發現林傑說話時，一直注意觀察他們這幾個人，尤其是他看到唐智勇手中竟然拎著一個裝了不少髒水的塑膠桶後，臉色微微變了一下。

柳擎宇笑道：「今天我主要是過來看一看，也帶了一些污水樣本，到你們實驗室檢測一下污水的COD（化學需氧量）數值，同時看看你們廠各方面的工作狀況。林主任，我想我的這點小小的要求，你們不會拒絕吧？」

林傑當時就是一愣，柳擎宇如此直白地表明自己的目的，這讓他準備照顧佳偉的叮囑來個靜陪末座的計畫一下子泡湯了。

林傑猶豫了一下，當即向柳擎宇表示：「柳區長，對不起，您所說的兩件事都不是我所能決定的，我只負責接待你們，幫你們安排午飯。」

柳擎宇變臉道：「既然你無法做主，那就找一個能夠做主的過來。」

他抬起手腕看了看手錶，說道：「到目前為止，我們已經在你們工廠的門口等了十分鐘了，如果五分鐘之內我們看不到一個可以做主的負責人過來，後果你們工廠自負。」

說完，柳擎宇便不再說話，冷冷地看向遠方。

林傑聽柳擎宇話語中帶著強烈的怒氣，不敢再有一絲一毫的耽擱，立刻走出去三十多米，這才拿出手機撥通了顧佳偉的電話，把柳擎宇的意思轉達了一番。

此刻，蔡亮就站在顧佳偉的旁邊，聽到林傑的彙報後，陰沉地說：「真沒想到這個柳擎宇竟然如此難纏，看來我們得親自去會一會他了。」

「是啊，這個柳擎宇屬於那種蒸不熟煮不爛的主，和他打交道，我們還真得小心一點。蔡總，你看要不要向老闆做個報告啊？」

蔡亮點點頭，立刻拿出手機撥通了老闆韓培坤的電話：

「韓總，高新區管委會主任柳擎宇到咱們化肥廠來了，還從排污口取了一些排汙樣本，說是要到我們廠的實驗室做檢測，又說要對工廠進行檢查，我懷疑這個柳擎宇恐怕要在我們這裡搞事啊。」

韓培坤是個三十歲左右的中年男人，此刻正穿著一身亞曼尼西裝和朋友在喝下午茶呢。

接到蔡亮的電話後，他臉色一變，怒道：

「絕對不能讓他達到目的，你先在那邊應付他一番，我立刻找關係打電話，從市裡給柳擎宇施加壓力。敢碰老子的工廠，造反了他！」

掛斷蔡亮的電話後。韓培坤沉著臉思考起來。

過了一會兒，他打了幾個電話，隨即一臉不屑地撇著嘴道：「柳擎宇，你一個小小的管委會主任竟然敢跟老子掰手腕，你這不是找死嘛！」

韓培坤的朋友在旁邊聽到韓培坤打完這幾個電話後，立刻憂慮地說道：「老韓啊，你這樣做是不是有些過頭啦，萬一柳擎宇出了什麼事，恐怕有些麻煩啊，市委王書記好像是他的後臺呢。」

韓培坤嘿嘿一陣冷笑：「沒事，就算柳擎宇死了，也沒有人會查出來這件事和我有關。來，咱們接著喝茶，別讓這麼件小事壞了咱們的興致。」

林傑得到指令，立刻滿臉堆笑地走到柳擎宇面前，故意作出一副興奮的樣子說道：「柳主任，我們蔡總得知您要過來，立刻放下手頭所有事情，很快就會趕來的，您稍等片刻。」

柳擎宇只是冷冷地看了林傑一眼，沒有說話。

過了有十多分鐘，一輛賓士車向柳擎宇他們這邊飛速駛來，停下後，化肥廠總經理蔡亮邁步從上面走了下來，林傑立刻給柳擎宇他們引薦。

蔡亮一臉假笑地握住柳擎宇的手，說道：「柳主任，真沒有想到您會過來啊，有失遠迎，當面恕罪。」

柳擎宇和對方輕輕握了握便鬆開手，沉聲道：「蔡總，既然你是化肥廠的總負責人，那麼我想問一問，我想要帶人在你們工廠檢查，你會不會故意製造各種障礙，不讓我們檢查？」

蔡亮一愣，沒有想到柳擎宇說話如此尖刻，不過他也是見多識廣之人，立刻說道：「柳主任，看您說的！我們是企業，接受您這樣的領導檢查是我們的榮幸，我們歡迎還來不及呢，怎麼可能製造各種障礙呢，您隨便看，我來作陪，保證您暢通無阻。」

說話間，蔡亮的眼底掠過一絲冷色，和臉上虛偽的笑容形成了鮮明的對比。

柳擎宇根本就不在乎蔡亮想什麼，聽到他如此承諾，也不廢話，開門見山地說道：「你先帶我去汙水處理池看一下。」

蔡亮再次一愣，柳擎宇竟然直奔要害。這下子他可不願意了。因為雖然他們建有汙水處理池，但是那個汙水處理池根本就是一個簡單的大池，沒有任何汙水處理設備，僅僅是用來對污水進行儲存和控制用的。如果柳擎宇現在去檢查的話，絕對會發現問題。

蔡亮眼珠轉了一下，笑著說道：「柳主任啊，您看這已經是中午，到吃飯時間了，要不我先安排您去市裡的新源大酒店吃頓便飯？」

柳擎宇擺擺手，命令道：「吃飯就免了，你不用管我們，現在就帶我們去汙水處理池看看吧。」

看推脫不掉，蔡亮只好沉著臉道：「好，那你們開上車，隨我來。」

說著，蔡亮在前面引路，直接來到汙水處理池旁邊。

一邊下車，蔡亮一邊暗道：「柳擎宇啊柳擎宇，天堂有路你不走，地獄無門自來投，既然你非得找死，那就別怪我蔡亮之前沒有提醒過你了！」

柳擎宇、劉小飛等人下車，沿著圓形汙水處理池旁邊的臺階走到池子上方，往下一看，柳擎宇的臉色當時便暗沉下來。

柳擎宇雖然並沒有擔任過環保系統的官員，但是身為新華區的區長，管委會主任，尤其是身為劉飛的兒子，柳擎宇從小就對環境保護有著深刻的認識，加上前段時間在處理景林縣垃圾掩埋場事件的時候，他曾經對各種環保設備和系統進行過深入的研究，所以對汙水處理系統非常瞭解。

此刻站在汙水處理池上面，放眼望去，但見偌大的汙水處理池上方沒有任何汙水處理設施，汙水從生產線入口處翻滾著湧入處理池中，隨即又從出口處冒著黑泡沫滾滾流淌而出。

柳擎宇見狀，立刻讓唐智勇拿出攝影機對著汙水處理池進行拍攝取證。

「柳主任，唐局長，你們最好不要拍攝，否則容易洩露我們企業的機密，這樣做不太合適。」蔡亮臉色陰沉著說道。

柳擎宇冷冷地道：「蔡總，我想問你，你們這個汙水處理池有沒有汙水處理的功能？」

蔡亮立刻毫不猶豫地說道：「當然有，我們這個汙水處理池可是整個蒼山市企業中處理能力最強的，這一點，市環保局都是非常清楚和放心的。市局對我們這裡也非常認可。」

柳擎宇聽蔡亮這樣說，立刻明白蔡亮這是在用話點自己啊，他是在告訴他，他們企業在市環保局都有背景。

柳擎宇不由得冷笑一聲道：「蔡總，不知道市環保局是哪位領導對你們這裡的汙水處理系統肯定過啊？」

蔡亮一聽，眉頭一皺，他已經明確暗示柳擎宇自己的工廠有背景了，這個柳擎宇竟然問到底是誰是自己的後臺，這怎麼可能告訴柳擎宇呢，不過從這句話中他也聽出來了，這個柳擎宇果真是來者不善啊。

蔡亮眼珠一轉，立刻笑著說道：「是哪位領導我忘記了，不過市局大部分領導對我們都是很認可的。我們可是納稅大戶！」

「納稅大戶？不對吧，蔡總，你是不是記錯了啊，在來之前，我曾經專門瞭解過你們這個化肥廠的納稅情況，發現近十年來，你們不僅沒有向高新區繳過一分錢的稅，還享受著高新區很多的優惠政策，不管是用水還是用電，都有相當多的優惠。」柳擎宇立刻打臉道。

蔡亮再次一愣，訕笑著說道：「柳主任啊，可能你剛到，還不瞭解情況，我們企業對當地的發展和就業做出了很大貢獻，工廠消化了將近六百多人就業呢。」

蔡亮直接來了一個乾坤大挪移，把話題給轉移了。

柳擎宇沒有上當，說道：「蔡總，你剛才口口聲聲說你們這裡的汙水處理系統很先進，那麼你能不能告訴我，你們這裡都採取了哪些措施對污水進行處理？」

蔡亮以為柳擎宇不懂，信口忽悠道：

「柳主任，我們的汙水處理系統是經過三級汙水處理的，這一級處理主要去除污水中呈懸浮狀態的固體汙染物質，採用的是物理處理法。經過一級處理的污水，BOD一般可去除百分之三十左右，這個時候，污水還達不到排放標準。」

說到這裡，蔡亮用手一指眼前的汙水處理池說道：

「柳主任，您看，這個汙水處理池負責一級汙水處理，那邊的那個汙水處理池負責二級汙水處理。二級處理主要是去除污水中呈膠體和溶解狀態的有機汙染物質（BOD、COD物質），去除率可達九成以上，使有機汙染物達到排放標準，我們目前使用的是短纖維法，懸浮物去除率達百分之九十五。

「經過二級處理之後，污水就流入那邊第三個池子裡，進行第三級處理，進一步處理難分解的有機物、氮和磷等能夠導致水體富營養化的可溶性無機物等。我們採用的是生物脫氮除磷法、活性炭吸附法。」

蔡亮侃侃而談，想要把柳擎宇忽悠過去。

然而，蔡亮剛剛說完，柳擎宇卻是淡淡說道：「蔡總啊，你是不是覺得我從來沒有幹過環保，所以想要忽悠我啊。」

蔡亮連忙擺手說道：「柳主任，看您說的，我怎麼可能忽悠您呢！」

柳擎宇冷笑道：「哦？沒有忽悠我？蔡亮，你真以為我柳擎宇什麼都不懂嗎？」

柳擎宇用手一指眼前的三個汙水處理池，厲聲道：

「蔡亮，你看清楚了，如果這三個汙水處理池是成套汙水處理系統的話，就應該處於串聯狀態，但是從眼前的情況來看，這三個汙水處理池明顯是處於並聯狀態，污水進來後，全都很快從汙水處理池進入排汙渠，根本沒有經過任何處理，僅僅是從排汙渠那邊污水的顏色就可以判斷出你們這裡的污水數值嚴重超標，而且水中還散發著濃濃的刺鼻味，氨氮等汙染要是不超標才怪呢！你放心，我很快就能給你一個明確的結果。」

說著，柳擎宇對唐智勇道：「智勇，你立刻帶人去排汙渠那邊取幾份樣本回來。我估計現在新華區環保局的人應該帶著設備趕過來了。」

唐智勇二話不說，立刻帶著自己手下人前往排汙渠採取樣本。

「柳主任，你這樣做有些不太妥當吧？新華區環保局的人根本沒有資格到我們工廠來檢測。」

柳擎宇不僅搞突襲，還把環保局的工作人員給搬來，蔡亮臉色越來越難看了。

柳擎宇淡淡一笑，說道：「蔡總，你錯了，我之所以請新華區環保局的人過來，只是為了確保檢測資料更加準確而已，異地協力廠商檢測是官場上經常採用的手法，這一點我相信你應該懂得。」

就在這時候，柳擎宇和蔡亮的手機同時響了起來。

接通電話後，兩人同時抬起頭來對視了一眼，柳擎宇質問道：

「怎麼？蔡總，難道你要阻止他們進來嗎？如果那樣的話，我不介意把這些樣本直接拿到你們化肥廠大門口外面檢測。」

蔡亮一看，只能苦笑道：「好，那就放他們進來吧。」

說完，給一旁的顧佳偉使了個眼色，顧佳偉立刻會意，假裝有事，向外面走了十幾步，一出柳擎宇等人的視線範圍，立刻拿出手機聯絡起來。

這時，新華區環保局副局長苗建軍剛剛帶著手下的兩個工作人員趕到汙水處理池處，他的手機便響了起來，苗建軍的頭一下子大了，電話是局長王志林打來的。

苗建軍抱歉地對柳擎宇說道：「柳區長，對不起，我得趕快回新華區了，我們局長說新華區有重要任務，要我立刻回去。」

柳擎宇斜眼看到正從不遠處走來的顧佳偉，心中立刻明白是怎麼回事了。

「你不用回去了，今天你的工作就是協助我們檢測好現場的各種污水數值，至於其他任何人的指示，你不用管，一切後果由我承擔，如果你們局長非得要你回去，那麼我現在就可以把他叫過來，怎麼樣？」

說完，柳擎宇凝視著苗建軍。

苗建軍聽了，心中略作權衡，便做出了抉擇：「好，我聽柳區長的。」說完，立刻招呼手下從車內搬出數台快速水質檢測儀，可以在很短的時間內測定水中各種汙染物的含量，包括COD、氨氮含量、總磷含量等。

隨後，苗建軍帶著人拿著柳擎宇和唐智勇等人從排污口、排汙渠所取得的幾份不同的污水樣本，立刻開始檢測。

看到此處，蔡亮的臉色更加陰沉了。

他萬萬沒有想到，柳擎宇竟然如此霸氣，自己都讓顧佳偉把市環保局的人請出來，想要把苗建軍請走，柳擎宇卻偏偏把他留了下來。他知道，一旦檢測結果出來，自己包括整個化肥廠都要有麻煩了。

他轉身向旁邊的值班室走去，關上門，立刻拿出手機撥打電話。打完電話，他默默地等待起來。

就在這個時候，正在做實驗的苗建軍電話再次響了起來，電話那頭，新華區環保局局長憤怒的聲音響了起來：

「苗建軍，你到哪裡了？趕快回來！現在局裡要參加市環保局組織的統一行動，就差你和你帶走的檢測設備了。快點，否則一切後果自負。」

第八章

幕後操作

他一直以兒子為榮，因為兒子不僅在開發區經營著一家化肥廠和一家農藥廠，還在市裡做一些房地產項目。最重要的是，兒子做事十分穩妥，任何項目他都不是法人代表，都找了專門信得過的人來負責，他只是躲在幕後操作。

柳擎宇距離苗建軍還有兩三米遠，就聽到王志林那充滿憤怒的吼聲了，他笑著對苗建軍說道：「苗同志，把電話給我，我來和王志林同志聊聊。」

苗建軍把手機遞給柳擎宇。

柳擎宇接過電話，態度強勢地說道：

「王志林同志，我是新華區區長柳擎宇，現在苗建軍同志包括那幾台設備暫時被我徵用了，至於你所說的什麼環保局組織的統一行動，你可以直接告訴那些給你打電話要求你這樣說的人，如果他們真的要我們新華區環保局參加所謂的行動，可以，把他們組織行動的所有資料以公文的形式發到區政府辦，區政府辦確認之後才會考慮是否參加。市環保局只有對區環保局進行業務指導的權力，沒有對區環保局吆五喝六的權力！

「當然，如果你個人有什麼想法，可以直接跟我溝通，我不許你再打擾苗同志了，他現在很忙。另外，我再提醒你，我對新華區在環保領域的表現非常不滿意，如果在一個星期之內，新華區的環保工作沒有一個很好的改觀的話，我不介意在區委常委會上提出對環保局局長一職進行調整。」

說完，柳擎宇直接掛斷了電話。

電話那頭，王志林只感覺到腦門上冷汗直冒。

他並不知道苗建軍是和柳擎宇在一起，更不知道苗建軍是被柳擎宇叫走的。他對柳擎宇昨天在常委會上超級強勢的表現卻一清二楚。

身為環保局的一把手，他的憂患意識非常強，尤其是鄭曉成下馬以後，他立刻便感覺到新區長上任之後肯定會有一連串的人事調整，他在環保局局長位置上待著挺舒服的，暫時升遷又沒戲，所以他並不想失去這個職位。

今天，他是接到市環保局局長電話後，才決定立刻召苗建軍回來的，沒想到竟然被柳擎宇當頭打了一記悶棍！

掛斷電話，王志林開始焦慮起來。

此刻，苗建軍卻感覺十分激動，從柳擎宇和王志林的對話中，苗建軍感受到了柳擎宇對他的維護，為了他，柳擎宇竟然直接和市環保局叫板，這種魄力，絕對是一個好領導才具備的。看來，自己這次站隊算是站對了。

於是，苗建軍開始更加賣力地帶著手下工作起來。

經過一個小時左右，時間已經指向了十二點半，苗建軍手中拿著幾張列印出來的資料走到柳擎宇面前報告道：

「柳區長，根據檢測，排污口樣品和排汙渠樣品的所有數值相差不大，除卻儀器誤差因素，可以斷定內外兩份樣本完全一樣，並沒有經過任何汙水處理。此外，根據現場檢測的結果來看，這家化肥廠的COD數值、總磷、氨氮數值全部超標，而且超過標準上千倍，汙染十分嚴重。」

柳擎宇用手一指汙水處理池道：「苗局長，以你專業人士的眼光來看，這些汙水處理池裡有沒有汙水處理設備？」

苗建軍使勁搖頭道：「沒有！絕對沒有！這根本就是幾個大池子堆在一起，哪裡有汙水處理設備，汙水處理設備都是可以直接看見的。」

柳擎宇怒了，目光冷冷地落在蔡亮身上，質問道：「蔡總，你還有什麼需要解釋的嗎？」

此刻，看到檢測結果出來了，蔡亮懸著的一顆心反而放了下來，淡淡說道：「沒有。」

柳擎宇點點頭，對唐智勇道：「唐智勇，現在你立刻給高新化肥廠開具處理公文，讓化肥廠立刻全面停產，等候處理。」

這時，蔡亮有恃無恐地說：「柳主任，唐局長，不好意思，我想你們忽視了一個很重要的問題，那就是我們這家化肥廠雖然在你們高新區的地盤上生產，但是我們並不屬於你們高新區，而是屬於市裡管轄，你們高新區環保局，包括高新區管委會還沒有資格勒令我們停業。」

柳擎宇冷笑了一聲，拿出手機撥通了管委會副主任秦睿婕的電話：「秦睿婕，立刻幫我查一件事，看看高新化肥廠到底是高新區的企業還是市裡的企業。」

秦睿婕辦事效率非常高，不到三分鐘便查到了結果，立刻回報道：「高新化肥廠是在高新區註冊的企業，享受稅收、土地、水電等各方面的優惠待遇。」

柳擎宇掛斷電話後，冷冷說道：

「不好意思啊蔡總，不是我弄錯，而是你弄錯了，你們高新化肥廠是屬於高新區的企業，我有權對你們這種汙染嚴重的企業做出處罰。」

蔡亮剛才那樣說只是希望柳擎宇能夠知難而退，沒想到柳擎宇竟然當場進行求證，這讓他相當不爽，他負責管理化肥廠這麼多年，還沒有誰敢在自己面前如此囂張，他也徹底怒了。

他收起之前表現出的低姿態，昂首挺胸，不屑地看著柳擎宇道：

「柳主任，不是我不配合你們，我蔡亮只不過是一個小小的總經理而已，我沒有資格下達停產指令，這件事得我們老闆親自做出決定。另外，柳主任，我提醒你一下，你的歷屆前任從來沒有人敢對我們化肥廠指手畫腳，曾經想要指手畫腳的人，都被紀委雙規或者被開除公職了。」

威脅，赤裸裸的威脅！

柳擎宇不以為意地道：「不好意思啊，我柳擎宇是個做事很執著的人，別人不敢做的、做不成的事，只要對老百姓有利，我都會義無反顧地做下去。給你們半個小時的時間，如果半個小時之內不停產，我們開發區將會對你們工廠實施停水、停電處理。」

柳擎宇笑容中帶著一絲冷冽和堅定。

蔡亮見事態自己已無力解決，便道：「好吧，那我向我們老闆請示一下。」

他走到柳擎宇聽不到聲音的地方，這才拿出手機，撥通老闆韓培坤的電話：

「老闆，柳擎宇要求我們立刻停產，否則就要停水停電！」

韓培坤聽了，頓時勃然大怒，咬著牙說道：「好，我知道了，本來我還想讓他多蹦躂蹦躂呢，沒想到現在他自己找死！」

韓培坤立刻撥通老爸韓明輝的電話：「爸，柳擎宇要求我開的那家化肥廠立刻停工，這小子也太過分了，你要好好敲打敲打他。」

蒼山市市委常委、副市長韓明輝接到兒子的電話，眉頭就是一皺。從內心深處來說，他是非常討厭柳擎宇的，卻又非常不願意和柳擎宇對上。

先前自己的親弟弟韓明強在景林縣就曾經和柳擎宇鬥過，結果敗給了柳擎宇，直接被雙規了，前段時間，李德林這個堂堂的市長想要收拾柳擎宇一下，最終也落得親自去向柳擎宇賠禮道歉才得以擺平此事。

現在，柳擎宇竟然又跟自己兒子對上了，他想要不出面都不行了。因為他就這麼一個兒子，疼得不得了，而且他也一直以這個兒子為榮，因為兒子不僅在開發區經營著一家化肥廠和一家農藥廠，還在市裡做一些房地產項目。

最重要的是，這個兒子做事十分穩妥，任何項目他都不是法人代表，都找了專門信得過的人來負責，他只是躲在幕後操作。

韓明輝聽兒子說過，化肥廠是兒子最重要的產業。房地產項目很賺錢，但是畢竟風險很大，而且資金回籠的時間相對較長，化肥廠和農藥廠卻恰恰相反。這兩個項目只要開始投產，把銷路打開，就可以坐等收錢了。

而且這兩家工廠經過近十年的經營，已經成為兒子手中的印鈔機，每年可以輕輕鬆鬆賺幾千萬。正是因為有這兩家工廠做後盾，他才可以放心大膽地在官場上做事。很多可以不收的禮和錢，他可以直接無視，從而降低在經濟上犯錯誤的機率。

不過，韓明輝沉思了一會兒，覺得自己直接介入到這次事件是非常不合適的，雖然化肥廠是自己兒子的產業這件事知道的人不多，但是如果真正認真調查下去的話，早晚會暴露的，所以他必須避嫌。

想了一會，他拿出手機撥通了李德林的電話：

「李市長，柳擎宇這小子做事也太魯莽了，他剛剛到高新區任管委會主任，就要讓高新化肥廠停產，他這根本就是胡鬧嘛！」

接到韓明輝的電話，李德林不禁一愣。

高新化肥廠是韓明輝兒子產業的事，他自然清楚，而且他還得感謝韓明輝和他的兒子，當初他主導建立高新區的時候，園區內一家企業都引不過來，他面子上十分不好過，是韓明輝的兒子帶著兩個項目和數億元的貸款在裡面開了兩家工廠，讓他獲得了政績，從而得以從常務副市長升格為市長。

韓明輝和他的兒子也十分會做人，這兩個工廠所賺的錢，數目都不菲，李德林的兒子一分錢都沒有出，每年卻能分得百分之十的乾股紅利，所以在整個蒼山市，李德林和韓明輝的關係是最近的，只不過這種關係並不為外人瞭解。

李德林接到韓明輝的電話，便明白他的意圖了，顯然韓明輝這是避嫌。李德林對柳擎宇一上任就要關停自己招商引資過來的標誌性企業也是相當不滿，這和打自己的臉沒有什麼兩樣嘛。

沉思了一下，李德林立刻對韓明輝說道：「嗯，這件事我知道了，我一會兒跟柳擎宇通個電話，瞭解一下情況。」

韓明輝聽到李德林的答覆，這才放下心來，他知道李德林這是答應出面解決此事了。

李德林思考了一下，這才撥通柳擎宇的電話。

柳擎宇正看著汙水處理池裡面那滾滾的污水，眉頭緊皺著。

聽到手機響，他拿出來一看，竟是李德林的電話。

「柳擎宇，我聽說你下令要高新化肥廠立刻停業？」李德林劈頭便質問道。

「沒錯，確有此事，我現在就站在化肥廠汙水處理池上。」

李德林對柳擎宇的性格非常瞭解，知道這小子做事十分執著，立刻拿出一副語重心長的語氣說道：

「柳同志啊，如果我猜得不錯的話，你要關停這家企業，肯定是因為這家企業對環境造成的汙染吧，我要告訴你的是，關於這點，市領導也是有所瞭解的，為什麼市裡沒有立刻關停呢？這裡面是有很多深層的考慮的。柳同志啊，希望你能夠站在更高的角度去想問題，不要武斷地做事。」

柳擎宇也不是一般人，李德林會出面，那說明李德林和這家化肥廠有些淵源，甚至有利益關係，想到這裡，柳擎宇臉上多了幾分凝重之色。

「李市長，你說得沒錯，我之所以勒令關停這家企業，就是因為他們的汙染太嚴重了，高新區的老百姓因為這家化肥廠的嚴重汙染甚至出現了癌症村！我也清楚，這家企業的存在可以解決很多人的就業問題，為蒼山市的GDP貢獻出十分耀眼的業績。但是，李市長，就業我們可以找很多種管道解決，GDP也可以想辦法通過招商引資來解決，而環境一旦被汙染，想要再恢復就難了。

「李市長，我希望您能夠真正站在領導者的角度為老百姓的利益多考慮一下，有時間到高新區的風龍村來看看吧，這個曾經有兩百多人的小村子因為嚴重的環境汙染，人口都快要滅絕了。這家化肥廠如果再不關停，恐怕還會有更多的老百姓深受其害，我必須讓這家企業關停。」

李德林的臉色刷的一下垮了下來，柳擎宇竟然一點不給他面子，還把他剛才所說的話全都給駁倒了，這讓他有些生氣。

不過，李德林知道，要是跟柳擎宇玩硬的，這小子肯定跟自己對著幹，所以，李德林眼珠一轉，婉言道：「柳同志啊，現在我們蒼山市經濟發展比其他區域要落後很多，市裡的領導壓力非常大啊，我們必須抓緊一切時間發展經濟，而我們發展經濟的最終目的也是讓老百姓得到實惠啊！

「當然啦，有些時候老百姓是會付出一些代價，但是，我們必須從整個大局來著想啊！高新化肥廠的汙染問題，你們高新區管委會就不要介入了，這件事由市裡調研組來負責，你們管委會只要做好招商引資的工作就成了！你可不要顧此失彼啊！畢竟對高新區而言，發展經濟才是主旋律！

「而且我剛剛得到消息，省裡已經決定暫時不撤銷高新區了，但是也只給高新區半年的時間，如果高新區無法在半年之內做出成績的話，還是要被撤銷的！」

柳擎宇不得不承認李德林的確是個當官的資料，他這番話可謂軟硬兼施，既在名義上拿走了高新區管委會繼續插手高新化肥廠這件事的主導權，又給柳擎宇施加了壓力，逼他把注意力放在招商引資上，一旦柳擎宇在招商引資上做出成績，他又可以得到政績，可謂是一舉數得。

柳擎宇的嘴角不由得露出一絲冷笑，強硬的反駁道：「李市長，我只部分贊同你的觀點！我認為，你觀點的核心主旨根本就是錯誤的。」

柳擎宇嚴肅的說道：「李市長，你的話中，只有我們發展經濟的最終目的是為了讓老百姓得到實惠這句話我是贊同的，但是非常可惜的是，你在這句話的前後添加了太多的限制性條件。

「我想問問李市長，憑什麼為了照顧市裡的大局，就必須要讓老百姓的利益受到損害？市裡的大局到底指的是什麼？恐怕在李市長你的觀點裡，這種大局應該是市裡某些官員的政績或者是GDP吧！

「李市長，我非常贊同我們身為官員，要努力發展經濟，甚至是拼盡全力去發展經濟，因為只有經濟發展了，老百姓才能得到真正的實惠。但是，經濟的發展絕對不能犧牲老百姓的權益為代價，不能以老百姓的身體健康為代價，也不能以犧牲環境為代價！

「李市長，你可知道，新任環保局局長唐智勇同志第一次視察就發現了癌症村，就發現了烏拉河的河水被嚴重汙染！估計過不了十年，這個村子將會徹底從地球上消失！

「您是蒼山市的市長，我現在以一個普通老百姓的身分請求您，睜開您的眼睛，下基層來好好的看一看吧！據我所知，烏拉河沿岸還有好幾個村子，這些村子的狀況我今天會全部摸底一趟。說實在的，我對這些村子的情況十分憂慮啊！

「李市長，身為官員想要上進，努力做出政績無可厚非，但是，政績的取得絕對不能以犧牲老百姓的生命和利益來換取！」

電話那頭，李德林被柳擎宇話語的嚴肅、激動和誠懇給震撼了。

對於高新化肥廠的環境汙染問題，他早就知情，不過下面的人告訴他，化肥廠已經上馬了汙水處理系統，雖然會產生一定的汙染，但是這種汙染處於可控的範圍之內，所以他也就沒有往心裡去。現在聽柳擎宇這麼說，他的心一下子顫抖起來。

癌症村啊！哪怕當地的經濟再發展，如果真的出了癌症村這樣的事，足以說明當地的領導太急功近利了，一旦被報導出去，產生的影響將會十分惡劣。

最重要的是，現在國家正在積極宣導生態文明建設，GDP在官員政績考核中的比例已經有所下降，反而是環境汙染、生態建設所占的比例有所增加，自己要想再進一步，必須在大力發展經濟的情況下，確保蒼山市的環保系統不能出大事。

柳擎宇的話一下子將李德林的心給喚醒了。他意識到這件事情的嚴重性，略微沉思了一下，沉聲道：「嗯，這件事我知道了，我會派人跟進的。柳擎宇，我看這件事你就不要管了，我會讓市環保局和市委組成聯合調查小組展開調查的。」

柳擎宇拒絕道：「李市長，對不起，對您的這個指示，請恕我不能接受。我現在是管委會的主任，我有責任也有權力對發生在高新區涉及到老百姓權益的事情進行深度關注和處理，我必須要為高新區的老百姓做主。

「當然，您也可以用其他方式，包括免職等手段把我排除在這件事情之外，但是一切都必須按照流程來走，只要我柳擎宇還在管委會主任的位置上一天，我就絕對不會不管這件事！身為下屬，我會隨時向您和市委領導報告有關這件事的進度。」

說完，柳擎宇掛斷了電話。

柳擎宇沉思了一下，再次拿起手機撥通了市委書記王中山的電話，向王中山彙報發生的情況，並表明自己的態度。

王中山臉色嚴峻地說道：「柳同志，你說的事我知道了，對此市委將會高度重視，高度關注，你該怎麼處理就怎麼處理，該調查就繼續調查，市委對你的正當處理會大力支持的。」

聽到王中山這樣說，柳擎宇這才長長的出了口氣。

這個高新化肥廠以及兩個沿岸工廠能夠在高新區存活這麼長時間而沒有人前來查處，這說明他們的後臺非常硬，至少是市委常委級別的人物，尤其是對方一個電話能夠讓新華區環保局的副局長立刻往回趕，還能讓李德林出手干涉，甚至有幫助對方掩飾的意思，這說明李德林對這件事絕對知情，更可能牽扯其中。

這種情況下，只靠自己單打獨鬥是絕對不行的，好在王中山的表態讓柳擎宇放心了不少。

柳擎宇立即喝令道：「蔡亮，再給你五分鐘的時間，如果五分鐘之內你們不立刻停產，那麼我將會直接勒令有關部門對你們採取停電、停水的措施。」

蔡亮一聽，只好把柳擎宇最後的通牒告訴韓培坤。

韓培坤態度強硬地說道：「不用管他，該生產生產，我看誰敢停水停電！」

蔡亮得到韓培坤的指示，便一句話也不說的站在柳擎宇的身邊靜靜等候著。

柳擎宇冷笑著默默不語。

五分鐘後，柳擎宇看對方沒有任何停產的意思，立刻撥打管委會電力局和水務局的電話，然而，這兩個局局長的電話竟然一直處於關機狀態，辦公室的電話也不通。

蔡亮心中暗道：「柳擎宇，別看你那麼狂，在管委會這一畝三分地上，尤其是電力系統和水務系統，你根本就玩不轉，想要卡住我們的脖子，門都沒有！」

看這個情勢，柳擎宇知道管委會電力局和水務局恐怕已經被化肥廠給收買了。

想到此處，柳擎宇冷冷的看了蔡亮一眼，隨即帶人前往附近的村莊和農藥廠、造紙廠實地勘察了一下，發現這兩個工廠和化肥廠一樣，汙染十分嚴重，而附近的村子雖然沒有風龍村那麼嚴重，但是全村癌症患者明顯比起其他地方要嚴重的多。

讓柳擎宇感覺到形勢嚴峻的是，剩下的兩家企業中，位於高新區這一側的農藥廠和化肥廠的態度一樣，根本不理會柳擎宇他們。而那家汙染嚴重的造紙廠則隸屬於路北區，不屬於高新區的管轄範圍，所以那家工廠的人就更不鳥柳擎宇了。

當柳擎宇、劉小飛等人饑腸轆轆的結束了調查之旅，眾人的臉色全都嚴肅起來。

劉小飛面色凝重地看向柳擎宇道：「看來你這個管委會主任不好當啊！僅僅是這三家汙染嚴重的企業想要擺平就夠你頭疼的了。柳擎宇，你會放棄嗎？」

「你認為呢？」柳擎宇反問道。

劉小飛沉思了一下，說道：「我相信你。」

柳擎宇笑了：「我相信你的選擇是正確的。」

隨後，眾人一起返回管委會大院。

簡單吃了點東西後，劉小飛告辭眾人，柳擎宇則來到管委會會議室內。

管委會所有委員已經全部到齊。

柳擎宇坐在主持席上，把手頭的資料遞給工作人員，隨即嚴肅地說道：

「各位，這是我和環保局的唐智勇同志一起從高新化肥廠排污口和排汙渠親自取樣進行檢測後，所得出的水質汙染參數以及現場的圖片和視頻資料，大家先看看吧！」

工作人員隨即把資料分發給眾人，又播放了柳擎宇與風龍村那位老農對話的錄音，以及在排污口所拍攝的視頻。

「各位委員們，我今天把大家召集起來，主要是想跟大家商量一件事情，那就是我們高新技術開發區要不要對園區內的高汙染企業實施停產治理的通知，我們到底是要GDP還是要零汙染的環境？

「我相信剛才大家都看過圖片和視頻了，由於這三家嚴重汙染的企業對我們轄區內的烏拉河造成了嚴重的汙染，導致沿岸村莊受到嚴重水質汙染，癌症患者增多，甚至還出現了令人震驚的癌症村。我的意見是，管委會立刻對這三家企業下達停業通知書，勒令所有企業停業整頓。大家有什麼意見嗎？」

秦睿婕馬上附議道：「我完全支持柳主任的意見，我認為高新技術開發區既然定位是高新技術，就必須有高新技術企業來入駐，這一點，柳主任已經給解決了，很快就會有不少的高新技術企業入駐我們園區，但是，我們必須要意識到一點，這些高新技術企業不僅本身就屬於環保達標企業，他們本身對環境的要求也非常高，因為誰也不願意生活在隨時可能得癌症的地方。所以，對這三家高汙染企業我們必須要全部把他們關停！」

秦睿婕說完，管委會副主任金志偉卻持不同意見道：

「柳主任，秦主任，如果現在就對這些企業實施關停，是不是太武斷了，畢竟他們在高新區已經將近十年，而且這些企業也是當初高新區籌備之初就進來的，我們現在把他們關停會不會給人一種過河拆橋的感覺？」

金志偉是市委副書記鄒海鵬的人，在開會前他就得到鄒海鵬的暗示，讓他儘量阻止柳擎宇在高新區為所欲為。所以，雖然他不願意和柳擎宇作對，但是這個時候卻不得不站出來。

管委會副主任馬義濤立刻點點頭說道：「金志偉同志說得是啊，如果我們高新區總是這樣過河拆橋的話，恐怕以後不會有多少企業願意在我們這裡落戶的。」

身為李德林的鐵桿嫡系人馬，馬義濤也不能不表態一下。

柳擎宇看了兩人一眼，臉上顯得十分淡定。管委會可是柳擎宇親自籌集的，所以對整個大局的掌控他相當有底。

果然，馬義濤發言完，管委會黨工委副書記蔡洪福便大聲說道：

「對金志偉和馬義濤兩位同志的意見我十分不贊同，什麼叫過河拆橋？難道身為管委會的負責人，我們就這樣任由如此高汙染的企業在我們的地盤上肆意汙染卻不加以管制？難道癌症村的存在和那麼高的癌症得病率還不足以讓我們警醒嗎？我認為柳主任和秦主任的意見十分正確，我們必須對這些企業實施最嚴厲的管制！」

隨後，紀工委紀書記宋加強，管委會副主任顧向偉、開發區財政局局長先後表態支持柳擎宇，管委會班子以五票對兩票絕對壓倒性的優勢通過了柳擎宇的建議。

然而，會議結束之後，秦睿婕立刻找到柳擎宇，訴苦道：

「雖然管委會班子上通過了這個決議，但是我們根本沒有任何執法力量可以讓那三家工廠停產啊，尤其其中一家還是屬於路北區的，廠區也建在路北區，根本拿他們沒有什麼辦法，即便是我們轄區內的這兩家工廠，以高新區派出所區區十個人的編制，放在哪個工廠裡恐怕根本都濺不起多大的水花啊？」

柳擎宇老神在在地說道：「沒事，這一點你不用擔心，我早有安排！要想擺平這兩家工廠，僅僅是靠我們高新區的力量肯定是不行的，關鍵還是靠上面領導的重視。我們下面必須得使勁，至少要在管委會內部統一意見，然後再向上級進行彙報，由上級來最終定奪。」

秦睿婕眉頭不由得緊皺起來，沉聲道：「你還記得當初在新華區的那次項目統籌協調之事嗎？如果李市長要是堅決反對我們的意見的話，就算是我們管委會內部統一意見了，王書記能夠在常委會上掌控全域嗎？」

柳擎宇淡淡一笑，說道：「睿婕啊，看來你還是小看了王書記了。」

秦睿婕一愣：「我小看他了？他連統籌分配這樣的事在常委會上都搞不定，難道在這種事關李德林，甚至某些地方保護主義分子利益的事情上他還能夠搞定？他有那麼大的魄力嗎？」

柳擎宇嘿嘿一笑，道：「睿婕啊，你的確小看他了。這樣跟你說吧，王書記是一個十分現實的人，這個人做事十分圓滑，如果事情不觸及到他的核心利益，一般情況下他是不會輕易出手的。但是，如果事情真的要觸及到了他的核心利益，他絕對會拼死一搏的，而且他這個人特別善於把控形勢。

「還記得當初在關山鎮的時候嗎？那時候，薛文龍是多麼囂張的一個縣長啊，最終不還是被拿下了！如果沒有王書記的支持，那根本是不可能的！

「王書記不可能不知道薛文龍的背景靠山是誰，但是他那次出手卻是穩準狠，不給鄒海鵬他們一絲一毫反抗的機會。所以，千萬不要小看一個市委書記的魄力，或許平時的時候他可以蜷縮起來，看起來是一隻溫柔的貓，但是實際上，一旦看到機會，他會立刻變成一隻猛虎的。

「我們管委會統一意見，把機會給他送上去，那麼他肯定會放手一搏的！因為這對他來說是一個十分難得的機會！這次事情如果他操作得當的話，很有可能會大有收穫！我相信他一直在等待這樣一個機會！」

聽到柳擎宇的分析，秦睿婕略微沉思了一下，隨即點點頭說道：「嗯，你說得還真是有些道理，不過柳擎宇，你想過沒有，萬一這件事涉及到的利益太深，王中山再次縮頭的話，咱們怎麼辦？難道我們就放手不管嗎？」

柳擎宇臉色一沉，眼中寒光猛的射出：

「如果王中山這次再撒手不管的話，那麼我不介意把整個蒼山市的局勢給攪動起來，我要把這件事直接捅到省委去！我要讓所有包庇、縱容這件事的人全部受到應有的懲罰！」

看到柳擎宇的表情，秦睿婕心頭就是一顫，同時也為之一暖，她感受到一股霸氣，這是一種充滿男子漢擔當的霸氣，是一種為了老百姓敢放下一切的霸氣，是一種讓她心動不已的霸氣！

秦睿婕嫣然一笑，道：「好，我會全力支持你，如果王中山真的沒有擔當的話，我不介意把這件事向我老爸說說，我就不信省裡的領導對這樣的事一點都不關心！」

以前的她，從來不願意借助父親的力量，但是這一次，她也豁出去了。

柳擎宇很快把會議決定向王中山進行了彙報，並且要求市委儘快給予幫助。

王中山接到彙報，陷入了深深的沉思之中。因為就在這段時間內，他接到了無數個求情電話，要求他在工廠汙染的事情上高抬貴手。

打這些電話的，有市裡的副市長，也有兩名常委，甚至還有省裡的人，這些人的紛至遝來，讓王中山感受到了極大的壓力。

然而，真正讓王中山感覺到頭疼的，卻是柳擎宇剛才所彙報的那些情況。

癌症村、嚴重的水質汙染，這些問題竟然發生在蒼山市的地面上，這是極其危險的，尤其是癌症村的存在一旦公佈出去，恐怕整個蒼山市市委班子的形象都將受到嚴重打擊。

一般情況下，很多官員在這種時候往往採取的是壓制手法。也就是說，要把整個事情控制在極小的一個範圍之內，絕對不能讓外界知道。

不過王中山對柳擎宇的性格非常清楚，他知道，這一次柳擎宇是動了真怒了，如果自己不能很好的處理這次事件，恐怕柳擎宇真的要掀起一場風暴。

隨著自己與柳擎宇之間互動越來越多，王中山真真切切的感受到這個傢伙強大的破壞力。

心中權衡良久，王中山緊握著拳頭，自言自語道：

「不行，這次不能再有任何妥協了，要是妥協的話，柳擎宇會徹底對我失去信心；而且，現在是自己在蒼山市針對李德林一派發起反擊的最佳機會。」

想到這裡，王中山撥通了市委秘書長的電話：

「葉明宇同志，立刻召集所有常委們，半個小時後到會議室召開緊急常委會，討論有關烏拉河沿岸三家化工廠嚴重汙染問題，同時通知柳擎宇列席本次常委會。柳擎宇趕到之後立刻開會。」

「好的，我馬上通知。」葉明宇答應道。

當葉明宇通知柳擎宇要開會的時候，柳擎宇已經坐上車，在前往市委大院的路上了。他早料到王中山會召開緊急常委會來討論這件事，而且會把自己給叫去。

王中山這樣做的目的，柳擎宇心知肚明，他是想要讓自己在常委會上衝鋒陷陣，把自己當槍使，不過他並不介意，因為這是他說服常委們痛下決心整頓烏拉河汙染的唯一機會。

半個小時後，當柳擎宇快步來到會議室時，其他常委們已經都到齊，就差他一個人了。

「不好意思啊王書記，各位領導，我來得晚了。」柳擎宇歉意的道。

「沒事，你從高新區回來，路程比較遠，半個小時內能夠趕到已經非常不容易了。好了，現在我們開會吧。開會前，請柳擎宇同志先把烏拉河沿岸的汙染情況給大家闡述一下。」王中山指揮道。

柳擎宇打開他和老農的對話，又把三個工廠排汙口以及走訪癌症村的視頻給所有常委們放了一遍。這才沉聲道：

「各位領導，請大家看看，這三家企業將近十年的嚴重汙染行為，已經讓原本清澈見底、魚蝦滿塘的烏拉河成了一條臭氣四溢、沿岸村民幾乎無法生存的罪惡之河，各位領導，難道這樣嚴重的汙染還還不需要大力整頓嗎？」

王中山沉著臉，悲憤地說道：「各位同志，柳同志剛才播放的這些資料大家都看到了，也聽到了吧？我不知道大家是怎麼想的，但是我想要說的是，這三家企業如此嚴重的汙染，已經對我們蒼山市高新區以及烏拉河沿岸的老百姓造成了極惡劣的影響，我認為必須對這三家大型工廠進行嚴厲整頓，勒令他們立刻停產！」

王中山說完，鄒海鵬立刻說道：

「王書記，我同意你的意見，對這些工廠的汙染，我們必須要大力整理，但是，我們也得注意另外一個問題，那就是這些工廠對我們蒼山市的貢獻，包括當地的就業問題以及年度ＧＤＰ指數，所以我們的確應該整頓，但是不能立刻讓他們停業，而是應該一邊生產，一邊對他們的管理層進行環保意識培訓，同時要求他們加強對汙水處理系統的建設。只有這樣才能達到雙贏！」

韓明輝接口道：「我非常贊同鄒書記的意見，這三家化工廠是當初高新區剛剛成立的時候作為重點企業引進高新區的，當初人家對我們高新區建設大力支持，極大的緩解了當時市委市政府招商引資的壓力，王書記，我們不能做過河拆橋的事啊，否則以後誰還敢在我們高新區甚至蒼山市進行投資啊！」

政法委書記董浩也跟進說道：

「我也贊同韓明輝同志的觀點。據我所知，其他城市類似這三家企業的企業很多，我也沒有看到哪個地區對那些工廠實施停產的措施啊，環境汙染要治理，但是必須注意方法，我們不能讓投資商對我們的政策延續性失去信心啊！」

「我也同意韓同志的意見。」市委宣傳部部長王碩亦出聲道。

短短幾分鐘的時間，便有四個人對王中山的意見表示了反對，這還不包括李德林。一下子，常委會的氣氛立刻緊張起來。所有人都知道，今天絕對是王中山和李德林又一輪重量級的較量！

其他的常委們都在思考自己的立場問題。王中山臉上的表情也有些凝重起來。

就在這個時候，柳擎宇突然站起身來看向王中山說道：

「王書記，我可以談談我的意見嗎？」

看到柳擎宇要說話，鄒海鵬立刻怒斥道：

「柳擎宇，這裡是市委常委會，不是你們區委常委會，你今天只是列席會議，哪裡有你發言的分！」

鄒海鵬早就對柳擎宇不爽了，一直沒有找到合適的機會去打擊他，看到柳擎宇竟然想要在市委常委會上發言，豈能放過這個機會。

然而，王中山今天之所以要把柳擎宇給帶到常委會上，看重的就是柳擎宇這種初生牛犢不怕虎的精神！

所以，王中山制止道：

「鄒海鵬同志，你這樣說就有些過分了，不管怎麼說，柳擎宇同志是高新區的管委會主任，高新區出現這樣嚴重的環境汙染問題，他有表達意見的權利，我們身為市委領導，必須傾聽來自基層的呼聲，否則，我們只是閉門造車的話，怎麼能夠做出最正確的決策來呢？」

說完，王中山看向柳擎宇道：「柳同志，你有什麼意見儘管說，今天你雖然只是列席會議，沒有任何表決權和決策權，但是你可以暢所欲言，畢竟，環境汙染是發生在你們高新區。」

看到王中山直接定了調子，鄒海鵬也只能偃旗息鼓了。

柳擎宇站起身來，沉著臉道：「各位領導們，尤其是鄒書記、韓副市長、董書記，請你們先不要強調這三家重汙染企業對蒼山市的GDP貢獻，或者對就業的貢獻，我想問問大家，大家知不知道，這三家企業對我們蒼山市整體環境的破壞有多少？他們到底給蒼山市老百姓帶來的是什麼？」

說到這裡，柳擎宇把聲調提高了好幾度，聲音中帶著憤怒說道：

「各位領導們，據我所知，這三家企業每年向我們高新區財政上繳的稅收是零元，向市財政上繳的稅也是零元，他們的土地是免費占用的，水費和電費也都只有其他企業價格的一半！

「這些企業老闆們自己賺得盆滿缽滿，但是給我們高新區和烏拉河沿岸帶來的卻是嚴重的汙染和癌症患病率高發村，各位領導，我想問一問，**這樣的企業到底對我們蒼山市有什麼好處？對蒼山市的老百姓有什麼好處？難道僅僅是為了他們所貢獻的那麼一點點GDP就可以如此縱容他們嗎？**

「這些企業的確是賺錢，但是他們賺的是老百姓的血汗錢啊，他們賺的錢是用老百姓的身體健康和環境的嚴重汙染換來的！說的嚴重一點，他們賺的是斷子絕孫的錢啊！

「我不是在危言聳聽，癌症村已經證明了這一點！各位領導，如果你們真的是因為他們所貢獻的那麼一點點GDP就縱容他們的話，我柳擎宇可以在這裡向你們承諾，給我半年時間，我能拉來貢獻兩倍甚至三倍GDP的企業過來！這樣能不能讓你們下定決心來整頓這些企業？

「如果有人非要說什麼過河拆橋，我認為這個理由根本就不成立！說句不好聽的話，當初把這些企業引入高新區的領導就是一個外行，就是在瞎搞！既然成立的是高新技術開發區，為什麼要把這樣產能落後、汙染嚴重的企業引入高新區呢？

「各位知道為什麼這麼多年來高新區一直搞不起來嗎？就是因為這些高汙染企業的存在！」

會議室內，眾人的臉色全都變了，尤其是李德林、韓明輝這些曾經參與過高新區建設的領導們，看向柳擎宇的目光中多了幾絲憤怒，幾絲怨恨，柳擎宇剛才的話簡直就是直接打他們的臉啊！

「柳擎宇，你在胡說八道什麼？高新區的問題比你想像的要複雜多了，你不要在這裡武斷發言，臆斷指責！你不過是一個小小的管委會主任而已，還輪不到你在市委常委會上指手畫腳！」

看到柳擎宇越說越不像話了，鄒海鵬毫不猶豫地斥責道。

柳擎宇冷冷一笑：「鄒書記，我並沒有在指手畫腳，而是在陳述一個簡單的事實！你說得沒錯，我不過是個小小的管委會主任而已，雖然是新華區的代理區長，但是現在的級別也只是副處級，根本沒有資格在常委會上發言。但是，身為老百姓的一員，我認為我有權利把我的想法告訴各位領導！

「因為我認為，高新區的汙染問題如果再不整頓，後果將會十分嚴重！尤其是一旦癌症村的事情被曝光，將會在全省，甚至是全國引起各路媒體的關注！到那個時候，一旦高層關注起這裡來，恐怕各位領導都未必好受！我認為我有必要提醒一下各位領導，我們應該防患於未然啊！」

李德林、鄒海鵬等人不禁一凜，事情要是曝光，至少主管環保的副市長肯定要被免職，就連李德林這個市長也很危險。

會議室一下子陷入沉寂之中。每個人都開始盤算起來，一旦事情曝光後，自己應該如何應對。李德林也不例外。

王中山突然說道：「柳擎宇，你是高新區管委會的主任，你認為針對這三家企業應該如何處理？」

這時候，原來對柳擎宇十分不屑的很多常委們，包括李德林在內，都把目光聚焦到柳擎宇的身上。

他們突然意識到，柳擎宇是一個非常不錯的替罪羊啊！只要把這件事交給柳擎宇去處理，那麼即使曝光了，他們身上的責任也會小很多，至少不需要擔心自己的烏紗帽了，頂多把柳擎宇的烏紗帽摘了就可以了。

就聽柳擎宇道：「不好意思啊，王書記，剛才鄒書記說了，我沒有在常委會上指手畫腳的資格啊！我所要表達的東西都已經表達了，以後該怎麼做，就聽各位領導的，我一切唯各位領導的指示行事！就算癌症村的事真的曝光，我也會實話實說，絕對不會有任何隱瞞的。」

李德林心裡腹誹道：柳擎宇這是想要推脫責任啊。你小子想跑，這怎麼能行呢！

李德林馬上換了語氣道：「柳擎宇同志，你是管委會的主任，是管委會的最高行政長官，也是管委會最權威的負責人，現在這三家企業大部分是在你們管委會的地面上，所以，你的處理意見很重要啊！」

聽李德林這麼說，鄒海鵬、董浩等人也猜想到李德林的策略了，顯然李德林這是要給柳擎宇下套了，準備一旦出事，就把柳擎宇推出去當替罪羊的節奏啊！

鄒海鵬殷勤地對柳擎宇道：「柳同志啊，我剛才說的那些話其實是氣話，我現在就向你道歉，你不要在意。李市長說得不錯，你是管委會的主任，如何處理這些企業，你們管委會有很大的自主權，我們市裡會對你們管委會的處理結果給予大力支持的。」

為了自己的烏紗帽，鄒海鵬也不得不放下顏面，想辦法把柳擎宇給裝進圈套裡去。

此時最為鬱悶的是韓明輝。因為他最希望的就是市裡堅持不對那些企業進行處理，否則兒子就會遭到嚴重損失！停產一天得少賺好幾萬，甚至數十萬啊！

聽到鄒海鵬的話後，柳擎宇苦笑著說道：

「鄒書記，你剛才說的話有問題啊，雖然對烏拉河沿岸造成汙染的企業有三家，但是實際上，真正屬於我們高新區的只有兩家，還有一家建在路北區的地面上，但是排汙水卻是往烏拉河裡排，這也是我為什麼要找各位領導幫忙協調的原因，因為這件事還涉及到了路北區！」

李德林一聽竟然還有路北區的事，臉色就沉了下來。因為路北區區長陸振豐可是他的嫡系人馬，如果陸振豐因為環保事件被拿下的話，自己還有可能會受到牽連。

李德林眼珠一轉，計上心頭，趕忙說道：

「柳同志，我看這樣吧，雖然那個汙染企業是屬於路北區的，但是由於烏拉河處於高新區和路北區的中間地帶，為了防止以後再出現這種情況，同時也為了高新區未來的發展，我提議，把烏拉河沿岸範圍內的土地也全部納入高新區的版圖裡，這樣也方便你們對汙染企業進行管理。」

說到這裡，李德林看向眾人道：「大家覺得我這個提議怎麼樣？」

「我同意！」鄒海鵬第一個表示同意，其他常委紛紛表示贊同。

王中山也毫不猶豫的投了贊同票，只不過他的想法卻和李德林不同，他認為擴大高新區的管理範圍對柳擎宇是比較有利的。而且他相信，柳擎宇今天絕對是有備而來，否則的話，以這小子絕對不吃虧的個性，此刻肯定早就炸窩了，根本不可能如此平靜的坐在那裡任人宰割。

王中山猜得不錯，柳擎宇聽到李德林的提議後，臉上顯得十分平靜，心中卻冷笑起來：「李德林啊李德林，你這個老傢伙看來是沒安好心啊！將來有你哭的時候！」

第九章

釜底抽薪

韓明輝接到韓培坤的電話之後，臉色十分難看。他千算萬算，把柳擎宇他們所能夠採取的手段全都想到了，並且佈局好了，就是沒有料到柳擎宇竟然會玩這種釜底抽薪的把戲，直接把他們逼到了一個十分尷尬的位置上。

由於王中山、李德林等人各自心中想法不同，卻又同時希望讓柳擎宇來主導對這三大企業的處理，最終很快達成了協議，整個烏拉河以及沿岸五百米內的區域全部劃入高新區。

如此一來，李德林保住了自己的鐵桿嫡系陸振豐，免得他陷入未來有可能的麻煩之中，同時又把柳擎宇徹底綁在了這件事情上。如果柳擎宇處理得好，那麼自己這個市長有功勞可拿；處理不好，也可以推脫責任，就算癌症村的事曝光，自己也多了許多迴旋空間。

然而，等眾人表決完後，李德林看向柳擎宇，卻發現柳擎宇坐在那裡一言不發，趕忙問道：「柳擎宇同志，現在這三家企業都歸你們高新區來管理了，你還有什麼不滿嗎？」

柳擎宇抱怨道：「李市長，實話跟您說吧，就算您把整個路北區都歸我們高新區管，我也無能為力啊，以我們高新區的力量，別說是三個工廠了，就算是一個工廠都處理不了！我早就對高新化肥廠下達過停業通知，他們根本就不鳥我們，我們和稅務局和電力局協調，要求他們給高新化肥廠斷水斷電，結果人家也不理我們，就我們這種力量想要處理這三家企業，無異於紙上談兵啊！

「李市長，要不您還是把我這個管委會主任撤了得了，我現在要兵沒兵，要將沒將，和光桿司令沒什麼兩樣，想要發展高新區卻根本無法樹立起威信來，這管委會主任真是沒法當了啊！」

柳擎宇一臉沮喪的樣子。

李德林聽了，心中暗爽起來。看來柳擎宇這個管委會主任當得很窩囊啊！

不過柳擎宇竟然想要辭去這個管委會主任的職位，這可不行！現在絕對不能讓柳擎宇辭去這個管委會主任職位！現在三大企業嚴重汙染問題已經浮出水面，這時候柳擎宇如果辭職了，就算是有編制誘惑，恐怕別人也不願意去啊。

尤其是柳擎宇這小子做事十分狡詐，萬一他辭去管委會主任一職後，立刻把這件事情捅出去，市委市政府會立即陷入麻煩之中啊。

所以，不管從哪個角度來看，讓柳擎宇留在管委會主任一職上對自己是最為有利的，至少以後癌症村事件曝光還有柳擎宇這個替死鬼擋在最前面啊。

想到這裡，李德林違心地安撫道：「柳同志，對你的工作能力我相當欣賞，你是一個踏實肯幹的好同志，當然啦，我也知道，現階段你們高新區的執法力量十分薄弱，這也是沒有辦法的事，不過你放心，這個市裡會盡力幫你們解決的。而且那麼多的企業都等著入駐高新區呢，沒有你掌舵也不行啊，我相信你肯定會顧全大局的！」

這回李德林破天荒的對柳擎宇給予了肯定，甚至還給柳擎宇戴了好幾頂高帽，他的這種作態讓王中山頗為意外。不過想明白李德林的打算後，王中山心中卻得意的笑了。

柳擎宇一副勉為其難地表情道：「謝謝李市長的鼓勵和肯定，看來這高新區管委會主任的位置我還得撐下去啊！」

李德林使勁的點頭道：「嗯，從大局出發，必須得你在高新區掌舵才行啊！」

柳擎宇猶豫了一下，趁勢道：「李市長，各位領導，要我繼續掌管高新區也不是不可以，不過為了能夠處理好這件事，我希望市裡能夠給我們高新區一些支持。」

「需要什麼支持你說吧，只要你能夠處理好，確保所有投資商順利入住，市裡對你的合理要求會重點考慮的。」王中山突然語氣沉重地道：

「柳同志，我聽到一個消息，說是有投資商認為烏拉河的汙染太過嚴重，恐怕有損企業形象，都在考慮撤資呢，這可不是個好現象啊，你要積極處理好這件事，千萬不能讓那些企業再撤資了啊，否則我們蒼山市真的要出名了。」

李德林聽了心頭一顫，他也隱隱聽說有這樣的消息，但是並不以為意，他以為這是柳擎宇放出來的風聲，但是今天看來恐怕沒有那麼簡單，所以此刻他更加堅定了要把柳擎宇安在高新區管委會主任這個位置上了！

柳擎宇一臉無奈地道：「王書記，這一點我真的不能保證啊！我也曾經跟那些投資商交涉過，他們雖然看好高新區未來的發展，但是對汙染問題又十分擔憂，除非我們能夠處理好這個問題，不然那些投資商一定會停止投資的。」

王中山心中暗道：這小子真是狡猾啊，你以為我不知道你和那些投資商的關係嗎？他們怎麼做還不是你一句話的事?!

不過王中山也很明白，交情關係是一回事，如果在硬體環境上不過關，以後合作上肯定會出現各種各樣的問題，所以王中山並沒有多說什麼，而是看向李德林。

李德林知道王中山在等自己表態，只好說道：「柳同志，那你說說看，你有沒有辦法來解決這些問題，如果能解決，你有什麼條件？」

柳擎宇沉聲道：「我認為要想解決汙染問題，必須由市裡出面，組成一個聯合協調小組，這個協調小組要囊括公安、工商、環保、稅務、紀委五大部門，由紀委孟書記親自擔任組長，才能增加調查小組的分量；由我擔任副組長。至於其他協調部門最少也要派出一個副局長進入聯合調查小組。只有如此，才能真正的解決。」

柳擎宇不過是一個小小的副處級幹部，竟然敢在市委常委會上大放厥詞，這不是在開玩笑吧？

此刻，連王中山都感覺到十分意外，看向柳擎宇的眼神中多了幾分疑惑和不解。

在他看來，即便是成立聯合處理小組，也應該是由他這個市委書記來擔任組長啊，但是柳擎宇卻偏偏提議由孟偉成來擔任組長，這小子到底是怎麼想的呢？

李德林也被柳擎宇的大膽提議給嚇了一跳。然而，李德林卻沒有太大的反對，原因很簡單：王中山沒有進入這個協調處理小組！

如果王中山進入這個小組的話，肯定是擔任組長，自己頂多就是擔任副組長，真要做什麼決定，肯定以王中山的意見為主，以王中山這隻老狐狸的狡詐，如果發現這三家工廠背後的那些東西，絕對不會放過打擊自己的機會。

不過由孟偉成擔任組長，他卻沒有這個顧慮，因為孟偉成一向持中立立場，只在意他紀委這一畝三分地的事，對他與王中山的鬥爭興趣不大。所以，由孟偉成來擔任組長他反而可以接受。

而且柳擎宇所提到的公安、稅務、環保、工商等部門，他都有可以信任的人，如果運作得當的話，他可以在協調小組內安插耳目，時刻掌握小組的動向！

眾人中，最感到意外是是紀委書記孟偉成。

他沒有想到柳擎宇竟然會推薦自己擔任協調處理小組的組長。不過他略微思索一下，便明白是怎麼回事了。出於對柳擎宇的信任，他相信柳擎宇絕對不會無緣無故的把自己拖進一個泥潭裡的。

所以，在眾人的沉默中，孟偉成笑著說道：

「呵呵，真沒有想到，柳同志竟然把我給拖進來了，不過呢，看在柳同志一心想要為市裡解決環境汙染這個十分嚴峻的問題，我倒是不介意出來幫忙協調一下，就是不知道王書記和李市長到底是什麼態度？」

孟偉成的表態讓所有常委們都感到十分意外。

因為大家都心知肚明，這三個化肥廠的背後至少站著一個韓明輝，還有一個環保局局長，而環保局局長的背後則站著一個鄒海鵬，所以要想處理那三家汙染企業，弄不好就要得罪三位常委，絕對是個燙手山芋，一般人是不會往上湊的。

就是這個別人想躲都來不及的事，孟偉成竟然直接表態願意介入此事！

李德林聽了孟偉成的表態後，眉頭不由得皺了一下。

雖然他非常願意把柳擎宇推到前臺去當替罪羊，但實際上，他並不希望這件事能真正的解決，懸在半空中才是他最希望看到的，這也是他一直對柳擎宇表面上示好的原因，現在孟偉成的突然介入讓他產生了警惕。

這時，王中山笑道：「嗯，我看柳同志的意見挺不錯的，我和李德林同志都不太適合擔任這個組長，既然孟偉成同志願意辛苦一趟，我看這是很好的一件事。李德林同志，你不會反對吧？」

李德林知道，這時候自己還真不能反對，否則柳擎宇萬一要是撂挑子了，自己還真很難找到一個替罪羊了。

所以，李德林心中略微權衡了一下，便點點頭說道：「嗯，我同意，既然是由孟同志擔任這個處理小組的組長，我相信這件事解決有望了。

「不過，我這裡也談一點要求，在這件事的處理上，必須要考慮到這些企業曾經為我們蒼山市的經濟發展做出貢獻，做任何事不能一刀切，必須要實事求是的來看待問題。」

孟偉成聽了說道：「嗯，李市長的話很有道理，我們這個協調處理小組一定會本著公平公正的態度來處理這件事的。」

很快，在眾人達成一致意見的前提下，高新區汙染事件協調處理小組的提議正式獲得通過，並且由市委常委、市紀委書記孟偉成來擔任小組組長，柳擎宇擔任副組長，並且即日起立刻組建協調處理小組，小組成員由五大部門各自派出副局長級別的官員及各兩名下屬進行配合。

散會後，孟偉成把柳擎宇喊到了自己的辦公室。

「小柳，這邊坐吧！」孟偉成招呼道。

「孟叔叔，不知道您把我喊來有啥指示？」

孟偉成笑道：「小柳啊，在處理這三家企業的問題上，你有什麼想法沒有？先跟我說一說，讓我也有個心理準備！別看我外表老了，心可沒老，我總覺得你這在這件事情上似乎留有很多後手啊！」

柳擎宇嘿嘿一笑，道：「孟叔叔，您果然厲害，我的小心思還是沒能瞞過您啊！孟叔叔，我非常清楚，這三家企業背後站著的人絕對不是我能夠惹得起的，這也是我把您給搬出來的主要原因。不過呢，把您搬出來，絕對不是讓您來衝鋒陷陣的，而是……」

接著，柳擎宇把自己的規劃和孟偉成說了一遍。

孟偉成的眼神裡充滿了震驚，和不可思議。他知道柳擎宇很厲害，卻沒有想到柳擎宇這一次竟然玩得這麼大，佈局佈得這麼深。

這小子竟然從招商引資就已經開始佈局了，雖然這些佈局並不是他有意而為之，但是卻一環緊套一環。

真正讓孟偉成震驚的還是這些佈局的真正目的，他相信，如果柳擎宇的佈局真要是成功實現的話，恐怕轟動的不僅僅是蒼山市，不僅僅是白雲省，甚至是整個中國。

震驚過後，孟偉成看向柳擎宇的眼神中又充滿了深深的欽佩。

他在紀委這條線上已經混了很多年，優秀的幹部見過不少，貪官污吏也看過不少，卻從來沒有看到過一個像柳擎宇這樣能夠如此深謀遠慮的年輕幹部！一個如此充滿責任感的年輕幹部！

孟偉成沒有一絲一毫的猶豫，爽快地道：「好，柳擎宇，你儘管放手去做吧，我全力支持你！」

有了孟偉成的承諾，柳擎宇衝著孟偉成深深的鞠了一躬，感激地說：

「孟叔叔，謝謝您，您冒著那麼大的政治風險支持我，我唯一能夠做的就是盡我的全力把這件事情做好，讓更多的老百姓因此而受益！」

孟偉成讚許道：「小柳啊，你能夠有這份心，我就心滿意足了！當官本來就是一門風險很大的技術活，誰也不能保證自己不會出現一些疏漏！但是我非常認同你的觀點，我們這些當官的，如果能夠為了老百姓的利益而承擔一些風險，哪怕我們所做的事情最終失敗了，我們也可以無怨無悔！」

柳擎宇使勁地點點頭。

有了孟偉成牽頭，整個協調處理小組組建的非常快，當天晚上便組好，並且舉行了小組的第一次聚餐，聚餐由柳擎宇買單。

除了柳擎宇和孟偉成外，有工商局的副局長朱新興，電力局的副局長趙小林、稅務局的副局長周樹林、環保局的副局長季啟亮，還有紀委副書記顧建明。

第二天上午九點整，眾人在高新區管委會大院集合完畢，便分乘三輛大巴車浩浩蕩蕩的殺往高新化肥廠、高新農藥廠以及造紙廠。

高新化肥廠已經得到內線消息，知道處理小組要過來檢查，所以當天便停產，美其名曰機器檢修。

在總經理蔡亮看來，他這一招用出，處理小組將會一點辦法都沒有。其他兩家工廠也都停產，沒有一滴污水排出來。

然而，他們沒有想到，柳擎宇昨天晚上就通知眾人今天要去高新化肥廠檢查是故意的！

沒錯！柳擎宇就是故意的！

眾人兵分三路，柳擎宇和孟偉成去的是高新化肥廠，秦睿婕和環保局局長去造紙廠，紀委副書記顧建明、高新區環保局局長唐智勇則是去農藥廠。

當柳擎宇和孟偉成來到高新化肥廠的大門口時，高新化肥廠可謂是張燈結綵，佈置的十分隆重，門口更是立著一幅橫幅，上面寫著歡迎市領導前來蒞臨指導。

總經理蔡亮和法人代表左小詞，率領著高新化肥廠的領導層站在大門口外面列隊歡迎。

韓培坤是一個極其聰明的人，雖然他是兩家工廠的幕後老闆，但是他從來不在公開場合露面，就連兩家企業的法人代表，他也找的是兩個不同的朋友來擔任。這樣一來，即便是真的出事了，誰也查不到他的頭上去。他不需要承擔任何法律責任。

孟偉成看到蔡亮和左小詞後，輕輕的和他們握了握手，臉上沒有一絲笑容，眾人被迎進了會議室。

會議室內，桌上早已經擺滿各式各樣的水果和點心，還有茶水，蔡亮殷勤地招呼道：「各位領導遠道而來，咱們先坐下來休息一會，飯局我們已經安排好了，等吃完飯我們再向各位領導彙報工作。」

這時，孟偉成擺擺手說道：「不用了，我現在先宣布幾條紀律。所有人員請把身上的手機、平板等物品拿出來，交給小蘇和小王。」

蔡亮一愣，皺著眉頭說道：「孟書記，這樣不好吧，萬一要是耽誤了工作豈不是麻煩？」

孟偉成臉色立時沉了下來：「怎麼，我們檢查小組都不怕耽誤工作，難道你們工廠還怕耽誤工作？」

蔡亮敢在柳擎宇面前囂張，卻不敢在孟偉成面前囂張，因為孟偉成是紀委書記，所以連忙道：「不敢不敢，我只是那麼說罷了，所有人都聽著，立刻把這些物品都拿出來擺在桌上。」

蔡亮一副配合的樣子，說話時，卻向副總經理顧佳偉偷偷使了個眼色，對方立刻會意。

很快，眾人把通訊工具都交了上來。

柳擎宇緊盯著顧佳偉道：「這位同志，你的通訊用品交出來了嗎？」

「當然啦，柳主任，要不你過來搜搜？」顧佳偉笑道。

柳擎宇看向蔡亮說道：「蔡總，你們有些人員似乎不怎麼配合，把孟書記的指示當成耳邊風啊？難道真的要我們去搜嗎？蘇警官可是市刑偵隊的副隊長。」

蔡亮不由得老臉一紅，沒想到被柳擎宇點破，他只能對顧佳偉說道：「老顧，你是不是還有什麼沒有拿出來啊？」

顧佳偉眼見自己的計畫落空了，只好一拍腦門說道：「哎呀，你看我這記性，我差點忘了，我還有一支手機放在褲兜了，平時很少用，所以幾乎忘了。」一副十分自然、毫無羞愧的把手機拿了出來。

然而，柳擎宇卻並不滿意，冷冷的掃了一眼其他人道：「蔡總，是不是非得讓蘇警官去搜一搜啊，你們的工作人員就不能主動配合一點嗎？還有三個人身上有通訊工具，需要我一一點出來嗎？」

蔡亮嚇了一跳，柳擎宇到底是怎麼知道其他人身上還有通訊工具的？他只好指示道：「還有誰沒有上交？快點！」

果然，又有三個人把手中的 ipad 或者手機繳了出來。

柳擎宇這才把目光轉回來，對同行的工作人員說道：

「麻煩大家也把自己的通訊工具交出來，我們不能只要求工廠方面上繳通訊工具，自己卻不以身作則！」

他們這個小組，包括電力局的副局長趙小林，以及兩名環保局的工作人員，還有兩名紀委工作人員，八名公安人員，小蘇和小王都是公安人員，他們是孟偉成的嫡系人馬，公安的八名工作人員就是由他們帶來的。這也是為什麼孟偉成讓他們留下來的原因。

趙小林不悅地說道：「柳同志，我看完全沒有這個必要吧？我們都是處理小組的成員……」

趙小林還想再說什麼，卻直接被孟偉成給打斷了：「趙同志，請你照柳擎宇同志說的做，這是我的意思。」

趙小林一看孟偉成出面了，也只能收住，十分不情願的把手機交了出來。

他和李德林關係十分密切，能夠進電力局也是走了李德林的關係，本來他還想等柳擎宇他們動機清楚之後，快速給李德林報信呢，卻沒想到柳擎宇竟然玩了這麼一手。

見柳擎宇如此雷厲風行，其他檢查小組的工作人員也不敢拖延，都把手機交了出來。這些手機都集中到蘇警官和王警官的手中，他們直接把手機都給關機了。

隨後，孟偉成讓蔡亮在前面帶路，直奔財務部。

財務部很快就到了，裡面，四名工作人員正在忙碌著。

進門後，孟偉成用手一指道：「來人，立刻把這四名工作人員連同所有帳簿一起全部帶到大巴上。」

孟偉成這話一說出來，蔡亮腦門立刻冒汗了。公司的帳簿上有公司最重要的財務往來，很多事情一目瞭然。尤其是快年底了，正處於做帳對帳的關鍵時期，這個時候把帳簿帶走是最致命的。

蔡亮連忙抗議道：「孟書記，這樣做不妥吧，現在正值我們公司財務往來最繁忙的時期，帳簿被帶走，會影響到我們企業的正常業務往來啊！」

孟偉成沉聲道：「蔡亮同志，你不用擔心，只要你們公司沒有什麼問題，我們肯定會很快還給你們的。哦，對了，你這麼一說，我突然想起一件事來，我還有一個電話忘記打了。」說著，孟偉成撥出一個電話吩咐道：

「小孫，立刻讓銀行凍結高新化肥廠的所有資金，沒有我的指示，任何人不准擅自啟動。」

蔡亮的腿不自覺地顫抖起來。看來協調處理小組這一次是玩真的，這是要把工廠往死裡整啊！

然而，事情到這裡並沒有結束。

柳擎宇又說道：「蔡總，請你帶我們去倉庫再走一趟吧！」

聽柳擎宇說要去倉庫，蔡亮的心頭更加不安了，可是身邊跟著六名荷槍實彈的員警，不去也不行，他只能硬著頭皮帶柳擎宇他們趕往倉庫。

此刻，另兩路人馬也在做著和柳擎宇同樣的工作，其他兩家工廠的帳本和倉庫所有往來資料全部被封存帶走。

直到柳擎宇帶著滿滿一車的資料離開一個小時後，蔡亮等中高層領導才全部恢復自由。

拿到手機後，蔡亮第一個動作便是開機，把這裡發生的事立刻向老闆韓培坤報告。

韓培坤聽了，氣得暴跳如雷，嘴裡不斷大罵柳擎宇和孟偉成。

然而，他很快就冷靜下來，知道事情發展到這種程度，已經不是自己能夠玩得轉的了，得趕快跟老爸韓明輝說一聲。

韓明輝接到韓培坤的電話之後，臉色十分難看。他千算萬算，把柳擎宇他們所能夠採取的手段全都想到了，並且佈局好了，就是沒有料到柳擎宇竟然會玩這種**釜底抽薪**的把戲，直接把他們逼到了一個十分尷尬的位置上。

形勢實在是太嚴峻了。

怎麼辦？怎麼辦？現在這些資料只是剛剛到柳擎宇他們手中，一時半會肯定還查不出什麼東西來，但是當各種往來帳目被理清楚後，兒子和幕後的股東肯定都會被一一揪出來的。

韓明輝凝思良久，考慮到單靠自己肯定是無法擺平這件事了，無奈之下，只能來到李德林的辦公室，把情況向李德林進行了詳盡的彙報。

李德林聽了，心中也有些害怕了。因為他的親人也牽扯其中，一旦事情暴露，他弄不好都要受到牽連啊。

就在李德林他們坐困愁城的時候，鄒海鵬走了進來。

鄒海鵬本來是過來向李德林彙報工作的，立刻被李德林給拉入到討論中，平時鄒海鵬本就是他們這個鐵三角聯盟中的狗頭軍師。最重要的是，鄒海鵬的小舅子也涉及其中。

聽韓明輝說完情況之後，鄒海鵬沉思了一會，猛的抬起頭來，眼中露出一絲陰鷙之色，說道：「李市長，這件事其實解決起來並不一定多麼複雜，據我所知，現在可是冬天，天乾物燥的，還有西北風，那些資料不可能一直放在車上，肯定要搬到某個房間吧，要是房間因為電線走火發生火災的話，那些資料不就付之一炬了嗎？就算是車上也不一定安全啊，現在經常發生汽車自燃事件，我們得提醒一下柳擎宇啊！這麼重要的資料一定要照看好了，不能出現差錯！否則這後果由誰來負啊？」

李德林眼前一亮，鄒海鵬這個計策好！這一招也可以算是釜底抽薪啊！

沒有了資料，柳擎宇想找出這三家企業的問題恐怕很難，就算找出來了，也絕對查不到法人代表後面的人身上。

李德林點點頭道：「嗯，海鵬的這個建議非常好啊，我們必須得引起高度重視才行，明輝市長啊，這件事就由你去通知柳擎宇他們吧，讓他們一定要保護好那些資料，絕對不能出現一點差池。」

韓明輝心領神會地說：「好，我知道該怎麼做。」

高新區管委會大院內。

所有資料都被搬到一間會議室內。

隨後，在紀委書記孟偉成和柳擎宇的主持下，從市審計局請來的審計人員分成三個小組，分別對三家企業的資料進行梳理。

包括這三家企業從成立至今所有財務往來的單據等等，工作量非常大，預計需要一個星期左右的時間完成。

會議室內，秦睿婕一直陪著眾人，為眾人做好後勤服務工作，當然了，也有一絲坐鎮監督的意思在裡面。

柳擎宇辦公室內。

柳擎宇、孟偉成面對面的坐在沙發上，孟偉成不禁讚道：「擎宇啊，你的這一招釜底抽薪很厲害啊，我猜現在應該有很多人都非常著急啊！」

柳擎宇淡淡一笑，道：「孟叔叔，是應該讓這些人好好的著急著急了，有些人總是喜歡打著發展經濟的幌子，為自己親人所開辦的企業提供各種優惠政策，這其實和強盜沒有什麼區別，這是公然吸國家和人民的血汗錢啊！尤其是環境汙染這一項更是令人髮指！」

孟偉成十分認同地說：「是啊，有些人的確太過分了，是得好好的給他們一些教訓了。不過擎宇啊，我得提醒你一下，**在官場上，不到最後時刻，誰也不能保證自己一定就會獲得最終的勝利**，中途被對手翻盤的事屢見不鮮；很多人為了保住自己的烏紗帽，甚至會不惜以身試法，所以你不得不防啊，沒有人會坐在那裡等著你往他們的脖子上放枷鎖的。」

柳擎宇知道孟偉成這是在提醒自己，要小心這些企業背後的支持者採取一些非常規的手段來進行反撲。

「孟叔叔，你放心吧，我這個人做事從來不喜歡被別人翻盤，尤其是當年我當兵的時候，不管對手多麼強悍，很少有人能夠在我的手中翻盤，因為我知道，一旦被對手翻盤，等待我的結局只有一個，那就是死！」

說話間，柳擎宇臉上露出一股濃濃的自信。聽柳擎宇這樣說，孟偉成也就放心了。

孟偉成是市紀委書記，不可能一直跟柳擎宇混在一起，所以等高新區這邊大局稍定，他便立即返回市區，不過那些隨他而來的員警則被孟偉成給留了下來。

當天下午五點，所有審計局的工作人員準時下班，柳擎宇派大巴把他們送回了市區。隨即，柳擎宇下令所有工作人員一律在六點之前下班回家，六點之後，整座辦公大樓全部封鎖。

不過柳擎宇和唐智勇卻沒有下班，兩個人依然留在辦公室內忙碌著什麼，直到晚上十點，這才各自返回宿舍休息。

誰也沒有注意到，就在管委會辦公大樓的樓頂處一間空氣品質監測儀的機房內，一個三十多歲的中年人正坐在裡面的椅子上玩著手機。

這哥們一直玩到凌晨一點左右，又睡了一個小時後起來，將電工工具都帶齊了，這才拉開機房門走了出去。

他用鉗子撬開天臺通往樓下的門鎖，邁步走了下去，隨後來到位於三樓的會議室外面，掏出一把鑰匙打開會議室房門，進去鼓搗了一番之後，立刻飛快的閃身走了出來，下到一樓，隨即打開一個靠近門口的房間，閃身躲了進去。

他盤算好，等救火的人進來後，他趁著混亂就可以逃出去了。

沒有多久，放滿了許多重要檔案的會議室突然火光沖天，濃濃的黑煙順著窗口、門縫冒了出來。

這時候，本應在大樓外面巡邏的兩名員警正在值班室內看電視呢！

其中一個人無意間抬頭，發現三樓會議室火光沖天，立刻大喊道：「不好，會議室著火了！」一邊趕緊撥打電話報警！

柳擎宇接到消息，趕到現場，立刻指揮眾人救火。但是由於火勢很大，根本無法打開會議室房門，現場一片混亂，似乎沒有人發現那個可疑的傢伙。

就在人來人往的救火過程中，電工趁機溜出了管委會大院，消失在茫茫黑夜之中。

這哥們出了大院後，心情放鬆起來，他的摩托車就停放在離管委會大院不到兩百米遠的地方，這傢伙邊走邊得意的哼著小曲，好不開心，因為僅僅是製造一場小小的火災，雇主竟然提前給了他三萬塊的好處費，還說事成後再給他兩萬，這對他這個普通的電工來說，足以頂上兩年的收入了。

然而，這傢伙剛走出去沒多遠，一輛越野車突然停在他的身邊，猛的一個急剎車，隨即車門一開，一隻大手突然從裡面伸了出來，一把抓住他的胳膊和衣服，把他揪進了車內，車子隨即加速開走，消失無影了。

此時，管委會大院內人聲鼎沸。好在消防車速度很快，大火經過半個小時的搶救後終於被撲滅，也由於火勢控制及時，只有會議室和相鄰兩個房間被波及，對整體建築倒是沒有什麼傷害，不影響整體建築物的安全。

第二天，柳擎宇找了公安、消防的專家勘探，得出的結論是由於會議室內電線線路故障導致發生火災的。

柳擎宇對專家的結論十分認可，立即召開了專題消防會議，並請專家對局裡各類消防存在的隱患進行搜查，發現了不少問題，柳擎宇當場讓有關部門在專家的指導下進行整改。

上午十點鐘，鄒海鵬、韓明輝再次來到李德林的辦公室內。

這一次，三人的臉上已經沒有了昨天的憂慮和苦惱，全都帶著一絲笑意。

鄒海鵬興奮地說道：「昨天晚上高新區管委會會議室失火的事，你們聽說了嗎？」

李德林奸笑道：「這場火燒得太突然了，這說明高新區的工作做得非常不到位啊，我準備在明天的常委會上對高新區提出嚴肅批評，同時要求協調處理小組必須要儘快結束調查，給出妥善的處理意見。」

聽李德林這樣說，鄒海鵬和韓明輝全都笑了。事情發展到這個階段，柳擎宇基本上已經拿這三家工廠毫無辦法了，就算有孟偉成給他撐腰，也是孤掌難鳴啦。

不過笑過之後，韓明輝的臉上卻露出一絲憂色說道：「李市長，據我所知，昨天高新區管委會的一名電工失蹤了，到現在還沒有找到。」

李德林和鄒海鵬不是傻瓜，作為同盟夥伴，兩人自然聽得出韓明輝的弦外之音，韓明輝是在暗示昨天執行「失火」任務的那名電工失蹤了，這問題有些嚴重啊。

李德林思索了一會兒問道：「老韓，高新華區會議室內的損失情況到底如何？那些重要資料有沒有保存下來的？」

韓明輝肯定地說道：「據我所知，高新區管委會為了確保會議室內資料的安全，特別裝了需要三把鑰匙同時轉動才打得開的防盜門，其中一把在審計局帶隊副局長鄭曉春的手裡，另外一把在柳擎宇的手中，還有一把在秦睿婕的手中。昨天晚上，秦睿婕和鄭曉春都走了，只有柳擎宇留在管委會內加班，我認為柳擎宇手中只有一把鑰匙根本打不開門。所以，沒有意外的話，那些資料肯定是燒沒了。」

李德林聽了說：「如果是這樣的話，那就沒有什麼問題了，不過明輝，你還得要加把勁啊，這個人必須要把他找到，以免留下後患。」

韓明輝應承不迭地說：「嗯，我已經派人去調查了，務求儘快把這個人給找到。」

當天下午，李德林和韓明輝先後打電話訓斥了柳擎宇一頓，讓他要做好高新區的消防工作，同時要儘快處理好協調處理小組的工作，不能無限期的耽擱下去，還說工廠的工人們已經非常不滿了。

這一次，柳擎宇顯得十分低調，不僅對兩人的批評表示虛心接受，還表示一定會儘快解決好三家工廠的事的。

不管李德林還是韓明輝都是十分滿意於柳擎宇的回答。李德林心中還在琢磨著，這個柳擎宇今天是怎麼回事，怎麼這麼好說話啊，這不像是他的風格啊，難道是因為會議室失火的事讓他感覺到壓力很大，學會低調行事了？

如果真是這樣的話，那這個小子還是有可以調教的空間。如果能夠把柳擎宇爭取到自己陣營的話，這絕對是一員虎將啊！

整個下午，李德林一直在思考著能否把柳擎宇給收攏過來這件事。

不過想歸想，第二天市委常委會上，李德林毫不猶豫的當著所有常委們的面，對柳擎宇開炮了：

「各位同志，昨天凌晨，高新區管委會會議室因為線路問題發生火災，導致被查抄的三大工廠所有資料全部付之一炬，現在三大工廠的負責人處於被拘留的狀態，他們的家屬向我們市委市政府、甚至是新聞媒體提出了強烈的不滿。我想問問大家，這個責任應該由誰來承擔？

「我認為，這個協調處理小組應該提高效率，儘快解決三大工廠事件，讓企業恢復正常生產，否則一旦企業員工們鬧起來，我們市委市政府的工作很難做啊！尤其是到現在為止，三大企業的法人代表、主要管理者依然被協調處理小組下令扣留，這樣做是不是太武斷了呢？萬一要是出了大事，誰來負責？」

王中山反駁道：「我認為李同志的想法有些過激了，雖然發生火災，但這畢竟屬於意外，柳擎宇同志剛剛到管委會上任才幾天的時間，所以不能以偏概全，直接否定柳擎宇同志的工作。至於三大工廠的事如何處理，我認為這個就交給協調處理小組來操作，其他人最好不要插手，而且很多問題還沒有調查清楚呢，怎麼能匆匆下結論呢？那樣的話，協調處理小組就失去意義了！」

這一次，王中山旗幟鮮明的站了出來，毫不猶豫的對柳擎宇和協調處理小組給予了維護，因為一旦協調處理小組真的被撤掉的話，自己的威信將會受到嚴重打擊，這是他絕對不能容忍的事情。而且他對柳擎宇這個傢伙充滿了信心，他相信即便是會議室失火了，柳擎宇肯定也會有辦法補救的。

隨後，鄒海鵬、韓明輝等人展開了激烈的討論，雙方各持己見，毫不退縮。

這時，孟偉成突然說道：「我來說幾句吧！」

「李市長，你提到三大工廠的法人代表和負責人被扣留的事，根據相關規定，公安部門有權扣押他們四十八小時，現在還不到釋放的時間！」

李德林臉色顯得有些難看。他發現，孟偉成自從和柳擎宇一起負責處理小組後，竟然敢跟自己叫板了，這在以前是從來沒有過的事情。

政法委書記董浩回嗆道：「孟書記，我想請問你，如果你們協調小組錯誤操作，導致一些不可預料的問題，誰來承擔這個責任？是你們協調小組，還是市委市政府？」

孟偉成最鄙視的就是董浩，聽董浩質詢他，便冷冷的回道：

「董浩同志，我可以明確的告訴你，如果是我們小組的問題導致發生意外事件，所有後果由我們協調小組一力承當！但是，如果不是我們的問題，我們也絕對不會替任何人背黑鍋。」

孟偉成話才說完，會議室的門就被人給推開了，李德林的秘書鄭浩焦急的衝了進來，來到李德林身邊低聲道：

「李市長，大事不好了，好幾百名工人圍住了市政府大院，要求釋放他們的老闆，立刻恢復生產，不然他們就要餓死了。還說如果市委市政府不能給他們一個滿意的答覆的話，他們就要去省裡上告。」

現場所有常委的臉都沉了下來。

李德林點點頭道：「嗯，我知道了。你先派人和民眾保持溝通，儘量不要激化事態，等待市委的進一步指示。」

鄭浩離開後，李德林立刻看向王中山道：「王書記，真沒有想到，我的擔心竟然成了事實，剛才鄭浩說，幾百名三大工廠的工人已經把我們市委市政府大院圍了個水泄不通，他們要求立刻釋放三大企業的老闆和管理者，您看現在該怎麼辦？」

李德林把這個燙手山芋直接甩給了王中山。

王中山沒有說話，目光看向孟偉成。

孟偉成挺直腰桿道：「既然那些員工們提出這樣的訴求，那麼這件事就由我們協調處理小組來負責吧，正好今天早晨柳擎宇過來找我彙報情況，現在他人還在我的辦公室內呢，我給他打個電話，讓他直接去和這些工人們進行溝通。我也馬上趕過去。」

說完，孟偉成站起身來，邊走邊拿出手機給柳擎宇撥打電話。

此刻，柳擎宇正在孟偉成的辦公室內等著呢，接到他的電話後，柳擎宇趕緊向窗外望去，立刻看到大院外面浩浩蕩蕩的聚集了幾百人，打開窗戶，這些人喊的口號便清楚的傳入耳中：

「我們要吃飯，釋放我們老闆！」

看到這種情況，柳擎宇只是冷冷的一笑，嘴角上露出不屑之色。

隨後他立刻邁步向樓下走去，並隨手抓起放在桌上的一支大喇叭！

市紀委書記的辦公室內怎麼可能有大喇叭呢？

孟偉成的辦公室內的確沒有這個大喇叭，這是柳擎宇過來找孟偉成的時候帶來的。

當時孟偉成還十分不解的問柳擎宇，為什麼要帶著喇叭，柳擎宇說沒準會用得上。

現在看來，柳擎宇的預感成真了。

柳擎宇拿著大喇叭，來到大院門口，讓值班室人員把門打開一條縫隙，自己擠了出去，直接面對幾百號身穿藍色工作服的工廠員工們。

柳擎宇身高將近一米九，往人群裡一站，立時顯得鶴立雞群，尤其是他手中拿著大喇叭，更顯得十分突出。

柳擎宇拿著喇叭大聲喊道：

「各位鄉親，大家好，我叫柳擎宇，是高新區管委會主任，也是這次負責處理三大廠的主要負責人之一，下令扣留三大企業法人代表和總經理等人，是我直接下的命令，而且這個命令我也不打算收回！」

現場一片譁然，很多人憤怒的指著柳擎宇破口大罵。

此時，孟偉成也來到附近，聽柳擎宇這樣說嚇了一跳：

「這柳擎宇到底在玩什麼把戲啊，外面這麼多人，你直接承認是你下的命令，不怕這些人突然衝上來收拾你嗎？」

就聽柳擎宇又再喊道：

「大家先不要急著罵我，讓我在這裡說幾句話，等我說完之後，如果要是覺得我該罵甚至該打的話，任何人都可以過來打我，我柳擎宇沒有一絲一毫的怨言，但是，如果是不分青紅皂白的罵我，可別怪我柳擎宇不客氣。

「我可以明確的告訴大家，現在市公安局的同志們已經在附近待命了，如果你們敢胡來的話，誰也跑不了！不要認為法不責眾，現場監控攝影機八個機位已經把所有人都拍攝進去了，任何人任何一個小動作都逃不掉攝影機的監控。」

柳擎宇這番話說完，原本哄亂的現場立即安靜了下來。因為眾人抬頭一看，四周的確攝影監視鏡頭密佈，不遠處，大批員警早已嚴陣以待。

孟偉成暗暗的為柳擎宇捏了把汗，柳擎宇這小子膽子真大啊，如果是一般人面對這種情況，早就被嚇得腿肚子發軟了，這小子倒好，竟敢威脅這些人，膽子可真夠肥的啊！

柳擎宇見眾人安靜下來，心中也鬆了口氣。其實他說出這番話的同時，手心也是捏了一把汗。但是他曉得，這些人圍堵市委市政府大院絕對不會是一時起意，肯定是有人組織串聯的。他雖然彪悍，卻不是個莽夫，他也知道雙拳難敵四手、好漢架不住人多的道理。

等眾人都安靜下來後，柳擎宇又對著大喇叭喊道：

「各位鄉親，身為高新區管委會的主任，我為什麼要下令暫時扣押你們的代表和主管負責人呢？難道我不知道抓了他們可能會引發大家的不滿，甚至我自己還要承擔很大的責任嗎？難道大家就沒有仔細的想過，為什麼之前從來沒有一個管委會主任敢下達這樣的命令，偏偏我剛到任就敢下達這樣的命令？」

許多人立即嘁嘁喳喳的討論著，柳擎宇這一連串的問題讓很多人都開始思考起來。

柳擎宇炮火猛開，接著說道：

「各位鄉親啊，難道你們沒有發現你們在工廠裡喝的水有異味嗎？難道你們沒有發現，身邊的同事、親人得癌症，或是得各種怪病的人越來越多了嗎？你們知道這是為什麼嗎？是因為汙染！因為這三家企業對環境造成了嚴重的汙染！

「大家都是附近烏拉河沿岸村子裡的鄉親吧，難道你們不知道風龍村已經成了遠近聞名的癌症村了嗎？各位鄉親，我之所以要對這三大廠進行大力整頓，是因為我希望給高新區內所有的老百姓一個乾淨、安全的生存環境，希望讓大家可以少受到汙染和病痛的折磨！」

原本亂糟糟的場面變得鴉雀無聲，眾人臉上都顯出了凝重之色。

這時候，突然有人大聲道：「姓柳的，你少在那裡胡說八道，誰不知道你是想要逼著三大企業給你送錢啊！這都是你們當官的很擅用的手段罷了！你根本就沒有為我們老百姓考慮過！」

員警見有人不守秩序，飛快的衝到這個人的身邊，迅速將他制服。

柳擎宇拿著大喇叭喊話道：

「各位鄉親，請大家好好的看一看，這些人到底是不是你們工廠的員工？是不是你們的同事？有人認識他們嗎？」

眾人聽了一愣，隨即觀察這個被員警控制住的人，雖然他身上穿著工廠的工作服，但是卻無人認識他。有見過這人的，指出這人原本是鎮上的地痞流氓，頓時一片譁然。

「各位鄉親，根據警方掌握的資料，這些人幾乎都有前科記錄，他們之所以出現在這裡，目的就是為了鼓動大家鬧事，將整件事鬧得不可開交，好給市委市政府施加壓力。」

說到這裡，柳擎宇聲音再次提高了幾度，大聲道：

「各位鄉親們，我希望大家能夠認清眼前的形勢，看清楚這些人的醜惡嘴臉，為自己、為自己的家人留一條後路，千萬不要恣意妄行！法律是公平的，也是無情的，任何觸犯法律的人，都將會受到法律的懲罰，希望大家千萬不要被這些人蠱惑，走上非理性之路。」

這些工人都是普通的老百姓，在工廠的時候就備受壓迫，在家鄉又不得不忍受那些地痞流氓的欺凌，所以心中都充滿了憤怒。

這時，不知是誰突然伸出腳來狠狠地踹了其中一個流氓一腳，怒罵道：「你們這些人真是太可惡，太無恥了！」

有人帶頭，眾人頓時紛紛手腳相加，向那些地痞流氓打了過去。地方上的警察對這些地痞流氓也相當憎惡，所以嘴上勸架，實際卻是隔岸觀火，等這些傢伙被打得差不多、群眾洩了憤後，才把他們押上警車帶走。

柳擎宇再次喊道：「各位鄉親，大家都散了吧，請大家放心，只要汙染的問題解決，很快將會有好幾家大型環保企業入駐高新區，到時候大家都可以找到非常好的工作機會！「在這裡我可以給大家一個承諾，半年之後，如果大家還沒有找到工作，或者生活水平沒有提高，都可以到高新區管委會來找我，我柳擎宇給每個人按照每個月兩千塊發放這段時間耽誤的工資，大家看怎麼樣？」

有個老鄉出聲了：「柳主任，我牛老三相信你，我堂叔家住在關山鎮，當初你在關山鎮用了半年多的時間就讓他們生活水準大大提高，我早就聽我堂叔嘮叨過很多次了！真沒有想到你竟然到我們高新區來工作，這是我們高新區老百姓的福氣啊！東崗村來的人都跟我走，請大家相信柳主任，他一定不會讓我們失望的。」

牛老三的話落下，又有一個人喊道：

「柳主任，我弟弟就在景林縣縣城夜市擺攤，他告訴我，以前他們擺攤總是要跟城管局的人打游擊，自從你當了城管局局長以後，他很快就安定下來，再也不用和城管們躲躲藏藏了，收入也提高了，他還說，如果您要是能再景林縣多幹上一段時間，他的收入會增加的更多呢！柳主任，我相信你！茂林村的兄弟們跟我走，我們不要給柳主任添亂，我相信柳主任一定不會讓大家失望的。」

有這兩個人帶頭，群眾中越來越多知道柳擎宇的人都開始呼朋喚友，帶著認識的人離開，留下的人越來越少。

大家聽到柳擎宇以前的經歷，都紛紛被感動了，這才知道柳擎宇是一個真心為老百姓辦事的人。

老百姓的眼睛是雪亮的，老百姓也是最淳樸的。所以很快，現場除了滿地狼藉的垃圾，再也看不到什麼了。

柳擎宇一邊招呼著工作人員處理遺留的垃圾，一邊走向不遠處為自己壓陣的孟偉成。

柳擎宇抹了一把額頭上的汗水，對孟偉成道：「孟書記，幸不辱命，我回來了。」

孟偉成滿意的說道：「很好，很好，擎宇啊，看來你小子還是有事瞞著我啊，走，先去我辦公室坐坐，跟我聊聊今天的事到底是怎麼回事？看你的樣子，似乎早就料到今天要出事啊！」

孟偉成心知這些員警的出現絕對不是憑空而來的，而他們之所以按兵不動，也一定是受到指示才如此的，結合柳擎宇整個過程的表現，孟偉成直覺警方的出現八成和柳擎宇有關。

來到孟偉成的辦公室，柳擎宇這才把實情告訴孟偉成。

原來，柳擎宇自從下令把三大工廠的法人代表和管理層暫時扣留住之後，便想到對方肯定不會善罷甘休，所以在昨天下午便讓唐智勇派人守在三大工廠附近，盯著眾人的一舉一動。

到了凌晨四點左右，苦守一個晚上的人突然向唐智勇彙報，說是三大工廠分別派出了幾輛大巴，把數百名工人趕往蒼山市。

唐智勇連忙把這種情況告訴柳擎宇，柳擎宇立刻給蒼山市公安局局長鍾海濤打了一個電話，兩人商量了許久，確定了今天的實施策略。

孟偉成聽完，哈哈大笑起來，用手指著柳擎宇說道：

「擎宇啊，真沒有想到，你人年紀不大，鬼心眼倒是不少，我估計你這麼一折騰，恐怕有很多人睡不著覺了！這麼多人一起鬧事，這明顯是在給鍾海濤找麻煩啊，他不審出個子丑寅卯來，恐怕是絕對不會罷手的。董浩一直想要找機會把他給拿下，如果他擺不平此事，他的位置真的有些危險呢。」

柳擎宇面色嚴峻的說道：「是啊，鍾局長有得忙了。我真沒想到，都到這個時候了，有些人竟然還不肯善罷甘休，想要用這種極其卑劣的方法綁架民意，製造事端，這種人的行為必須要受到應有的懲罰！」

孟偉成點點頭：「沒錯，一定要有人為此付出代價！任何時候，官員都不能拿老百姓的切身利益來開玩笑！擎宇，我看你制定的那個計畫現在可以啟動了。本來我還有些猶豫的，但是現在看來，有些人利慾薰心，根本就不記得自己的身分了！」

「好，那我下午回到開發區，立刻啟動計畫！」柳擎宇用力握拳道。

兩人又聊了一會兒後，柳擎宇告辭，回新華區處理了一下手邊的工作，又聽取了兩名副區長三名局長的彙報，當天下午立刻返回高新區。

第十章

超級提案

眾人拿起手中的文件一看，頓時都倒吸了一口涼氣！這絕對是有史以來懲處措施最嚴厲的環境汙染整治規定！這份資料可以清楚的看到一個原則，那就是高新區將會對轄區內企業採取「誰汙染環境誰治理」的原則！

李德林等人得知工人包圍市委市政府大門事件的結果後，臉色顯得十分難看，他沒有想到柳擎宇能力竟然這麼強，輕輕鬆鬆就把這件事情給解決了。這也讓他想要在常委會上借著這次機會衝協調處理小組發難的機會徹底喪失！

然而，李德林更加沒有想到，**一場天大的漩渦已經在柳擎宇和孟偉成的策劃下即將展開！**

這場漩渦將會讓整個蒼山市，乃至整個白雲省風雲變色！這是自從柳擎宇的老爸劉飛離開白雲省之後，白雲省最為震撼的一件大事！

當天下午，柳擎宇回到高新區，立刻召開了高新區管委會第二次委員會議。

七名委員全部到齊。

柳擎宇坐在主持席上，臉色嚴峻的看著眾人說道：

「各位，我相信昨天晚上會議室失火的事大家都應該知道了，大家認為會議室的突然失火是偶然發生的嗎？」

會議室內頓時鴉雀無聲，大家全都低下頭來。

在座的沒有誰是傻瓜，剛剛把那麼多的證據查抄回來，晚上就發生火災，就算是傻子都知道這不會是偶然發生的。

秦睿婕沉聲道：「柳主任，我認為這絕對不是偶然發生的，管委會辦公大樓興建的時間沒有幾年，線路都還很新，而且發生火災的偏偏是存放證據的會議室，如果真是偶然的，這種巧合也太大了吧？我認為，這絕對是一起人為製造的火災，目的就是為了毀滅所有的證據！」

管委會副主任金志偉卻反對道：「我不贊同秦主任的意見，世界上的事往往處處充滿了巧合，當然啦，也不能排除是有人為因素，不過在沒有證據的情況下，我們只能認為這是一場意外。」

「嗯，金志偉同志的意見我贊同，沒有證據的事我們不能胡亂猜測啊，做事必須要講究證據才行啊！」馬義濤附和道。

紀工委書記宋加強則說：「我不同意金志偉和馬義濤同志的意見，雖然目前還找不到證據證明，但是我認為人為的可能性非常大。」

馬義濤立刻反問道：「宋書記，如果是人為的，那麼我想問問你，會議室的房門鑰匙是由三個人保管的，那天晚上，保管鑰匙的秦書記和審計局的人又都回市區去了，難道還有人手中有鑰匙可以打開防盜門不成？」

不得不說，馬義濤的問題很有力度，宋加強一時間還真找不出什麼話來反駁。

其他人也陷入沉寂中。

馬義濤和金志偉臉上的表情有些得意起來。

然而，他們臉上得意的笑容剛露出來而已，柳擎宇便沉聲道：

「秦睿婕同志分析得沒錯，這的確不是偶發的事件，而是有人蓄意製造的一起火災。證據是有的！」

說完，柳擎宇朝辦公室主任洪三金作了個手勢，洪三金立刻拿出一個隨身碟來，插在電腦上，同時打開會議室內的投影布幕，一段視頻便播放出來。

視頻裡，一名行蹤可疑的水電工從空氣品質監測機房走出來，接著拿鑰匙打開會議室房門、趁亂溜走的整個過程都十分清楚的被記錄下來。

眾人全都傻眼了。因為辦公大樓內並沒有安裝監控設備啊，那這些視頻又是從哪裡拍來的呢？

看到眾人臉上疑雲滿佈，柳擎宇笑道：

「各位肯定很納悶，這些視頻到底是怎麼來的？我給大家解釋一下。那些資料被查抄回來的當天，我總是感覺心神不寧，所以就命令洪三金買了一些移動式的攝影機，那天我和唐智勇同志加班到晚上十點多，就是為了安裝和測試攝影機，我把他們安裝在在各個樓層的重要位置，以便於監控會議室的安全。這些影像都會通過網路即時傳送到我辦公室的電腦和手機上。」

柳擎宇說完，舉眾譁然。柳擎宇竟然心思如此縝密，提前就部署好了這一切。

此刻心中最為震撼的卻是金志偉和馬義濤，兩個人臉上火辣辣的，他們知道這次算是徹底被柳擎宇給打臉了。

他們剛剛那麼果斷的說沒有證據，現在倒好，柳擎宇直接把證據給拿出來了！讓兩人恨不得找個地縫鑽進去。

柳擎宇的目光落在兩人身上：「金志偉、馬義濤兩位同志，你們看，現在證據確鑿，我們能否確定這是人為的呢？」

繼續打臉。

金志偉只能低著頭道：「可以可以，真沒想到柳主任做事如此周密，佩服佩服。」

馬義濤也是連連點頭，兩人誰也不敢再囂張了。

看到兩人不再作聲，柳擎宇這才臉色一沉，冷冷的說道：

「現在我們已經可以斷定，那場火災是有人故意縱火，那麼目的就不言而喻了，肯定是為了銷毀那些資料，以免讓我們給查清楚，而牽連到某些人。

「雖然這個縱火之人還沒落網，但是我有一個好消息要告訴大家，那些資料其實並沒有被燒毀，當天晚上已經被我和唐智勇同志一起搬移到我的辦公室和唐同志的辦公室去了，而且在今天上午，這些資料早已被運走了，正在秘密的地方由相關人員對這些資料進行審查。」

眾人再次震驚，所有人看向柳擎宇的目光都變了，多了幾分敬畏之色。

柳擎宇這一連串的手段實在是太讓人害怕了。柳擎宇才多大歲數啊，竟能夠把事情想得那麼深遠，算計得如此通透，和這樣厲害的人為敵，想想就害怕啊。

金志偉和馬義濤的心也開始哆嗦起來，不得不為自己的未來謀劃起來。如果自己真的時時刻刻都和柳擎宇對著幹的話，那麼以後柳擎宇會不會像今天這樣，故意設圈套等著自己往裡面鑽呢？

這時，秦睿婕突然說道：「柳主任，我認為不管到底是誰指使那個縱火犯前來縱火的，但是有一點我們必須要重視，那就是這三大企業絕對不會善罷甘休，肯定會想辦法為自己開脫，而且那些人拘留的時限馬上就要到了，我們必須採取一些措施來確保汙染事件不再發生。」

「嗯，秦同志說得不錯，我有一個想法，那就是嚴格貫徹環保法的規定，並且結合地區的實際情況，制定出相關的汙染治理措施。」

說到這裡，柳擎宇向洪三金點了點頭，洪三金立刻站起身來，拿起七份早已準備好的資料一一發給在座的委員們。

等眾人拿到資料後，柳擎宇說道：

「各位，大家手中的資料就是我和一些環保專家、學者經過探討後，根據環保法的規定擬定出來的有關如何治理汙染源的具體措施，大家可以先看一看，如果認為哪裡有不合適的地方，咱們再仔細的討論一下，然後以文件的方式上報市委市政府批准！」

眾人拿起手中的文件仔細一看，頓時都倒吸了一口涼氣！

這絕對是有史以來懲處措施最嚴厲的環境汙染整治規定！

根據柳擎宇所發的這份資料，可以清楚的看到一個原則，那就是高新區將會對轄區內企業採取「誰汙染環境誰治理」的原則！

這也是國家一直以來在大力提倡的原則！

然而，這個原則在很多地方執行的時候，卻變成了「誰汙染誰負擔、誰汙染誰付費」原則！

這兩個原則是有本質上的區別的！

誰汙染誰付費、誰汙染誰負擔，所採取的方式基本上是罰款和收費，然而，當這些罰款收上來後，卻大部分成了某些環保單位的預算外資金，甚至進入局裡的小金庫，根本沒有用到對環境的治理上，幾乎變成了為了罰款而罰款，但是對於汙染情況根本沒有任何改變！

而柳擎宇所提出來的這個「誰汙染誰治理」的原則，則是三大工廠必須要承擔因為他們所排放的汙染而對環境所造成的破壞的治理費用，什麼時候烏拉河的水質恢復了正常，他們的投入才能結束。

如果他們拒絕，那麼企業的所有資金將會被凍結，法人代表將會按照環保法和有關法規進行判刑！而且是從重處罰！

許多人的臉上露出了凝重之色，一旦柳擎宇所提的這個方案得以實施的話，在如此嚴厲的措施面前，高新區的環境汙染的確會很快消失，至少會得到很大的改善。但是問題在於，這個方案一推出就會引發多方的爭議。

畢竟，在政績考核中，GDP仍然佔著十分重要的分量，地方政府依然會把經濟發展放在首位，因為這直接決定著很多人的烏紗帽，在環境汙染與烏紗帽之間，很多人肯定會選擇後者。

柳擎宇默默觀察著眾人，對大家可能產生的反應他早有預料。

看看時間差不多了，柳擎宇發言道：「各位，我相信大家都看完了。」

「看完了。」眾人回道。

「好，既然都看完了，那麼我先談一談我的初衷，為什麼我會提出這樣一份十分嚴厲的懲處措施。就拿眼前的三大工廠汙染來說，這三大工廠對環境所造成的汙染，我不相信我們高新區的環保部門不知道，我不相信蒼山市環保局的人不知道，但是為什麼在協調處理小組下狠手前，三個工廠黑煙照冒，污水照排？」

柳擎宇環視著眾人。

眾人都把頭低了下去。其實，每個人的心裡跟明鏡似的，之所以出現這樣的問題，原因非常簡單——**利益關係！**

有些部門，尤其是環保部門，一是忌憚這些企業背後的關係網，二是把這些企業當成了唐僧肉，不時檢查一下，發個整改通知，至於改沒改，也不去過問了，即便是處理也是象徵性地罰幾個錢了事，從來沒有真正地進行整改。

雖然三大企業表面上看都建有汙水處理池，但實際上，這些環保設備不是用來治汙的，而是應付檢查用的，平時根本不會啟用。

柳擎宇接著說道：「各位同志，治理汙染不僅是環保部門責無旁貸的職責，地方政府也必須勇敢的承擔起責任，我們有必要給治汙定個規矩，誰排汙，誰就得為排汙的後果負責，誰汙染了空氣、水質，誰就必須要負責治理！該賠償的要賠償，該整改的要整改，該關門的就讓其關門，絕不可心慈手軟，不能只是簡單的罰款了事！

單靠罰款是解決不了問題的，我們採取措施的目的不是為了罰款，而是為了環境治理！如果只是為了罰款而罰款，那樣做只會讓企業認為違法的成本非常低，交點錢就能繼續生產，後果卻是由老百姓埋單。

「大家睜開眼睛看看，烏拉河沿岸有多少癌症病患，有多少癌症村，難道大家就不擔心自己所吃的蔬菜和食物是這些地方生產出來的嗎？就算大家不為老百姓想，也該為自己的切身安全想一想啊！」

柳擎宇又加大了力道說：「各位，最近頻繁出現的霧霾天氣，大家應該很清楚，大家想想，一旦霧霾圍城，就算你是市長省長，不一樣也得呼吸那充滿霧霾的空氣嗎？就算平時都待在裝了空氣清淨機的房間中，難道你確定你的房子就沒有一點霧霾滲透進去？難道你從來不到戶外嗎？

「各位同志，希望大家能夠從長遠著想，為了我們新華區以及蒼山市的環保工作投出自己神聖的一票，或許你們會覺得此刻的投票依然充滿了風險，但是我認為，身為一名官員，必須要有犧牲精神，要有為了百姓的利益不怕苦不怕難的鬥爭精神！

「現在我宣布，舉手表決正式開始，贊同這個提案的請舉手！」

說完，柳擎宇自己先舉起手。

秦睿婕毫不猶豫的也舉起她那粉嫩修長的玉手。

秦睿婕的手剛舉起來，宋加強和蔡洪福便幾乎同時舉起了手。

其他人一看，眨眼間七名委員有四個都同意了，其他人就算是不同意，這個提案也已經可以獲得通過了，所以略微猶豫了一下，都舉起手來。

即便是金志偉和馬義濤兩個也沒有敢投反對票，因為從柳擎宇的這番話中，他們都聽出了柳擎宇要通過這個方案的決心！

很快的，這個方案全票通過。

看到這種結果，一直以來以冷靜著稱的柳擎宇在眾人震驚的目光中，猛的站起身來，朝眾人深深鞠了一躬：「各位，非常感謝大家對我的支持，感謝大家支持這項提議，我代表高新區的老百姓謝謝大家！」

蔡洪福聲音中有些激動的說道：

「柳主任，你剛才說得沒錯，我們身為國家幹部，必須要有為了老百姓的利益不怕苦不怕難的精神！只要對老百姓有益的事，我們必須要堅決執行和支持！這是我們應該做的！我們要貫徹中央的指示精神，堅決加強對環境汙染的治理！」

柳擎宇看著蔡洪福，眼中充滿了欣賞之色。

然而，會議剛剛散了不到十分鐘，這個方案還沒有往市委送呢，市長李德林、市委副書記鄒海鵬等人便已經得到了這個消息。

李德林得知這個消息後，當時氣得狠狠一拍桌子，怒聲說道：「胡鬧！柳擎宇這小子完全是在胡鬧！」

李德林話音剛剛落下，坐在他對面的鄒海鵬也滿臉憤怒地說道：「李市長說得沒錯！這柳擎宇完全是在胡鬧啊！他以為就他心中想著老百姓嗎？他的思維深度也太淺了點！世界上比他聰明的人不知凡幾，為什麼從來沒有人提出過他那樣的提案？誰看不出這裡面存在的問題？柳擎宇也太自以為是了！我們必須制止柳擎宇這個瘋狂的提案！」

韓明輝也點點頭，說道：「嗯，必須制止這個提案，否則的話，我們蒼山市將會沒有寧日啊！開玩笑，如果真的像這個提案那樣操作的話，環保局怎麼辦？環保局的人靠什麼吃飯？我們必須把這個提案壓下來，絕對不能流出去，否則麻煩不是一點半點啊！」

鄒海鵬眼中閃出兩道寒光，陰陰笑道：「這個提案我們必須制止，但是有關提案的事我們未必要壓制，柳擎宇不是想出風頭嗎？那我們就讓他出好了，等到他風頭出得差不多了，無法收場了，我們市委指示一下，到時候，不管是就地免職還是引咎辭職，就不是王中山能夠阻止的了，到時候柳擎宇就永無出頭之日了！」

李德林思索了一會兒，說道：「嗯，海鵬這個策略可行。柳擎宇這小子似乎特別能折騰，每次都能給我們帶來點損失，我看是一個非常好的反擊時機，既然柳擎宇要折騰，那就讓他折騰個夠，我們甚至還可以推波助瀾，讓柳擎宇站在輿論的風口浪尖吧！我倒是要看看這小子怎麼被輿論拍死！」

策略已定，三人輕鬆了，也就沒有急於開常委會去否決柳擎宇所提出的方案。

一個小時後，李德林他們便拿到了高新區通過的關於《關於環境汙染處理的管理條例》。

兩個小時後，網路上一些論壇裡陸陸續續地出現這份管理條例，隨後，在不到半個小時的時間內，在大量水軍的推波助瀾之下，這個管理條例一下子成為諸多門戶網站論壇裡回覆率和點擊率最高的帖子，甚至被管理員直接置頂了！引起了相當大的討論。

網民們主要分為兩派，一派認為這個條例實在是太嚴厲了，簡直可以說是史上最嚴厲的懲處措施，如果真的嚴格實施執行的話，基本上凡是對環境造成汙染的企業都會因為這個條款而傾家蕩產，甚至是鋃鐺入獄。

這樣會對經濟的發展起到阻礙作用，導致投資商不敢去高新區投資。

另外一派則認為措施雖然嚴厲，但是其根本目的就是懲治汙染，杜絕汙染，只要能夠堅決落實，就可以達到治理汙染的目的。

尤其是在措施中提議由協力廠商作為監督方，媒體作為輔助監督方，雙方合力負責監督每一個汙染企業對其汙染的治理情況，並且由媒體協力廠商及時把治理情形公諸於眾，這種透明化的操作是杜絕腐敗的最佳利器，可以讓某些部門利用手中特權只為個人部門謀取利益，根本不去管老百姓死活，不去管環境如何的做法，將會在這種嚴格而縝密的聯合監督之下無所遁形。

所以，雖然高新區的措施十分嚴厲，但是卻又是行之有效的的辦法，這是真正為老百姓著想的措施，不是用來忽悠老百姓的措施！

尤其是在這個措施中規定，每一個項目都必須在指定的網站設立資訊公開欄，任何老百姓都有權查詢，提出自己的疑問，針對某個問題的提問達到一定人數的時候，有關部門就必須回應。

更加詳細的措施還有很多，幾乎每一條都在不斷地削弱有關部門的特權，逼著他們不得不真正把心思放在工作本身上，而不是想辦法去謀利。

到中午，整個網路上有關高新區整頓措施的討論已經有無法控制的勢頭，各大網站都設置了連結，可以透過點選，直接進入討論的主頁。同時，各大專欄裡也都開設了即時調查，不同意見的網民可以透過簽到來選擇不同意見的陣營。

本來一開始，在某些水軍的操作下，反對這個措施的意見幾乎佔了主導地位，柳擎宇和整個高新區領導班子被批評得體無完膚，就差說柳擎宇是個沒有經驗的庸官了。

然而，當這件事醞釀開來之後，當越來越多的網民看完所有內容的時候，開始有一小部分網民堅定地站在柳擎宇這一方。

下午兩點，高新區的資料由柳擎宇親自送達市委書記王中山的桌上。

王中山看完，立時也倒吸了一口涼氣。

雖然他已經從網上看到了有關這份資料的訊息，但是當他真正看到資料的內容後才發現，網上所發佈的只是其中的一部分，柳擎宇提交的這份資料比網上所公佈的更加翔實，措施更加嚴厲，更加嚴謹，可能引發更加深入的爭論。

王中山是個老謀深算之人，很多事情他早就看透了。柳擎宇這份文件還沒有提交上來，網上就出現了精簡版，這不會是空穴來風，肯定是**有人故意在背後操控**。至於是誰，用腳趾頭都想得出來。

看完後，王中山皺著眉頭說道：「柳擎宇，現在網路上正在激烈的討論這份條款，這件事你知道嗎？」

柳擎宇淡淡一笑：「知道，本來我還想找機會宣傳一下呢，沒想到竟然有人幫我做了，我真想知道這個幕後幫我的人是誰，很想當面向他表示感謝啊！這個人真是太好了，這絕對是雪中送炭啊！」

這時，王中山正拿著水杯喝茶，聽到柳擎宇的話，剛喝到嘴裡的水噗嗤一下噴了出來，弄得滿桌子都是。

他這一次真的有些意外了。

連桌子都顧不得收拾，王中山質問道：「柳擎宇，你到底打什麼算盤啊？好好跟我聊一聊，我看你越來越把我當外人了，難道我不值得你信任嗎？」

柳擎宇心中暗道：我真要是跟你說了，你肯定會大力阻止我的，能相信你才怪！

雖然心中這樣想，柳擎宇嘴上卻笑著說道：「王書記，看您這話說的，我怎麼可能信不過您呢，沒有您的支持，我啥事也做不成啊！這不，資料剛剛弄完善了，我就直接送到您這裡來彙報工作了。」

王中山見柳擎宇說話時的神態，還真看不出什麼貓膩來，雖然他隱隱感覺到柳擎宇對自己並不是特別信任，但是柳擎宇這話卻說得很漂亮，他也就不打算跟柳擎宇計較了，好奇的問道：

「行了，你別拍馬屁了，跟我說說吧，為什麼你不怕輿論宣傳？難道你不知道這份整頓措施要是拿出來，將會引發多少爭議嗎？」

柳擎宇沒有回答王中山的問題，反問道：「王書記，我想問問您，您認為這個方案有沒有可行性？」

王中山毫不猶豫地點頭：「可行！」

柳擎宇又問：「您認為這份方案實施後，對老百姓有沒有好處？」

「有好處！」

「對治理環境汙染會不會有效果？」

「會有！」

回答完柳擎宇的問題後，王中山嚴肅地道：「雖然我不否認你們的方案，但是你考慮過沒有，一旦這份方案出爐，將會得罪多少人？這對你的仕途沒有任何好處，甚至將來你還會因此而遭到一連串的打擊！」

王中山臉上寫滿了擔憂。身為市委書記，他怎麼可能看不清楚柳擎宇的真實意圖，卻不得不鄭重地提醒柳擎宇，很多時候，並不是對老百姓好的事情就必須去做，否則的話，一旦你自身都難保了，你還怎麼去為老百姓做事？

王中山也是一個很有理想，很有抱負的人，但是他卻不得不把大部分精力都放在應對官場內部的政治鬥爭上，不然他的位置隨時都有可能面臨危機！

這也是他之所以束手束腳的原因。

王中山說完，目光落在柳擎宇的臉上，想看看柳擎宇到底會如何抉擇。

柳擎宇聽了，只是淡淡一笑。

王中山心中那無比複雜的心思他是能夠感覺得到的，他也能清楚地感受到，王中山非常希望為老百姓多做一些事，只不過王中山這個市委書記在省裡的靠山不是很硬，所以他在做很多事情的時候顧慮重重，不敢放開手腳。

此刻王中山對自己如此坦白，這說明王中山還是很關心自己，並不希望自己出事。

所以，柳擎宇正色說：「王書記，非常感謝您對我的重視和肯定，我也清楚，您這樣說是為我好，不過，我想說的是，既然我想要真正為老百姓做事，我就不會考慮太多。而且我認為，這個提案對您來說也是一個重新樹立您在蒼山市威信的大好機會，雖然背後蘊藏著不小的風險，但是您不要忘記一件事，那就是民心！」

聽到柳擎宇說到「民心」二字，王中山心中不禁一動。

柳擎宇頓了一下，以便給王中山一個思考的時間，過了一會兒才接著說道：

「王書記，雖然網路上現在幾乎大部分輿論都處於一邊倒批評我的趨勢，但是我相信，隨著關注這件事的網民越來越多，會有越來越多的有識之士了解我這份提案的意義。我相信，最終支持我這個提案的人會越來越多的！因為老百姓要的是生活環境的改善，要的是有關部門能夠真真正正把治理汙染放在首位，而不是把罰款發在首位！老百姓希望看到的是可以在自己的家園放心地呼吸飲水！**民心所向，大勢所趨！**」

聽到最後八個字，王中山的雙眼突然一亮，嘴裡喃喃說道：

「民心所向，大勢所趨！民心所向，大勢所趨！嗯，不錯，就是民心所向，大勢所趨！柳擎宇啊，你說得沒錯，老百姓所渴望的就是我們這些當官的應該去做的！你放心大膽地去做吧，我會站在你這一邊的！我這些年來一直在隱忍妥協，是時候改變一下自己的風格了！」

王中山眼中的光彩越來越亮，身上的氣勢越來越強。

柳擎宇笑著點點頭：「好的，有王書記支持我，我就可以放手去幹了！」

從王中山辦公室出來之後，柳擎宇拿出手機撥通了好兄弟田先鋒的電話：「老田，你那邊事情準備得怎麼樣了？」

田先鋒回道：「老大，你放心吧，我這邊和滕總滕大美女已經把一切事情都準備妥當了，就等著你的資料和指示了。」

柳擎宇聽了，滿意地點點頭道：「好，我現在就把資料發給你，你和滕大美女準備反擊吧！有些人真的以為雇了點水軍就了不起啊，我們要讓他們見識一下，在網路這個戰場上，不是你有水軍就厲害了！」

田先鋒點點頭道：「老大，你說得沒錯，不管在哪裡，正義的一方永遠都不會失敗的！你就等我們的好消息吧！」

掛斷電話，柳擎宇立刻把早已經準備好的資料用私人郵件傳發給田先鋒。

田先鋒拿到資料後，打出去一個電話，一會兒，一位身材高挑的美女走了進來，正是田先鋒的助手滕飛。

田先鋒把列印好的資料連同隨身隨一起交給滕飛，說道：「滕總，你看看這些資料，咱們準備行動吧！」

滕飛仔細翻閱了一下，說道：「好的，我那邊已經準備好了，就等這些資料了。」

此刻，李德林、鄒海鵬、韓明輝三人正圍在李德林的電腦前，觀看網路上各大門戶網站有關提案的的調查結果。

從目前的結果來看，反對柳擎宇的聲音已經占了絕對上風，高達百分之七十一的反對率讓柳擎宇成了不少評論者抨擊的對象。對柳擎宇持批評態度的人似乎還有繼續增加的趨勢。

李德林滿意地說道：「嗯，海鵬啊，看來你的這個辦法不錯嘛，我們幾乎是兵不血刃就可以解決柳擎宇了，高明啊！」

鄒海鵬笑道：「這也沒什麼啦，我們身為幹部，必須與時俱進嘛！必須得適應新形勢下的輿論宣傳工具，讓自己時刻處於最為有利的位置。做到好輿論的引導工作。」

聽鄒海鵬這樣說，李德林和韓明輝全都呵呵笑了起來。眾人這才放心地散去，紛紛去忙碌自己的工作。在他們看來，柳擎宇已經再也沒有反擊之力了。

辦公室內，柳擎宇正在思考高新區下一步的發展規劃，電話突然響了起來。

聽到熟悉的電話鈴聲，柳擎宇笑了，立刻接通了電話。

電話是柳門四傑之一的林雲打來的：

「老大，我看有人似乎想要在網路上利用輿論來整你啊，兄弟們知道這件事情都非常憤怒，讓我諮詢一下你，看看需不需要我們出手？」

柳擎宇笑道：「沒事，這點小事還用不到你們出手，你們忙你們自己的吧，不要到處惹事就可以了。」

林雲知道老大做事一向都是有的放矢，既然他說不需要自己幫忙，那就肯定不需要了，想必他已經做好了萬全的安排，便說道：

「老大，最近哥幾個好久沒有見你了，挺想你的，準備近期去找你聚一聚，你看什麼時候方便？」

柳擎宇苦笑道：「估計年前是沒有時間了，這樣吧，過年的時候我回北京，咱們好好聚一聚。」

「好的，那我們就等你回來了。」

隨後，黃德廣、梁家源、陸釗三人又紛紛和柳擎宇聊了幾句，這才掛斷電話。

不得不說滕飛的能力超級強。下午四點鐘左右，在經過幾個小時的醞釀和發展後，支持柳擎宇的人數漸漸地追上了批評的人數，而且大有超越之勢。

造成這種結果的主要原因，是網上突然出現了環境汙染整理措施的最新、最全的版本。與這個版本相互配合的，是一系列環保專家的評論文章，以及各界人士對高新區整頓方案的客觀評價。

這些評論不管是從思想性上，還是從前瞻性、客觀性上來說，都是極其負責任，極其公正的，這和很多「磚家」、「叫獸」只為某些既得利益者或者利益集團鼓吹有著本質上的區別。

這些評論的出現，立刻對整個網路輿論的氛圍產生了劇烈的衝擊。

人們發現，雖然之前輿論看起來轟轟烈烈的，但是實際上，一直操控大家思想的說法是極其不公平、不公正的，尤其是第一個版本明顯是刪減版，是有人故意加工後發出來的，有故意引導輿論方向之嫌。

其目的很明顯，就是狠狠地打擊柳擎宇的聲望。

網民憤怒了！他們認為自己受到了愚弄！

很快，在不到一個小時的時間內，柳擎宇的支持率已經高達百分之八十五，總體投票人數已經超過了八百萬！

這是一個極其恐怖的數字！

李德林辦公室內。

李德林正在批閱公文，他的秘書臉色焦慮地敲門走了進來，急急說道：「老闆，大事不好了，網路上的環污整頓措施民調，柳擎宇突然翻盤了。」

李德林一愣：「什麼？翻盤了？這不可能吧！之前批評柳擎宇的聲音不還占上風嗎？」

秘書苦笑道：「是啊，我也認為柳擎宇應該無法翻盤了，所以直到一個多小時前才打開網頁查看，那時候，柳擎宇支持率還十分低呢，沒想到才短短一個小時，支持他的聲音突然上升到百分之八十五，我們想要翻盤恐怕很難啊！」

李德林立即打開電腦，仔細瞧看一番，狠狠地一拍桌子罵道：「柳擎宇這小子真是陰險啊，居然還留有後手，我們上當了！」

「上當？」秘書一臉的疑惑。

李德林苦笑道：「是啊，我們都上當了！」

李德林自然是不會向秘書解釋什麼，但是他很清楚，自己和鄒海鵬的的確確都被柳擎宇耍了！

他們萬萬沒有想到，在黨工委會議上，柳擎宇拿給大家的那份報告只是初級版，上面並沒有柳擎宇的簽字和管委會的大章，雖然大方向沒有任何問題，但是在細節上還是存在著很多漏洞，而恰恰是這些疏漏之處，被他們拿來在網路上進行強力攻擊。

他們哪裡曉得柳擎宇後來提交到市委常委的那份資料才是完整版，這樣一來，自己這邊把柳擎宇攻擊得體無完膚，但是當完整版的資料一出來，柳擎宇的困境全部解除，之前的那些炒作也變成變相地為柳擎宇做了宣傳，這真是賠了夫人又折兵啊！

此刻李德林內心真是無比鬱悶，自己英明一世，掌控蒼山市這麼久時間，竟然敗給這樣一個毛頭小子，這讓他情何以堪啊！

這時，鄒海鵬也在他的辦公室內急得滿頭大汗，因為整個事情都是他在暗中指使手下去做的。

在細細研究整個輿論風向變化的前因後果後，他意識到真正的原因了。

這時，韓明輝的電話打了進來：「老鄒，網路上的輿論到底是怎麼回事啊？怎麼突然之間全部倒向柳擎宇那邊了呢，你是怎麼操作的啊？」

被韓明輝這麼一數落，鄒海鵬更加鬱悶了，只能苦笑道：

「老韓，我栽啦！柳擎宇這小子實在是太陰險了。他這是跟我玩了一招**反間計**啊，三國裡蔣幹盜書的情節竟然被柳擎宇用上了。我真是太大意了！」

鄒海鵬恨不得抽自己兩個大嘴巴！他恨自己怎麼就沒有想到這個呢！

北京，勤政殿六號辦公室內。

劉飛雖然已經位居顯位，但是依然保持著關注基層民情的習慣，在繁忙的工作之餘會不時透過網路瞭解一下最新事件、老百姓關注的焦點和熱議是什麼，以便為自己思考各種大事的時候提供參考。

劉飛忙碌了一天後，處理完手頭的工作，打開網路一看，一下就看到兒子再次在網路上爆紅，這讓他有些錯愕。

當年他多次成為輿論的焦點，而兒子竟然也正步自己的後塵，仔細研究整個事件的走向後，他看出這是有人要算計兒子啊。

這時，劉飛的高參諸葛豐邁步走進劉飛的辦公室。

「老大，擎宇的事你看到新聞了嗎？」諸葛豐問道。

「嗯，我看了，諸葛豐，你認為到目前為止，整個事件的走向如何？擎宇這小子有什麼打算啊？」

諸葛豐跟了劉飛二十多年，老大還是像以前那樣，總是喜歡考自己。

諸葛豐笑著說道：「老大，我認為這次擎宇鼓搗出來的這個汙染整頓措施很有新意，也很有執行、操作的空間啊！雖然其中還有很多地方需要商榷，但是大的方向卻是非常到位，他提出的對於汙染處理的原則也相當不錯。

「擎宇處於現在這種位置就能弄出這樣一份具有前瞻性的東西，說明他深得你的精髓，已經把**以民為本**的理念徹底融入到自己的骨子裡。這一點非常好。這小子的勇氣比老大你可是只強不弱。如果李德林那些人認為擎宇的真正目的只有這些，恐怕將來連怎麼死的都不知道啊！」

聽到諸葛豐對柳擎宇這樣評價，劉飛心中十分欣慰。

他不想去插手兒子在官場上的一切，想要讓兒子通過自己的努力逐漸變得成熟。只有經歷過如此重重磨礪的官員，才能真正成長為國家的棟梁之才。

諸葛豐的話引起了劉飛的好奇：「照你的意思，擎宇這小子還留有後手？」

諸葛豐點點頭：「是啊，這小子不僅留有後手，而且是很厲害的後手，而且擎宇這次所圖甚大，恐怕蒼山市的勢力格局都有可能因此改寫，甚至弄不好還有可能把戰火燒到白雲省省委層面，我真是沒有想到，這小子的佈局功夫竟然有模有樣的了。」

劉飛笑了，沒有說什麼，眼神卻微微有些得意。誰讓柳擎宇是自己的兒子呢！

白雲省，蒼山市高新區管委會。

柳擎宇坐在辦公椅上，目光緊緊地盯在電腦螢幕上，大腦在飛快地轉動著。

電腦上，一份高新區未來十年發展規劃正在逐步完善。至於現在網路上炒得沸沸揚揚的高新區環境汙染整頓措施之事，柳擎宇這個當事人反而並沒有去關注，就好像這件事情跟他沒有半毛錢的關係一樣。

……

蒼山市市委常委會議室內，緊急常委會正在舉行。

市委書記王中山坐在主持席上，目光從在座常委們的臉上一一掃過。

就在不久之前，他已經讓人把高新區提交上來的汙染整頓方案影本一一發給在座的諸位常委們。

眾人已經看了有十五分鐘，王中山感覺時間差不多了。

「各位，高新區提交的這份文件大家都看完了吧？」

「看完了！」眾人先後表態。

王中山點點頭，接著說道：

「好，既然大家都看完了，那我先說說我的觀點。我認為高新區所提出來的這份對環境汙染的整頓措施相當給力，肯定會有人說這些措施過於嚴格，甚至還會有人說，這樣嚴厲的措施會阻礙投資商到我們蒼山市投資的積極性，但是我認為，持這種觀點的同志目光還是有些短淺！

「第一，我認為一旦高新區這樣的措施得以實施，必將會對那些汙染企業的老闆們起到極大的震懾作用，讓他們意識到汙染環境的成本是多麼高昂和巨大，那麼他們就會自動上馬各種空氣除塵設備、汙水處理設備等本來就應該採用的環保設備，以確保不會觸犯到相關的法規以及條例。

「第二，我認為真正的投資商對環境的要求，尤其是對環保的要求肯定是非常高的，他們自己也會非常注意這些問題，高新區那些投資商們對於入駐高新區的環境所提出來的條件就可以佐證這一點。所以，凡是那些自己不主動上馬環保設備，甚至拿著環保系統來和我們談條件，要求我們給予各種優惠的企業，他們的動機值得懷疑。

「因為真正的大企業是不會把環保當成是一種條件的，那是他們應盡的義務！對於不能在環保方面達標的企業，我們蒼山市堅決不予接受！因為我們必須對我們的老百姓負責，對蒼山市的長遠發展負責，對後代子子孫孫負責！

「第三，我認為，我們蒼山市不僅應該批准高新區的這個整頓措施，而且應該將這個整頓措施在我們蒼山市全面推行，堅決保護我們蒼山市的環境！」

王中山剛慷慨激昂地說完，李德林卻馬上反對道：「我堅決反對通過這個措施！」

會議室內的氣氛立刻緊張起來。

王中山淡淡一笑，直視李德林：「說出你的理由！」

李德林沉聲道：「我的理由非常簡單，第一，這些條例太嚴格，容易遭到投資商的抵制，會極大地制約我們蒼山市經濟的發展；第二，這些條例還沒有真正實施，就已經引發滔天巨浪，一旦實施，將會產生什麼後果，不可預測；第三，如果真正實施這些措施，恐怕會造成很多部門之間矛盾重重，不利於團結。

「僅此三點，便足以讓我們拒絕這個整頓措施。我們不能讓這些措施通過，更不能在蒼山市實施這些措施！」

李德林說完，用挑釁的眼神看著王中山，沒有絲毫的退縮。

王中山早料到李德林會反對，他早已做好心理準備，也做好了決戰的準備。

王中山目光從在座常委的臉上一一掃過，隨後沉聲道：

「各位同志，我的看法和李市長的看法完全相反，現在請大家投票表決一下，看看大家到底支持哪個方案。」

紀委書記孟偉成立即聲援道：

「我支持王書記的方案！理由非常簡單，因為這個方案是真正為老百姓的利益著想，或許會觸動某些部門的利益，但是，目前環境汙染問題這麼嚴重，如果我們再不採取任何措施，那麼高新區甚至是蒼山市的老百姓未來如何生活？我們的子子孫孫如何生活？整頓措施雖然嚴格，但是每一條、每一個細節都合乎國家的法律，都在為老百姓的權益著想，這樣好的措施，為什麼不該執行呢？

「某些人天天嘴裡喊著整頓汙染，所做的事不過是罰款罰款再罰款，實際上這些罰款最後都去了哪裡？大家心知肚明！這個潛規則是時候破除了！不管是國企、私企還是外企，只要在我們蒼山市落地，就必須考慮到他們的生產對我們環境所造成的汙染，該治理的治理，該整頓的整頓，該關停的關停！我們必須一視同仁，任何對環境造成汙染的行為，絕對不能姑息！」

孟偉成頓了一下，給眾人稍微思考的時間之後，再次充滿憂慮地說道：

「各位同志，我相信高新區整頓措施的議題在網路上引起的風波，大家都已經看到了，從目前的結果來看，支持柳擎宇同志的占了大多數，這說明老百姓非常想要有這樣一套具體的措施來制約和整頓環境汙染，尤其是對已經汙染的環境治理工作，更是呼聲已久了！也因為這次事件引起這麼大的風波，很多媒體開始關注蒼山市，關注高新區，一旦這些媒體到了高新區，癌症村的事勢必曝光，如果我們還不儘快在消息曝光前拿出可行的措施，任由事情發展下去，一旦癌症村曝光，到時候誰來承擔這個責任？」

沒有人會想到，一向在常委會上保持中立的紀委書記突然開炮了，而且字字句句都充滿了對李德林的不滿。最後一句話，更是把李德林逼到了懸崖邊，讓他再也沒有任何後退的餘地，只能選擇支持或者反對！

如果他不支持，只要癌症村事件曝光，他就要負起重責。

直到此刻，這些常委們才發現孟偉成這個中立派竟然如此犀利，如此彪悍。

李德林看向孟偉成的目光中充滿了憤怒和陰冷，王中山看向孟偉成的目光中，則多了幾分忌憚和欣賞。

李德林心中恨透了孟偉成，卻又不敢輕易表態，因為他知道癌症村的事，他永遠無法回避和粉飾，那也是一枚定時炸彈，一旦爆炸，必將有很多人被炸得粉身碎骨。

韓明輝見李德林被逼到這個份上，心中非常不爽，如果實施整頓措施，第一個倒楣的肯定是那三個工廠，所以他立刻站了出來：

「孟書記，我認為你的觀點太悲觀了，癌症村的形成並不是一朝一夕的，不能把所有的責任都推到我們身上吧，我認為加大整頓是必須的，但是絕對不能讓高新區胡搞……」

韓明輝說完，鄒海鵬和董浩也立刻加入戰場，對李德林進行聲援。

看到局勢開始逆轉，李德林臉上露出欣慰之色，看來自己混得不錯，關鍵時刻有人支持自己，反觀王中山那邊，支持者寥寥。

然而，李德林臉上剛露出笑意，便看到市委組織部部長趙東林說道：「我支持王書記的意見！」說完，便低下頭去了！

趙東林平時也是一個中立派，在李德林和王中山之間一碗水端平，但是今天，他的表現出乎了李德林的意料。

隨後，市委秘書長葉明宇、常務副市長唐建國、東陽縣縣委書記楊光民全都表態支持王中山，眨眼間，王中山那邊便拿到了六票！

再有最後一票便超過半數了。

這一下，李德林開始緊張起來，他萬萬沒有想到，今天常委會自己竟然失去了掌控。

這到底是怎麼回事？為什麼會這樣？一個個疑問在李德林腦海中升起。

此刻，李德林只能把目光看向市委宣傳部部長王碩，他雖然也是一個中立派，但是大部分的時候還是會支持自己的。他的這一票對自己來說至關重要。

然而，讓李德林沒有想到的一幕發生了。

王碩低頭沉思了良久後，猛的抬起頭來說道：

「我支持王書記的意見！」

自己輸了！李德林徹底鬱悶！

讓他沒有想到的事還在後面！

市委統戰部部長張浩軒、市人武部政委郭海洋全都表態對王中山表示支持，四票對九票！李德林輸得非常慘！

李德林徹底傻眼。不敢置信會出現如此戲劇性的轉折和變化，就連平時大多支持自己的王碩都轉而去支持王中山了，這到底是為什麼啊？

此刻，王中山臉上的表情顯得十分平靜，在他平靜的目光下潛藏著一股霸氣和殺氣！

身為一名市委書記，一個一把手，王中山等這一天，等這個機會，已經等得很久了，他並不是不想掌控蒼山市的大局，但是他卻一直在隱忍，因為他胸中是藏有抱負的，他想要晉級到更高的位置上，所以他必須考慮整個市委班子的團結，考慮到整個蒼山市的發展，他要顧慮的東西很多，但是當機會來了之後，他卻十分果斷，出手狠辣！

李德林敗了！

但是，事情並沒有到此結束。

王中山正式宣布道：「好了，現在表決結果已經出來了，高新區的方案以九票支持，四票反對獲得通過，立刻第一時間在市委市政府官方網站上公佈，並以公文形式下發！」

說完，王中山向秘書做了個手勢，他的秘書立刻出去辦理此事。

等秘書離開後，王中山臉上表情突然變得異常嚴肅，沉聲道：「下面，請紀委書記孟偉成同志講幾句。」

眾人一愣，這個時候讓孟偉成講話做什麼？還有什麼好講的嗎？

孟偉成面色凝重地說：「我現在先報告第一個消息，會議室失火案的主犯找到了！」

李德林、鄒海鵬一聽，心一下子沉了下去。他們萬萬沒有想到，孟偉成還有這麼一個後手。

要知道，正常來講，孟偉成掌握到這個消息，應該在常委會開始前先和李德林、王中山等人溝通一下，畢竟他們是一二把手嘛。

但是現在，李德林驚覺到自己並沒有得到孟偉成的知會，相反，王中山卻知道孟偉成要在常委會結束後報告此事，也就是說，孟偉成恐怕已經投靠到王中山的陣營去了，至少他現在和王中山保持著合作關係。

想到這裡，李德林身上驚出了一身的冷汗。

不過李德林畢竟是李德林，經過初期的慌亂後，很快就鎮定下來，道：「嗯，很好，既然縱火犯已經抓到了，那就讓公安局的人儘快介入，加快審訊步伐，爭取早日搞清楚這個人縱火的原因。」

李德林沉吟了一下，又說：「這件事事關重大，我認為應該由政法委董浩同志親自主抓這件事情，以確保能夠儘快拿出結果，給大家一個明確的交代。」

李德林是打算讓董浩介入此事，從而掌控大局，避免出現失控的情況。

董浩立刻幫腔道：「嗯，李市長說得是啊，高新區出現這樣嚴重的治安事件，我們政法委責無旁貸，這件事必須我親自出馬了。」

誰知孟偉成卻說道：「李市長，我看董同志完全沒有必要親自出馬，因為嫌犯已經交代了他的犯罪動機，他是受到某些人的指使才去縱火以損毀證據的，指使者也抓到了，是我們蒼山市環保局局長周晨輝的兒子周志東。

「現在周志東正在警方審訊中，從目前的情況來看，周志東雖然是縱火的指使者，但是很有可能只是一個小角色，在他的背後，還有更大的人物在操縱整個事件。一切等到審訊結果出來之後就能真相大白了。」

韓明輝聽了，臉色刷的一下就變了，腦門上冒出細密的汗珠。

因為他非常清楚，周志東不過是一道安全閥而已，高新區化肥廠和農藥廠背後最大的股東就是自己的兒子韓培坤，周志東只能算二股東；只要周志東安全，自己的兒子就可以放心地拿錢，沒有後顧之憂。

而且在周志東的前面還有一個法人代表、一個總經理，可以說，在這兩個汙染企業的經營上，韓培坤下了很大的功夫，想盡辦法不把自己暴露出來，在財務上也是做足了手腳。

卻沒想到，孟偉成和柳擎宇他們竟然把周志東都給找出來了，這事情可就麻煩了。

王中山在這時做出總結：

「孟同志身為協調小組的組長，先把協調小組的工作跟大家報告一下，希望大家散會之後，多多配合協調小組的行動，將真正的犯罪分子繩之以法；同時也希望大家做好自己的本職工作，把今天常委會的結果落實貫徹，確保我們的環境不要一再地受到汙染！散會吧。」

說完，王中山站起身來，昂首挺胸地走了出去。

在他身後，李德林臉色顯得異常凝重，步履也顯得有些沉重。

韓明輝和鄒海鵬、董浩緊緊地跟在李德林的身後，直接向李德林的辦公室走去。

三人坐在沙發上，全都沉默著。

今天常委會上發生的一幕，對李德林來說是一個沉重的打擊，對鄒海鵬和韓明輝來說也是一樣。

相比其他三人，董浩的心情反而是最放鬆的，因為他的兒子董天霸已經出事了，而且在三大企業的問題上並沒有介入，所以不管局勢如何發展，他都是安全的。

沉默了一會兒，韓明輝臉上露出焦慮之色，說道：「李市長，眼前的局勢有些失控了，要是讓市公安局那邊繼續對周志東審訊下去的話，恐怕下一步可能會牽扯到培坤。一旦培坤進去，事情將會向無法預料的方向發展。」

韓明輝這番話中帶著一絲威脅的味道，雖然兒子韓培坤是大股東，但是李德林和鄒海鵬的親戚在三大企業中也都是有乾股拿的，而且比例還不小。

李德林眉頭緊緊地皺著，心中也在盤算著。

對於三大企業背後的貓膩，他也是清楚的，但是一直以來都是睜一隻眼閉一隻眼，畢竟身為市長，他要想拉攏鄒海鵬、韓明輝等人跟自己一條心，站在一個陣營裡，不可能空口白牙那麼說說就算了，必須給他們一些好處，他們才會死心塌地地跟著他幹。

本來，以他的掌控能力，他一直能夠牢牢掌控蒼山市的大局。但是現在，他竟然輸掉了今天的常委會，甚至還身陷險境，這到底是為什麼呢？

李德林開始反思起來。

李德林的大腦裡把最近的每一次重大事件仔細地回想了一遍，思考之後，發現自從柳擎宇進入蒼山市官場後，各種事件層出不窮，先是鄒海鵬的嫡系人馬薛文龍被柳擎宇廢掉，隨後是鄒海鵬、董浩等人因為兒子的問題，先後被柳擎宇發動的事件捲入其中，差點無法自保，隨後是在河西省之行摘桃子行動中，自己顏面掃地，現在，柳擎宇到了高新區，竟然直接把他們三個人全都圈了進來，使他們全部陷入困局。

此刻，李德林已經完全確定，柳擎宇就是自己的剋星，就是自己的楣星，自從柳擎宇到了蒼山市以後，自己就開始走霉運。

怎麼辦？下一步該怎麼辦呢？

這個時候，韓明輝突然咬牙說道：「李市長，我看周志東的事不能再拖下去了，我們必須儘快有一個了斷，絕對不能讓整個事情繼續蔓延！咱們得儘快拿主意啊。」

聽到韓明輝這樣說，李德林沉思了一下，終於點點頭道：「嗯，是得做出決斷了，老董啊，這件事還得你出面才行，我聽說周志東的身體不太好，儘量給他安排一次體檢，不能讓他的身體在審訊期間出問題啊！」

董浩心中就是一凜。

說實在的，他實在不想攪入他們三人的這次事件中，但是李德林發話了，他還真不敢不聽，因為雖然三大工廠的事，他的屁股比較乾淨，但是別的事卻並不乾淨，他們四個人是一條繩子上的螞蚱，一榮俱榮，一損俱損，他也只能咬著牙應承下來。

雖然李德林的那番話說得冠冕堂皇的，但是董浩卻明白，李德林、韓明輝他們的意思非常明確，那就是要自己想辦法讓周志東閉嘴啊！

請續看《權力巔峰》7 雷霆專案

權力巔峰 卷6 幕後操作

作者：夢入洪荒
發行人：陳曉林
出版所：風雲時代出版股份有限公司
地址：10576台北市民生東路五段178號7樓之3
電話：(02) 2756-0949
傳真：(02) 2765-3799
執行主編：朱墨菲
美術設計：吳宗潔
行銷企劃：林安莉
業務總監：張瑋鳳

初版日期：2020年1月
版權授權：蔡雷平
ISBN：978-986-352-781-7
風雲書網：http://www.eastbooks.com.tw
官方部落格：http://eastbooks.pixnet.net/blog
Facebook：http://www.facebook.com/h7560949
E-mail：h7560949@ms15.hinet.net
劃撥帳號：12043291
戶名：風雲時代出版股份有限公司

風雲發行所：33373桃園市龜山區公西村2鄰復興街304巷96號
電話：(03) 318-1378
傳真：(03) 318-1378
法律顧問：永然法律事務所 李永然律師
北辰著作權事務所 蕭雄淋律師

行政院新聞局局版台業字第3595號 營利事業統一編號22759935

定價：270元

國家圖書館出版品預行編目資料

權力巔峰 / 夢入洪荒著. -- 初版. -- 臺北市：風雲時代, 2019.10- 冊； 公分

ISBN 978-986-352-781-7（第6冊：平裝）--

857.7 108013698